ullstein

JORDAN PRINCE, geboren 1990, wuchs im amerikanischen Süden auf. Er ist ein Comedian, Musiker, Podcaster und Schauspieler. Derzeit lebt er im deutschen München, wo er dank seiner witzigen Videos den Durchbruch auf Social Media schaffte.

EVI PRINCE ist Drehbuchautorin in München und Jordans engste Kollaborateurin bei vielen Projekten.

JORDAN PRINCE

PRINCE OF GERMANY

DIE ABENTEUER EINES AHNUNGSLOSEN AMERIKANERS

Aus dem Amerikanischen von Evi Prince

Ullstein

Besuchen Sie uns im Internet:
www.ullstein.de

Originalausgabe im Ullstein Taschenbuch
1. Auflage Oktober 2025

Bei Fragen zur Produktsicherheit wenden Sie sich bitte an produktsicherheit@ullstein.de.
Umschlaggestaltung: zero-media.net, München
Titelabbildung: ©Tavis Beck
Satz: Savage Types Media GbR, Berlin
Gesetzt aus der Nexus Serif und Futura
Druck und Bindearbeiten: CPI books GmbH, Leck
ISBN 978-3-548-07385-9

EINLEITUNG

»DER PRINCE« (KLINGT COOLER ALS JORDAN, ODER?)

Da sitzt er also, der Junge aus den Südstaaten. 24 Jahre alt, völlig planlos und verdammt weit weg von zu Hause. In einer kleinen Münchner Dachgeschosswohnung in Deutschland, mit einer deutschen Freundin und einer deutschen Mitbewohnerin, die mit großer Leidenschaft passiv-aggressive Post-its in der Wohnung verteilt. Neben ihm hängt sein noch warmer Talar, das seltsame Mittelalteroutfit, das amerikanische Studenten beim Uniabschluss tragen. Er sieht aus dem Fenster. Sein Blick bleibt an der Fensterklinke hängen, die er vermutlich gerade geschrottet hat. Wie der Mechanismus deutscher Fenster funktioniert, ist eines der großen Rätsel dieser Kultur, die so viel Neues für ihn birgt. Wie durch ein Wunder dreht er die Klinke endlich in die richtige Richtung und nimmt die sonderbare neue Welt da draußen in sich auf. Seine Lungen füllen sich mit dem Geruch von Döner, BMW-Abgasen und Papierkram. Das ist also Bayern. Was für ein Ort für einen echten Mississippi Boy. »*HILFE! SOS! WIE ZUR HÖLLE KOMME ICH HIER WIEDER WEG?*« Ich mache nur Spaß, ganz ruhig … ich wollte nur sichergehen, dass ihr aufpasst.

Aber mal ehrlich, gibt es keine Hotline, die man anrufen kann? Eine 24-Stunden-Nummer für panische Einwanderer oder so was? Andererseits, wir sind in Deutschland. Eine deutsche Notfallnummer funktioniert wahrscheinlich nur per Rückrufservice, den man nur nutzen kann, wenn man einen Stoß Formulare ausfüllt, unterschreibt und per Deutsche Post zurückschickt. Was im Übrigen völlig hinfällig ist, da kaum ein Ausländer jemals eine unbekannte +49-Nummer annehmen würde. Seid ihr noch da? Hi, ich bin's, Jordan.

Wenn ihr dieses Buch *freiwillig* gekauft habt, weil ihr mich oder meine Comedy kennt und vielleicht sogar mögt – herzlich willkommen, ihr wunderbaren Weirdos! Wir brauchen mehr Leute wie euch in der Welt. Wenn ihr weder mich noch meine Comedy kennt und trotzdem dieses Buch in der Hand haltet, blinzelt zweimal mit den Augen, wenn ihr Hilfe braucht! *Okay, wow, der Typ hat ja richtig viele Jokes auf Lager.*

Aber egal, ob ihr freiwillig lest, euer Erzfeind euch mit dem Buch bestrafen will oder ihr es in einem Stapel alter Zeitschriften auf der Toilette eures Kumpels gefunden habt: Ich freu mich, dass ihr hier seid. Dieses Buch besteht aus einer Sammlung von Essays, Witzen und Anekdoten, die alle wahr sind und der Farce, die sich mein Leben nennt, entspringen. Ich komme aus den Vereinigten Staaten und gleich mal vorweg: Niemand kann etwas für seine Herkunft! Genauer gesagt, bin ich in einer Kleinstadt namens Corinth im Bundesstaat Mississippi aufgewachsen. Tatsache: Ich wurde in Tupelo, Mississippi, geboren, Geburtsort von Elvis Presley. Ganz schön cooler Fact, oder? Okay, nicht wirklich. Habe ich trotzdem mein Leben lang jedem Menschen davon erzählt, dem ich je begegnet bin? Ja. Weshalb? Weil ich *nicht* cool bin.

Ihr fragt euch bestimmt: »Wie hat es diesen unfassbar attraktiven Amerikaner nur nach Deutschland verschlagen?« Na ja, es ist Deutschland, ich wurde natürlich gezwungen *blinzelt zweimal mit den Augen*. Okay, wenn ihr unbedingt die Wahrheit wissen müsst: Ich bin einem deutschen Mädchen nach Deutschland gefolgt. Was hätte ich tun sollen? Wenn ich nicht freiwillig mitgegangen wäre, hätte sie meine Familie verschleppt. Spaß. Das deutsche Mädel und ich lernten uns in der Filmschule in New Orleans, Louisiana, kennen. Ich war besessen von Wes Anderson, Sofia Coppola, Noah Baumbach (jap, auch ein dickes Landkind kann ein Snob sein, na und?) und meine zukünftige deutsche Freundin Evi war ebenfalls Filmfan. Ihr Ding waren die Klassiker, ihr wisst schon, Werner Herzog, Roland Emmerich, Leni Riefenstahl ... Na, hab ich euch schon ausreichend abgeschreckt mit meinen Witzen? Übrigens, wisst ihr, was kein Witz ist? Als wir uns kennenlernten, hatte sie noch nie *Jurassic Park* gesehen, könnt ihr euch das vorstellen? Ich meine, kommt schon, was für ein Mensch kennt *Jurassic Park* nicht? Zu ihrem Glück blieb ich trotz dieser unverzeihlichen Wissenslücke bei ihr. Zu meinem Glück blieb sie trotz meiner schlechten Scherze bei mir.

Seit wir uns 2012 an der Filmschule kennengelernt haben, habe ich es zu meiner Lebensaufgabe gemacht, ihr alle wichtigen amerikanischen Klassiker nahezubringen. Im Gegenzug hat sie mir beigebracht, wie man richtig mit Messer und Gabel isst. Bisher war ich immer davon ausgegangen, dass die Gabel dazu da ist, das Essen in mundgerechte Stückchen zu zermatschen, und das Messer nichts als wichtigtuerische Deko ist, die sowieso niemand benutzt.

Meine Germanisierung war also schon in vollem Gange, bevor ich das Land jemals betreten hatte. Ein Jahr später besuchte ich Deutschland zum ersten Mal, reiste ein wenig durch Europa (worüber ihr später noch mehr erfahren werdet), und nachdem ich mein Auto und meine geliebte DVD-Sammlung verkauft hatte, zog ich 2016 für sie nach München, wo ich heute noch lebe.

In diesem Buch werde ich euch mitnehmen auf eine Reise voller Fremdscham und Herzblut, die mich, Jordan Prince aus Nirgendwo, Mississippi, zum Comedian machte und nach Deutschland führte. Kleiner Tipp: Akzeptiert die Tatsache, dass ihr das Buch eines mehr oder weniger professionellen Witzbolds lest, am besten gleich. Manche Geschichten werden ernster und manche leichter sein. Menschen sind nun mal komplex und das Leben verdammt schräg. Und genau das wird sich in diesem Buch widerspiegeln.

Ich stehe mit einem Fuß in Amerika und mit einem in Deutschland. Und, danke der Nachfrage – ja, mir reißt gleich die Hose im

Schritt. Und das will nun wirklich keiner sehen. Meine Beine sind so weit gespreizt, dass mein schwabbeliger Hintern kurz vor dem Aufprall steht. Also lasst uns loslegen, bevor ich wirklich noch einen Spagat mache und im Krankenhaus lande. Lasst uns zusammen herausfinden, wie ich so lange überleben konnte, ohne meine Wurzeln zu verlieren, wie ich versuchte, mich an meine deutsche Umgebung zu gewöhnen, und es schließlich schaffte, meinen ganz eigenen Weg zu finden und neue Wurzeln zu schlagen.

EINLEITUNG

»DER PRINCE« (KLINGT COOLER ALS JORDAN, ODER?)

Da sitzt er also, der Junge aus den Südstaaten. 24 Jahre alt, völlig planlos und verdammt weit weg von zu Hause. In einer kleinen Münchner Dachgeschosswohnung in Deutschland, mit einer deutschen Freundin und einer deutschen Mitbewohnerin, die mit großer Leidenschaft passiv-aggressive Post-its in der Wohnung verteilt. Neben ihm hängt sein noch warmer Talar, das seltsame Mittelalteroutfit, das amerikanische Studenten beim Uniabschluss tragen. Er sieht aus dem Fenster. Sein Blick bleibt an der Fensterklinke hängen, die er vermutlich gerade geschrottet hat. Wie der Mechanismus deutscher Fenster funktioniert, ist eines der großen Rätsel dieser Kultur, die so viel Neues für ihn birgt. Wie durch ein Wunder dreht er die Klinke endlich in die richtige Richtung und nimmt die sonderbare neue Welt da draußen in sich auf. Seine Lungen füllen sich mit dem Geruch von Döner, BMW-Abgasen und Papierkram. Das ist also Bayern. Was für ein Ort für einen echten Mississippi Boy. »*HILFE! SOS! WIE ZUR HÖLLE KOMME ICH HIER WIEDER WEG?*« Ich mache nur Spaß, ganz ruhig ... ich wollte nur sichergehen, dass ihr aufpasst.

Aber mal ehrlich, gibt es keine Hotline, die man anrufen kann? Eine 24-Stunden-Nummer für panische Einwanderer oder so was? Andererseits, wir sind in Deutschland. Eine deutsche Notfallnummer funktioniert wahrscheinlich nur per Rückrufservice, den man nur nutzen kann, wenn man einen Stoß Formulare ausfüllt, unterschreibt und per Deutsche Post zurückschickt. Was im Übrigen völlig hinfällig ist, da kaum ein Ausländer jemals eine unbekannte +49-Nummer annehmen würde. Seid ihr noch da? Hi, ich bin's, Jordan.

Wenn ihr dieses Buch *freiwillig* gekauft habt, weil ihr mich oder meine Comedy kennt und vielleicht sogar mögt – herzlich willkommen, ihr wunderbaren Weirdos! Wir brauchen mehr Leute wie euch in der Welt. Wenn ihr weder mich noch meine Comedy kennt und trotzdem dieses Buch in der Hand haltet, blinzelt zweimal mit den Augen, wenn ihr Hilfe braucht! *Okay, wow, der Typ hat ja richtig viele Jokes auf Lager.*

Aber egal, ob ihr freiwillig lest, euer Erzfeind euch mit dem Buch bestrafen will oder ihr es in einem Stapel alter Zeitschriften auf der Toilette eures Kumpels gefunden habt: Ich freu mich, dass ihr hier seid. Dieses Buch besteht aus einer Sammlung von Essays, Witzen und Anekdoten, die alle wahr sind und der Farce, die sich mein Leben nennt, entspringen. Ich komme aus den Vereinigten Staaten und gleich mal vorweg: Niemand kann etwas für seine Herkunft! Genauer gesagt, bin ich in einer Kleinstadt namens Corinth im Bundesstaat Mississippi aufgewachsen. Tatsache: Ich wurde in Tupelo, Mississippi, geboren, Geburtsort von Elvis Presley. Ganz schön cooler Fact, oder? Okay, nicht wirklich. Habe ich trotzdem mein Leben lang jedem Menschen davon erzählt, dem ich je begegnet bin? Ja. Weshalb? Weil ich *nicht* cool bin.

Ihr fragt euch bestimmt: »Wie hat es diesen unfassbar attraktiven Amerikaner nur nach Deutschland verschlagen?« Na ja, es ist Deutschland, ich wurde natürlich gezwungen *blinzelt zweimal mit den Augen*. Okay, wenn ihr unbedingt die Wahrheit wissen müsst: Ich bin einem deutschen Mädchen nach Deutschland gefolgt. Was hätte ich tun sollen? Wenn ich nicht freiwillig mitgegangen wäre, hätte sie meine Familie verschleppt. Spaß. Das deutsche Mädel und ich lernten uns in der Filmschule in New Orleans, Louisiana, kennen. Ich war besessen von Wes Anderson, Sofia Coppola, Noah Baumbach (jap, auch ein dickes Landkind kann ein Snob sein, na und?) und meine zukünftige deutsche Freundin Evi war ebenfalls Filmfan. Ihr Ding waren die Klassiker, ihr wisst schon, Werner Herzog, Roland Emmerich, Leni Riefenstahl ... Na, hab ich euch schon ausreichend abgeschreckt mit meinen Witzen? Übrigens, wisst ihr, was kein Witz ist? Als wir uns kennenlernten, hatte sie noch nie *Jurassic Park* gesehen, könnt ihr euch das vorstellen? Ich meine, kommt schon, was für ein Mensch kennt *Jurassic Park* nicht? Zu ihrem Glück blieb ich trotz dieser unverzeihlichen Wissenslücke bei ihr. Zu meinem Glück blieb sie trotz meiner schlechten Scherze bei mir.

Seit wir uns 2012 an der Filmschule kennengelernt haben, habe ich es zu meiner Lebensaufgabe gemacht, ihr alle wichtigen amerikanischen Klassiker nahezubringen. Im Gegenzug hat sie mir beigebracht, wie man richtig mit Messer und Gabel isst. Bisher war ich immer davon ausgegangen, dass die Gabel dazu da ist, das Essen in mundgerechte Stückchen zu zermatschen, und das Messer nichts als wichtigtuerische Deko ist, die sowieso niemand benutzt.

Meine Germanisierung war also schon in vollem Gange, bevor ich das Land jemals betreten hatte. Ein Jahr später besuchte ich Deutschland zum ersten Mal, reiste ein wenig durch Europa (worüber ihr später noch mehr erfahren werdet), und nachdem ich mein Auto und meine geliebte DVD-Sammlung verkauft hatte, zog ich 2016 für sie nach München, wo ich heute noch lebe.

In diesem Buch werde ich euch mitnehmen auf eine Reise voller Fremdscham und Herzblut, die mich, Jordan Prince aus Nirgendwo, Mississippi, zum Comedian machte und nach Deutschland führte. Kleiner Tipp: Akzeptiert die Tatsache, dass ihr das Buch eines mehr oder weniger professionellen Witzbolds lest, am besten gleich. Manche Geschichten werden ernster und manche leichter sein. Menschen sind nun mal komplex und das Leben verdammt schräg. Und genau das wird sich in diesem Buch widerspiegeln.

Ich stehe mit einem Fuß in Amerika und mit einem in Deutschland. Und, danke der Nachfrage – ja, mir reißt gleich die Hose im

Schritt. Und das will nun wirklich keiner sehen. Meine Beine sind so weit gespreizt, dass mein schwabbeliger Hintern kurz vor dem Aufprall steht. Also lasst uns loslegen, bevor ich wirklich noch einen Spagat mache und im Krankenhaus lande. Lasst uns zusammen herausfinden, wie ich so lange überleben konnte, ohne meine Wurzeln zu verlieren, wie ich versuchte, mich an meine deutsche Umgebung zu gewöhnen, und es schließlich schaffte, meinen ganz eigenen Weg zu finden und neue Wurzeln zu schlagen.

KAPITEL 1

DER PRINCE VON MISSISSIPPI

Habt ihr in Deutschland schon mal ein pummeliges Kind gesehen? Wahrscheinlich nicht. Und ich spreche hier nicht von pummeligen Babys, die zählen nicht. Jeder liebt dicke Babys: »Schaut euch nur den süßen Wonneproppen an!« Nein, deutsche Eltern finden ein Moppelchen nur so lange süß, wie es noch nicht laufen kann. In der Sekunde, in der das Baby seinen ersten Schritt tut, wird es den nächsten Berg hochgejagt und dem Babyspeck mittels Sport der Kampf angesagt.

Kein Wunder also, dass es kaum pummelige Kinder in Deutschland gibt. Und selbst wenn – da, wo ich herkomme, würden sie trotzdem als dünn durchgehen. In Amerika nimmt man die Sache mit dem Übergewicht sehr ernst. Wenn schon dick, dann richtig. Vergesst Sport und Sprudelwasser, das Motto heißt Pizza-Party und Schokomilch.

Die Tatsache, dass ich ein pummeliges Kind war, hat es mir definitiv erschwert, mich unauffällig im Hintergrund zu halten. Doch mein stolzes Körpergewicht war nicht der einzige Grund dafür, dass ich mich oft wie ein Außenseiter fühlte. Es war schließlich der Süden. Die Bezeichnung »Bible Belt« für die Südstaaten kommt nicht von ungefähr. Offiziell hat der Name natürlich mit dem Christentum zu tun, das die kontinentalen 48 Staaten fest im Griff hat. Ich glaube aber, dass der Name in Wahrheit daher rührt, dass die Bauchumfänge der Leute irgendwann so gigantisch wurden, dass man ohne einen Gürtel (oder zwei) einfach keine Chance hatte, alles in Position zu halten. Grüße an alle meine moppeligen Südstaaten-Christen an dieser Stelle.

Ich wurde im amerikanischen Süden geboren (Banjomusik bitte), und die Region, aus der ich komme, hat eine Menge Geschichte. Nicht unbedingt *gute* Geschichte, aber Geschichte ist es trotzdem. Ihr Deutschen versteht, was ich meine, oder? Damals, diese *Sache*? Tja, in meiner Gegend gibt es auch einiges an … *Sachen*. Ganz ehrlich, man kann dort keine zehn Schritte gehen, ohne dass man den Namen irgendeines Bürgerkriegs-Generals auf einer Plakette oder einem Straßenschild prangen sieht oder von einer riesigen Statue angeglotzt wird, die zu seinen Ehren errichtet wurde. »Oh, Robert E. Lee Boulevard … Oh, Stonewall Jackson Drive … James Longstreet … Street.«

Dann recherchiert man ein bisschen zu diesen Typen und kommt am Computer so ins Schwitzen, als ob man gerade auf einen richtig fiesen Virus geklickt hat, der aussah wie ein Porno. Jetzt sind alle Dateien vom Familiencomputer gelöscht (inklusive Dads Präsentation, an der er sich seit sechs Wochen den Hintern abgearbeitet hat). Das ist mir natürlich so nie passiert.

Der Süden hat eindeutig seine Probleme, so viel mal ganz klar vorweg. Aber viele der speziellen Eigenheiten der Südstaaten sind für Menschen aus anderen Teilen der Welt schwer nachzuvollziehen. Versteht mich nicht falsch, vieles ist auch genau so, wie ihr es euch vorstellt. Aber lasst uns mal ein bisschen genauer hinschauen. Man reiche mir eine Mundharmonika, eine Schrotflinte Kaliber 12 und eine ordentliche Prise Kautabak, dann kann's losgehen.

Klar, ich kann nur aus eigener Erfahrung sprechen, aber die Südstaaten haben mit den USA, die ihr aus den Filmen kennt, nicht viel zu tun. Ihr seht vor eurem inneren Auge Palmen und geschäftige Großstädte? Vergesst es. Wir sprechen hier nicht von Downtown Nashville oder Atlanta. Wir sprechen von (*Steppengras weht durch die Dürre*) Mississippi.

Corinth, Mississippi, der kleine Ort, in dem ich aufgewachsen bin, liegt eingekuschelt in der hintersten nordöstlichen Ecke des Staates. Man landet, ohne es zu merken, drüben in Tennessee, wenn man sich dort verfährt. Das ist mir oft passiert, denn zu meiner Zeit gab es noch kein verlässliches GPS auf Handys, und statt sich Wegbeschreibungen auszudrucken, fuhr man einfach auf gut Glück los und hoffte, dass man das richtige Haus finden würde.

Als ich geboren wurde, lebten nur gut 11 000 Menschen in Corinth. Eine meiner Lieblingsbeschäftigungen als Jugendlicher war es, auf meiner Veranda zu sitzen, dem Wetter beim Vorbeiziehen zuzuschauen und mir dabei den kitschigsten Emo-Rock reinzuziehen, den ihr euch vorstellen könnt. Es war der beste Platz, um einen ausgiebigen Sommersturm zu beobachten. Im Winter wurde es zwar kalt, aber nicht »Deutschland-Kalt«. Das ist was ganz anderes. In Bayern schneit es in einem Winter mehr als in all meinen Jahren in Mississippi zusammen. Und diese stechende Kälte, die einem in Deutschland im Januar so richtig fies in die Knochen schießt – daran werde ich mich nie gewöhnen.

Jetzt, wo ein kleiner Deutscher in mir heranwächst, wächst auch meine Wertschätzung für die Schönheit der Natur in Mississippi. Damals interessierten mich die sanften Hügel und das satte Grün der Wiesen meiner Kindheit überhaupt nicht. Alles, was ich in meiner Jugend für meinen Heimatort empfand, war das Gefühl, dass es dort rein **gar nichts** zu tun gab. Außer man stand auf Sport oder konnte sich für naturnahe Aktivitäten wie Angeln oder Jagen begeistern. Wäre der kleine Jordan ein Deutscher gewesen, hätte er es vermutlich geliebt: »Ist dieses Feld nicht perfekt für einen frühmorgendlichen Halbmarathon? Oh, dieser See ist noch nicht zugefroren, lass uns reinspringen, na los!« Was meine Eltern wohl mit so einem Kind angefangen hätten? Sie hätten wahrscheinlich das FBI eingeschaltet oder mich zumindest von einem Spezialisten untersuchen lassen: »Warum trinkt unser Neugeborenes Bier in Lederhosen? Und WAS erzählt er da?«

Die einzigen Fische, die Jordan junior angelte, waren »Goldfish«.

Mein absoluter Lieblingssnack, den ihr euch ungefähr wie die deutschen »Goldfischli« auf Speed vorstellen könnt. Wenn ihr ihren unverschämt leckeren Cheddar-Pulver-Geschmack einmal gekostet habt, werdet ihr ihre figurbewussten Verwandten aus Deutschland nie wieder anfassen. Denn an Goldfish ist rein gar nichts gesund oder natürlich. Und genau das macht den Reiz aus.

Ich würde weder mich noch meinen älteren Bruder Bruce als Naturburschen bezeichnen. Er ist vier Jahre älter als ich, groß wie ein Baum, stark wie ein Ochse – und wusste, dass er schwul ist, bevor er seinen eigenen Namen buchstabieren konnte. Zur großen Enttäuschung meines Vaters Joel entsprach keiner seiner Söhne dem Bild von Männlichkeit, das all die Brysons, Braxtons und Brandons um uns herum verkörperten. Uns interessierte weder Sport, noch standen wir auf Waffen. Was für eine Ernüchterung für Joel. Bis heute kennt der Mann jeden Fakt über jede erdenkliche Sportart (außer Fußball, weil ... USA eben). Alles, was wir als Kinder hätten tun müssen, war es, seine Leidenschaft weiterzuführen. Doch statt sein Wissen durch mich strömen zu lassen, ließ ich lieber literweise Schokomilch durch mich strömen und zockte Super Mario Sunshine, während Bruces Hauptbeschäftigung darin lag, Männer zu daten, ohne dabei erwischt zu werden.

Heute tut es mir irgendwie leid für meinen Dad, dass ich mir so wenig Interesse für das ganze Sport-Ding abringen konnte. Dabei hatte ich ja gar nichts dagegen. Ich schaute mir die Spiele gern als Zuschauer an, mit ihm und später auch mit Freunden (und Bier). Die großen Events, die blinkenden Lichter, die aufgeladene Energie – das hat schon etwas. Wen steckt die ganze Aufregung nicht an? Selbst wenn heutzutage ein Freund zu mir sagt »Das Team da ist scheiße und dieses Team ist super«, bin ich der Erste, der aufspringt wie ein aufgekratzter Cowboy nach seinem achten Whiskey-Shot.

Dann gibt es natürlich noch meine Mutter, Margie (nein, das ist keine Abkürzung für Margaret), die Bruce und mir zum Glück immer zur Seite sprang, wenn wir keine Lust hatten, an irgendwelchen körperlichen Aktivitäten teilzunehmen. Sosehr ich sie liebe, die Frau hat definitiv auch ihre Eigenheiten. Na ja, die haben wir schließlich alle, aber ich muss sagen, ich habe den Eindruck, wenn wir einmal die 50 überschreiten, kommen unsere Schrullen so richtig raus. Tja, so ist das Leben eben.

Wenn ich darüber nachdenke, warum ich mich immer lieber drinnen als draußen aufgehalten habe, muss ich nicht lange suchen. Meine Mom ist der ultimative Drinnie. Niemand liebt einen gemütlichen Sessel und ein klimatisiertes Zimmer so sehr wie sie. Kann man es ihr wirklich verdenken? Außerdem liebt Mom ihre Hunde, vorzugsweise Bichon Frisés, und sie hat eine ausgeprägte Leidenschaft für die Retro-Drive-in-Burger-Kette Sonic, die sie jedem anderen Burgerladen auf dem Planeten vorzieht. Und ganz ehrlich, die Frau hat Geschmack, die Burger sind nun mal verdammt gut. Ich sag ja, der Apfel fällt nicht weit vom Stamm. Das Kind der Couch-Königin zu sein hatte allerdings auch seine Nachteile. Dass ich um einiges mehr als die meisten meiner Mitschüler auf die Waage brachte, zum Beispiel.

Die Deutschen da draußen fragen sich jetzt wahrscheinlich: »Tschoad'n, why were you such a overweight kid as you ah describing to us? What did you eat? As childs, we Germans normally eat only slices of Apple, and maybe if we are good, Vollkornbrot wis Frischkäse. Sen we would have energy to make many hours of Schport!« Wow, danke an all meine unsichtbaren deutschen Freunde da draußen, wie nett von euch. Und wie immer habt ihr recht, auch wenn ihr etwas zu direkt mit euren Aussagen seid. Und übrigens, ich bin mir bewusst, dass ich als Kind ein bisschen mehr als Vollkornbrot hier und ein paar Äpfel da gefuttert habe …

Wenn ich mit etwas Abstand über meine Ernährung als Kind (auch bekannt als: *alles, was ich in meine dicken Finger bekam)* nachdenke, fallen mir drei Probleme auf. Zwei davon betreffen wohl die meisten Amerikaner in den Südstaaten (und allen anderen Staaten, aber den Statistiken nach gilt es am meisten für die Südstaaten): industriell verarbeitete Lebensmittel (dramatischer Paukenschlag) wie Hotdogs, Frühstücks»zerealien«, tiefgefrorene Chicken Nuggets, Schokoriegel, Little-Debbie-Süßigkeiten, jegliche Chips wie Doritos oder Pringles und ... ich meine, die Liste ist endlos. Endlos und so verdammt lecker. Ist doch klar, dass der Scheiß lecker ist! Die Zutaten wurden buchstäblich chemisch konstruiert, um eine Sucht auszulösen! Das Gehirn will vom ersten Biss an mehr.

Problem Nummer zwei ist meiner Meinung nach die typisch amerikanische Bequemlichkeit, die zu Amerikanern gehört wie die Besessenheit von ihrer Flagge. Natürlich ist es einfacher, sich Fastfood reinzuschieben, als zu Hause zu kochen. Ich sage das völlig urteilsfrei, hey, ab und an stehe ich immer noch ziemlich auf McDonald's (und das ganze andere Zeug, wenn wir schon dabei sind. Ich würde töten für einen Taco Bell in Deutschland). Aber es ist ja wohl logisch, dass es nicht gut für den menschlichen Körper ist. Wisst ihr, was gar nicht bequem ist? Die Tatsache, dass frisches Obst und Gemüse in den Staaten unfassbar teuer sind. Habt ihr schon mal die Preise bei Whole Foods gesehen? Oh mein Gott! *Lass uns einfach was bei KFC holen. Der vom Colonel angebotene frittierte Eimer mit frittiertem Zeug und frittierten Pommes obendrauf ist billiger als ein paar Pflaumen.* Nehm ich! Außerdem, welche Person unter 70 isst überhaupt noch Pflaumen? Aber es ist wirklich so: Selbst wenn ihr hochmotiviert wärt, euch nur von Grünzeug zu ernähren, wärt ihr nach zwei Einkäufen pleite. Ziemlich Banane ... oder was auch immer das Gegenteil von Banane ist.

Trotz allem würde ich lügen, wenn ich sagen würde, dass meine Eltern nichts mit meinem Übergewicht zu tun hatten. Ich mache ihnen keinerlei Vorwürfe dafür, aber sie trugen nun mal ihren Teil bei. Mein Vater sprach sogar einmal mit mir darüber (völlig zusammenhangslos, in einer dieser Unterhaltungen kurz vor dem Zubettgehen, wenn ein Elternteil dir plötzlich aus dem Nichts sein Herz ausschüttet). Jedenfalls hat er da so was wie Verantwortung übernommen und ausgedrückt, dass er die Masse an ungesunden Lebensmitteln, die wir zu Hause hatten, strenger hätte überwachen sollen. Nach dieser Erleuchtung wechselte er dann völlig zusammenhangslos das Thema. Diese Art ernsthafter Vater-Sohn-Gespräche verpackte er immer geschickt zwischen Aussagen wie »Der Rasen dieses Jahr ist weniger grün als letztes Jahr.« Eltern sind einfach verrückt, das ist bei allen Familien so. Ist nicht böse gemeint, es ist einfach ein Naturgesetz. Ihre Kinder treiben sie in den Wahnsinn, das ist ganz normal.

Meine Mom hinterfragte unsere Ernährung null Komma null. Im Gegenteil, sie war die stolze Erfinderin einer Handvoll Gerichte für besondere Anlässe, mit denen sie Kinderaugen (nicht nur) am Weihnachtsmorgen zum Leuchten brachte. Spezialitäten, die einen Deutschen entweder in ein diabetisches Koma versetzen oder ihn direkt per Herzstillstand ins Grab befördern würden.

Margies Spezialität Nummer eins war der absolute Favorit meines Bruders: die »Frühstückspizza«. Es ist genau das, wonach es klingt: Teig belegt mit Hackfleisch, Eiern und Käse. Ein Cheeseburger in Pizza-Form sozusagen. Eine Meisterleistung der Kulinarik, die es nur selten gab, weshalb wir umso mehr danach lechzten.

Die andere Delikatesse meiner Mutter war *meine* Leibspeise. Anfangs klingt sie vielleicht wie ein ganz normales amerikanisches Frühstück. Rührei, Speck und Biscuits (das einzige Brot, das es in Deutschland nicht gibt und das ich so schrecklich vermisse). Die Biscuits des Bible Belt sind Gott in Nahrungsform. Es sind knusprige, weiche, unglaublich butterige Brötchen. Der Clou an dem ganzen Gericht ist aber, dass meine Mutter diesem Standardfrühstück eine entscheidende Zutat hinzufügt. Das fehlende Glied. Ihr Magnum Opus: Schokoladensauce. Ja. Richtig gehört. Eine riesige Schüssel gefüllt mit heißer, dampfender, dickflüssiger Schokosauce, die über die Biscuits, die Eier und den Speck geleert wird. Das Ergebnis: EINFACH SPEKTAKULÄR.

Ein kleiner Vergleich für euch Europäer da draußen: Stellt euch ein warmes, butteriges Schoko-Croissant vor. Ein Schoko-Croissant gefüllt mit Eiern. Und Fleisch. *Lecker*! Ihr wollt es, oder? Ich fange schon an, zu sabbern. Aber ja, ein paar Portiönchen davon und ihr könntet einem Big Boy wie mir Konkurrenz machen.

Meine Hauptbeschäftigung als Heranwachsender bestand aus essen. Ich war so sehr damit beschäftigt, Snacks, Chips, Pizza, Kekse, Mortadella, Hotdogs und Eis zu futtern, dass ich mich weniger auf andere Aspekte des Lebens konzentrieren konnte. Deshalb habe ich zum Beispiel (wie so viele meiner amerikanischen Landsleute – hey, snacken hält eine Menge Leute da draußen auf Trab, okay?) viel zu spät im Leben gemerkt, dass es tatsächlich noch andere Länder als die USA auf unserem kleinen Planeten gibt.

Aber im Ernst: Im Süden gibt es verdammt viele Leute, die keine Ahnung von Ländern außerhalb der USA haben. Ich spreche hier nur aus eigener Erfahrung. Klar, wir haben die Namen dieser Länder schon mal gehört, aber solange es nicht gerade um den Zweiten Weltkrieg oder Vietnam geht, lernen wir kaum etwas über den Rest der Welt. Ehrlich gesagt wusste ich nicht mal, dass Neuseeland überhaupt existiert, bis die *Herr-der-Ringe*-Filme rauskamen.

In manchen öffentlichen Schulen werden den Schülern vielleicht von irgendwelchen radika linken sogenannten Lehrern mit einem sogenannten Abschluss sogenannte Fakten über sogenannte Länder aufgezwungen (das hier ist Satire, ganz ruhig), aber die meisten Kinder blenden diese albernen Details sowieso aus, weil ihnen zu Hause eingetrichtert wurde, dass Menschen außerhalb der USA in Lendenschurzen herumlaufen und in Lehmhütten wohnen. Als ich mit 22 endlich zum ersten Mal die USA verließ, stellte ich schockiert fest, dass *wirklich* alle in Lendenschurzen herumlaufen! Die Gerüchte waren wahr!

Bis heute ist es mir peinlich, wie viel Grundwissen mir über die Geschichte und Kulturen anderer Länder fehlt. Ich war zwar schon mal in Tansania, aber es auf der Karte finden? Vergesst es. Na ja, vielleicht mit ganz viel Glück. Aber damit bin ich wirklich kein

Einzelfall. Ich muss oft an diese Straßenumfragen denken, bei denen irgendwelche Amerikaner am Times Square oder auf dem Hollywood Boulevard von einem YouTuber angesprochen werden und einfache Geografiefragen gestellt bekommen, wie zum Beispiel: »Was ist die Hauptstadt von Mexiko?« Die Antwort ist nie die, die man sich wünschen würde. Sie ist nicht nur falsch, sie ist unverzeihlich falsch. Stellt euch vor, ihr klopft nach eurem Tod an die Himmelspforte und Petrus sagt: »Okay, Kevin, denk jetzt wirklich gut nach, okay? Das ist deine *eine* Chance, in den Himmel zu kommen.« Kevin zieht an seiner Vape-Zigarette und meint nur: »Bro, wow, krass ... äh, ich bin mir ziemlich sicher, es ist Dallas.«

Natürlich sind nicht alle Südstaatler kulturell komplett ahnungslos, aber, na ja ... VIELE eben schon. Meine eigene Mutter (Gott hab sie selig) plante 2018 ihre erste Deutschlandreise, um mich zu besuchen, und schrieb mir eines Tages eine WhatsApp-Nachricht. »Sohnemann, gibt es in Deutschland denn schon WLAN?« Ja, richtig, es war eine WhatsApp-Nachricht, von ihrem Handy an mein Handy, die sie per **Internet** verschickte. Hab dich lieb, Mom.

Ihr könnt euch vorstellen, wie es mich umgehauen hat, als ich nicht nur Deutschland zum ersten Mal sah, sondern Europa generell. Meine eigene Dummheit verpasste mir einen kulturellen Arschtritt. Ich hatte ja überhaupt keine Ahnung gehabt! Doch der wahre Weckruf kam, als ich meine Heimat mit dem Heimatort meiner Freundin verglich. Hier stand ich also, die größte Couch-Potato Amerikas mit einem Hang zur Langeweile, und plötzlich sollte ich mich in einer Kultur zurechtfinden, die nicht gegenteiliger sein könnte.

Fun Fact: Evis Heimatort ist der südlichste Ort in Deutschland – wie ironisch –, dessen Bewohner (größtenteils) ihr gesamtes Leben Freizeitaktivitäten an der frischen Luft verschrieben haben. Ihr könnt so ziemlich jede Kleinstadt nahe der Alpen besuchen und werdet vergeblich nach jemandem suchen, der sich langweilt. Sie verstehen die Bedeutung des Worts »Langeweile« überhaupt nicht. Dafür sind sie viel zu beschäftigt mit Wandern, Schwimmen, Klettern, Radeln oder Skifahren.

Zu sagen, die Deutschen sind aktiv, wäre eine Untertreibung. Sie sind regelrecht *besessen* von körperlicher Ertüchtigung. Außerdem haben sie einen Hang zu Pragmatismus und Logik. Das führt zwar häufig dazu, dass sie nicht unbedingt die aufregendsten Zeitgenossen sind, aber in einem Punkt ist auf die Deutschen Verlass: Ihre körperliche und geistige Verfassung ist allererste Sahne. Wenn es einen Wanderpfad im Wald gibt, hüpft garantiert ein Deutscher darauf herum, wenn sich irgendwo ein Gewässer findet, schwimmt mindestens einer mit sich selbst um die Wette (Temperatur egal) und wenn die erste Schneeflocke auf dem Boden landet, werden sofort die Skier ausgepackt. Die Deutschen sind allzeit bereit. Die deutsche Sprache zu lernen ist hart, doch den deutschen Lifestyle zu lernen ist mindestens genauso schwierig!

Im Laufe der Jahre habe ich amerikanische und britische Expats kennengelernt, die nicht nur total auf Wandern und Skifahren abfahren, sie sprechen die Sprache auch noch so gut, dass sie sich quasi nur noch auf Deutsch unterhalten. Das verblüfft mich immer wieder aufs Neue. Klar, es ist beeindruckend, aber jetzt mal Hand aufs Herz: Habt ihr WIRKLICH Spaß dabei, am Samstagmorgen um sieben auf der Zugspitze aufzuschlagen, mit Markus, Florian, Julian, Heike und Silvia, die seit sechs Stunden über ihre Lieblings-Krankenkasse fachsimpeln? Ich mache nur Spaß – aber irgendwie auch nicht. Ehre, wem Ehre gebührt. Wenigstens nutzen die Deutschen ihre Zeit immer produktiv.

Im Süden, aus dem *ich* komme, sieht es etwas anders aus. **Komplett** anders. Es gibt dort einfach wirklich nichts zu tun, ich übertreibe nicht. Die Gegend besteht aus nichts als einsamen Straßen, umgeben von einer unfassbar riesigen Landmasse. Ihr fahrt meilenweit, um etwas essen zu gehen. Ihr fahrt meilenweit, um einkaufen zu gehen. Wenn ihr Glück habt, könnt ihr beim Supermarkt noch tanken, damit ihr es wieder nach Hause schafft (was natürlich meilenweit entfernt ist). Ihr könntet zum nächsten Park fahren, aber – wie schade, er ist leider geschlossen. Und wenn die paar Geschäfte, die es in eurer Kleinstadt gibt, abends die Türen schließen, dann seid ihr auf euch selbst angewiesen.

Ihr könntet in eurem Zimmer abhängen – mit Freunden. Oder ihr hängt bei euren Freunden im Zimmer ab. Könnt ihr euch das überhaupt vorstellen? Das war's an Entertainment-Angebot für Jugendliche. Jeden Tag dasselbe, bis ihr endlich alt genug seid, um wegzuziehen. Das heißt natürlich nicht, dass ihr eure Zeit nicht mit wunderbaren Menschen verbringen könnt. Aber irgendwann langweilt sich jeder. Und genau hier wird es gefährlich. Aus diesem Grund greifen die Leute in der Gegend so oft zu Drogen. (Das gilt natürlich nicht für jede Person und es gibt weitere Faktoren, die eine Rolle spielen, aber Langeweile öffnet da sicher mehr als eine Tür.) Auf jeden Fall ist es für viele Teenager aus Smalltown-Amerika reizvoller, mit einem Joint abzuhängen als ohne. Die Leute brauchen einfach was zu tun.

Jetzt wo ich schon so lange in Deutschland lebe, finde ich die Idee absurd, einfach stundenlang ziellos durch die Gegend zu fahren. Noch amüsanter wird der Gedanke, wenn ich mir vorstelle, dabei einen deutschen Anhalter mitzunehmen. All die Fragen, die er hätte: »Where? What do you mean ›driving for fun?‹ Can you drop me off at se next U-Bahn? You know, sis is bad for se environment. How long will we be on se road? Should I help you plan se route?«

Heute kann ich das absolut nachvollziehen, aber mein Teenage-Ich hätte diesen Typen an der nächsten Tankstelle rausgeworfen. Wahrscheinlich hätte ich schon gar keinen deutschen Anhalter mitgenommen. Wer würde schon einem Tramper mit deutschem Akzent mitten in Mississippi trauen? Das kann nur eine Falle sein.

Andererseits: Es wäre ziemlich typisch, dass ausgerechnet dieser fiktive Anhalter der *eine* Mensch gewesen wäre, der die Amerikaner dazu hätte bringen können, mehr zu recyceln und mal über die Anzahl der Mega-Trucks in ihren Einfahrten nachzudenken (vor allem die, die diese Hoden-Anhänger am Heck baumeln haben). Aber mal ehrlich: Ein deutscher Anhalter im tiefen Süden hätte sowieso keine Chance. Irgendein Redneck hätte ihn längst über den Haufen geschossen oder gefahren.

Klar, es gibt ein paar »verrückte Linke« in Amerika, denen das Fortbestehen der Welt wirklich am Herzen liegt, aber denen hört im Süden niemand zu. Die Mehrheit der Südstaatler machte sich damals keine Gedanken um die Umwelt und tut es auch heute nicht. Manche glauben noch nicht einmal an den Klimawandel. Ich spreche hier wieder aus Erfahrung, wobei ich nicht mal glaube, dass irgendjemand, der das liest, jetzt sonderlich schockiert ist.

Soweit ich mich erinnern kann, basierten all unsere Schulbücher auf der Schöpfungsgeschichte aus dem Buch Genesis. Ich bekam erst Jahre nach meiner Schullaufbahn Wind davon, dass es so was wie Evolution oder Ozonlöcher gibt. Kleiner Nebengedanke: Findet ihr nicht auch, dass »Ozonloch« klingt wie ein Stripschuppen auf dem Dorf, in dem die Ladys nichts mehr zu verlieren haben? Sollte es diesen Klub noch nicht geben, kommt hier mein Pitch: Stellt euch einen runtergekommenen Laden vor, stehende Hitze, 37,8 Grad. Der einzige Drink, den man hier nicht bestellen kann, ist Wasser (das ist längst verdampft), und der besondere Clou der Stripperinnen ist, dass die Outfits von ihren Körpern schmelzen. Es riecht nach einer Mischung aus Schweiß und Verzweiflung. Na, was denkt ihr? Hab ich euch überzeugt?

In meinem Heimatort gab es leider nicht mal annähernd so etwas Spektakuläres wie das »Ozonloch«. Oder generell irgendetwas Spektakuläres. Kein Wunder, dass »Ziellos durch die Gegend fahren« zum Hobby schlechthin wurde. Für uns war es aufregend, einen Kumpel mit den Worten »Hey, Dude, spring rein, lass uns rumcruisen. Radiohead hat eine neue Platte draußen« abzuholen. Stundenlang fuhren wir durch die Gegend. Fuhren, parkten, fuhren weiter, parkten, fuhren wieder. Aber ganz im Ernst: Ich liebe meine Erinnerungen an diese Zeit, weil ich auf meinen endlosen Irrfahrten Künstler entdeckte, die mich seitdem begleiten, Elliott Smith und Bob Dylan zum Beispiel. Nichts wird je das Gefühl davon übertreffen, in einer billigen Schrottkarre im Dezemberregen auf dem Parkplatz einer verlassenen Fabrik zu sitzen und auf irgendeiner Mix-CD den Song »The Lonesome Death of Hattie Carroll« zu entdecken. Diese Erinnerungen haben etwas Magisches. Die Magie längst vergangener Zeiten.

KAPITEL 2

DER PRINCE DER SCHWARZEN SCHAFE

Ihr habt es mittlerweile mitbekommen: Als Kind fiel es mir schwer, mich an meine Umgebung anzupassen. Das führte dazu, dass mein Inneres zwei Persönlichkeiten entwickelte, die im ständigen Kampf miteinander lebten: Der eine Teil hätte alles dafür getan, als »normal« angesehen zu werden. Der andere Teil lehnte die derbe Haudrauf-Mentalität, die in meiner Gegend als »normal« galt, aus tiefstem Herzen ab und kämpfte dafür, sich abzugrenzen. Okay, okay, das Wort »Kampf« ist vielleicht etwas übertrieben, wenn man bedenkt, dass meine Rebellion darin bestand, mich vor dem Footballtraining zu drücken und mir tütenweise Chex Mix reinzuschütten. Was allerdings definitiv wahr ist, ist, dass ich nicht dazugehört habe.

Ich kann mir nicht vorstellen, dass ich heute so glücklich wäre, wie ich es bin, wenn ich in meinem Heimatort geblieben wäre. Der Bible Belt und ich haben uns irgendwie von Anfang an auf dem falschen Fuß erwischt. Daran waren nicht nur meine Mitschüler schuld. Wenn es deine dringendste Mission ist, rauszufinden, welches Programmkino in Louisiana, Tennessee oder Mississippi den neuen Sofia-Coppola- oder Lars-von-Trier-Film zeigt, bist du wahrscheinlich nicht auf einer Frequenz mit dem Südstaaten-Kid, das in der Schule neben dir sitzt. Vor allem nicht, wenn du heimlich Jungfrau bist und Alkohol für dich eklig schmeckt. Dann gilt man entweder als »schwul« (nicht wortwörtlich, sondern als Beleidigung, na gut, manchmal auch wortwörtlich) oder zumindest als problematisch. Irgendetwas kann mit dir nicht stimmen. Du bist sonderbar. Du bist schwach. Vor allem bist du anders, was von vielen als Bedrohung wahrgenommen wird. Erst recht in der Highschool. Da geht es besonders brutal zu.

Wenn ihr jemals einen amerikanischen Highschool-Film gesehen habt, dann sagen euch die typischen Highschool-Cliquen vermutlich etwas. Fun Fact: Ich hab zu keiner davon gepasst. Ich war kein Sportler, außer man zählt für meine »Man Boobs« gemobbt zu werden als Sport. Kennt ihr diese Kids, die zwar null soziales Kapital haben, dafür aber mit Bestnoten glänzen? Ja, zu ihnen gehörte ich auch nicht. Ich war so unterirdisch schlecht in Mathe und Naturwissenschaften, dass es mir heute noch peinlich ist. Wobei ich damals wahrscheinlich noch besser rechnen konnte als heute. Wie oft ich in einem deutschen Restaurant sitze und mein Tischnachbar, ohne mit der Wimper zu zucken, eine ultrakomplexe Algebraformel löst, nur um das Trinkgeld auszurechnen. Glaubt mir, wenn ich sage: Ich komme aus einer komplett anderen Welt. Tja, ich schätze, genau darum geht es in diesem Buch.

Zurück zu den Highschool-Klischees: Ich gehörte offensichtlich auch nicht zu den »Gut aussehenden«. Manche von ihnen waren so attraktiv, dass sie einen Furz lassen könnten und die Lehrer angerannt kämen, um auch mal dran riechen zu dürfen. Von Natur aus schön zu sein ist so wie von Geburt an reich zu sein. Kaum jemand von diesen Leuten setzt seine Privilegien ein, um die Welt zu einem besseren Ort zu machen. Man muss ganz schön weit unten stehen, um zu erkennen, wie weit es bis nach oben ist. Demut ist wichtig. Das rede ich mir zumindest ein. Die einzige Gruppe, die dann noch übrig blieb, waren die Grufties, aber leider war ich kein Goth, stand nicht auf Twilight und mein Fäkalhumor schien auch nicht so richtig zu ihrem Vibe zu passen.

Ich lernte auf die harte Tour, dass meine beiden größten Talente – XXL-Pizzen in Rekordzeit zu verschlingen und Zelda auf dem GameCube zocken – mich nicht unbedingt zum Freundemagnet machten. Dass ich ständig von allem abgelenkt wurde, half auch nicht gerade, und so kam es, dass meine Anzahl an Freunden sehr überschaubar blieb. Mit der Zeit wurde es besser, aber das dauerte.

Freunde außerhalb der Schule zu finden war auch nicht leicht. Die meisten Typen in meinem Alter, die in meiner Stadt so herumhingen, waren eher von der Sorte harte Jungs, in Tarnklamotten, mit rotem Gesicht, immer einen Monster Energy Drink in der Hand und geil auf Waffen. Der unglaubliche Konservatismus in der Gegend hat die Sache auch nicht leichter gemacht. Mississippi war und ist so konservativ, dass man ernsthaft Angst davor haben muss, zur falschen Zeit der falschen Person über den Weg zu laufen – selbst wenn man nichts angestellt hat.

Ihr könnt euch gar nicht vorstellen, wie glücklich ich war, als ich schließlich zwei ganz besondere Menschen fand, die der Kultur unserer Heimat ebenso skeptisch gegenüberstanden wie ich.

Einer von ihnen war auch ein Indie-Film-Nerd, auf den ersten Blick ziemlich still – bis wir herausfanden, dass wir den exakt gleichen Humor hatten. Er ging zur gleichen Schule wie ich und sein Name ist Cody. Er hat mein Leben komplett verändert.

Die andere Person, die großen Einfluss auf mein Leben (und das von Cody) hatte, unser »kultureller Käptn«, ist Todd. Von seinem kleinen Plattenladen brachte er uns so viel bei über die Welt – in Form von Mix-CDs und einer imposanten Kollektion an DVDs, die man sich in seinem Laden ausleihen konnte. Top Shelf Records wurde zum zweiten Zuhause für uns Außenseiter und schwarze Schafe. Endlich hatten wir einen Ort, wo wir hingehörten. Übrigens: Ein schwarzes Schaf zu sein hat auch ganz wunderbare Seiten. Glaubt mir, falls ihr auch eins seid. Der Weg ist steiniger, kein Zweifel. Aber dafür bedeuten die Freundschaften, die man schließt, umso mehr. Freundschaften wie Codys und meine.

Ich traf ihn zum ersten Mal in der Highschool. Er ist zwei Jahre älter als ich und ging deshalb vor mir von der Schule ab, was ein tiefes Loch in meinem Schulalltag hinterließ. Ich bin trotzdem für jede Sekunde dankbar, die ich mit Cody verbringen durfte. Wir waren wie zwei Hälften eines Medaillons, die sich am seltsamsten aller Orte gefunden hatten. Ich weiß nicht mal mehr genau, wie wir uns zum ersten Mal begegneten, aber als wir uns einmal gefunden hatten, klebten wir zusammen wie zwei Supermagnete aus einem geheimen Laboratorium. Wir waren die Art Freunde, die immer nach dem jeweils anderen gefragt wurden, wenn uns mal jemand allein begegnete.

Ich vermisse die Momente, in denen meine Backen vor Lachen schmerzten oder ich aus dem Zimmer rennen musste, um mich wieder einzukriegen und mir die Lachtränen aus dem Gesicht zu wischen. Cody war der erste Mensch in meinem Leben, mit dem mir das passierte. Bis heute ist er einer von sehr wenigen Menschen, mit denen ich auf so vielen Ebenen einfach klicke. Als wir eines Tages auf Top Shelf Records stießen, war uns sofort klar, dass der kleine Laden genau das Puzzleteil war, das unserem Leben fehlte. Es war, als ob das Schicksal uns an diesen Ort geschickt hätte.

Todd, der Besitzer von Top Shelf, war ungefähr zwanzig Jahre älter als Cody und ich. Keiner von uns hätte erwartet, dass sich eine so tiefe Freundschaft zwischen uns entwickeln würde. Einerseits, weil ich die Angewohnheit hatte, stundenlang in seinem Laden abzuhängen und ihn mit meinen naiven Problemchen vollzujammern, was ihn allerdings nicht zu stören schien. Andererseits, weil er ZWANZIG JAHRE ÄLTER ist als ich.

Er hatte einen guten Einfluss auf uns, schon allein, weil er keinen Alkohol trank (bis heute nicht). Wie oft Cody und ich die halbe Nacht bei ihm abhingen und einen Hacky Sack hin- und herwarfen, während er uns unglaubliche, nie veröffentlichte Musik seiner Freunde aus Memphis vorspielte. Diese Typen schrieben Meisterwerke, die kaum jemals jemand hörte, weil sie entweder früh starben oder einfach den »Durchbruch« nie geschafft hatten. Es fühlte sich an, als wären wir in einen Klub eingeladen worden, der nur ganz wenige Menschen einlässt.

Todd und ich fingen irgendwann an, zusammen nach Memphis auf Konzerte zu fahren, um unsere neuen Lieblings-Indie-Bands wie Born Ruffians oder Someone Still Loves You Boris Yeltsin live zu sehen. Wir fieberten auf jedes Konzert hin und legten auf der Strecke höchstens einen Stopp ein, um zu tanken oder uns ein paar Cheeseburger zu holen.

Was mich rückblickend am meisten an Todd und meiner Freundschaft amüsiert, ist der Fakt, dass meine Eltern nicht einmal fragten, ob sie ihn vielleicht mal kennenlernen könnten. Sie kamen nie in den Plattenladen, luden ihn nie zu uns nach Hause ein und kamen anscheinend nicht mal auf die Idee, dass unsere Freundschaft irgendwie sonderbar sein könnte. Es gab zwar nie Anlass zur Sorge, aber jetzt, wo ich älter bin, kommt es mir irgendwie befremdlich vor, dass sie nicht mal den **Anflug** von Interesse an diesem erwachsenen Mann zeigten, mit dem ich all meine Zeit verbrachte.

Dabei sprach ich sicher genauso oft von ihm wie von Cody. Der hing im Gegensatz zu Todd allerdings mindestens einmal die Woche bei mir zu Hause ab. Bei Todd war es anders. Er kam nicht zu mir nach Hause. Wir hingen lieber im Stadtpark ab, manchmal sogar zum Joggen. Ich, noch keine 18, trieb mich mit einem 38-Jährigen im Park herum? Keine Fragen, Mom und Dad? Okay. Was für ein Glück, dass wir **wirklich** nur joggen gingen und über Musik sinnierten! Mir bleibt das Lachen fast im Halse stecken, denn es *hätte* ja auch ganz anders ausgehen können.

»Oh hey, Mom und Dad, ich hänge heute Abend mit Todd ab.«

»Wer ist Todd?«

»Ach, ihr wisst schon, er besitzt diesen Plattenladen Downtown. Er ist mein Kumpel.«

»Er ist kein Schüler?«

»Nein, er ist 38.«

»Und er will dich allein in seinem Auto zu einer Bar in Memphis mitnehmen, von der wir noch nie gehört haben, damit ihr eine

Band sehen könnt? Und ihr wisst nicht, wann ihr nach Hause kommt?«

»Jap, genau. Aber ich schaffs morgen pünktlich zur Schule. Versprochen!«

»… Okay, dann schreib uns, wenn ihr auf dem Rückweg seid, damit wir uns keine Sorgen machen müssen.«

Bei Todd fühlte ich mich sicher. Top Shelf Records wurde für Cody und mich zu einem Zufluchtsort. So ging es nicht nur uns. Der Laden gab einer ganzen Armee an verlorenen Teenagern ein Gefühl von Hoffnung. Der einzige Nachteil an Top Shelf war, dass wir während der Schulzeit nicht hingehen konnten. Fünf Tage die Woche mussten wir in die Highschool – der Ort, der das genaue Gegenteil vom behüteten, künstlerischen Top-Shelf-Kokon war. Der Ort, an dem deine Unsicherheiten unter das Mikroskop gelegt und dann mit dem Megafon in die Welt hinausposaunt werden.

Aber was will man machen, manche Dinge sind eben, wie sie sind: Die »coolen Kids« haben den weniger beliebten Kindern schon immer das Leben schwer gemacht. Falls jemand das hier gerade liest und noch zur Schule geht: Glaubt mir bitte, wenn ich sage, dass es nicht das Ende der Welt ist. Auch wenn es sich in dem Alter absolut so anfühlt. Wenn mir jemand als Teenager gesagt hätte: »Zeit heilt alle Wunden«, wäre das ungefähr so hilfreich gewesen wie ein paar Brüste, das bei Flut in den Sand gemalt wurde … nach einer Sekunde wieder weg und den Zweck voll verfehlt.

Ich hatte leider die Angewohnheit, zu jedem superfreundlich zu sein, was meine Peiniger schamlos ausnutzten. Gepaart mit meinen XL-Maßen machte mich das zur perfekten Zielscheibe. Als ob es damit nicht genug wäre, klopfte bald auch noch die Pubertät an und plötzlich sorgte jedes Mädchen in meiner Nähe dafür, dass mein Körper komplett verrücktspielte. Ich hab mir täglich an meinem Dingeling einen abgewedelt und mir nichts sehnlicher gewünscht, als dass mich endlich mal ein Mädchen bemerkt – damit ich dann nervös vor ihr wegrennen könnte. Und trotzdem habe ich es irgendwann tatsächlich geschafft, eine Freundin zu finden. Kaum zu glauben, aber wahr.

Das Mädchen, das auf mich aufmerksam geworden war (und ich meine nicht im negativen Sinn, yay!) hieß Alyssa. Sie war meine erste Freundin und ich war zum Sterben in sie verliebt. Wir trauten uns zwar kaum, Händchen zu halten, aber das spielte keine Rolle. Für mich bedeutete diese Beziehung **alles**, okay? Wir steckten uns sogar gegenseitig kleine Liebesbriefe in die Schließfächer. Das ist doch wohl total süß, oder? Ich glaube, meine Mitschüler nannten es »total schwul«, aber das war mir egal. Ich fand uns süß. Was nicht ganz so süß war, war dass das Mädchen meiner Träume in der Sekunde, in der sich ein Hauch von sexuellem Interesse in ihr regte, nicht auf mich, ihren Freund, zukam und mich fragte: »Hey, willst du ein bisschen mit mir ... du weißt schon?« Nein, stattdessen hielt sie es für eine bessere Idee, bei einer öffentlichen Schulveranstaltung vor meiner Nase mit einem anderen Typen rumzumachen. Dass der Typ Cody hieß, machte das Ganze auch nicht besser. Es war natürlich ein anderer Cody. Einer mit Camouflage-T-Shirt.

Also, noch mal zusammengefasst: Meine allererste Freundin hat mich betrogen, man kannte mich in meiner Jugend hauptsächlich als das Dickerchen, und ich war einer der wenigen Jungs im ganzen Staat, die nicht auf Sport standen. Ich war Chris Pratt in seiner *Parks and Recreation*-Ära und alle Jungs in meinem Umfeld waren *Guardians of the Galaxy*-Chris Pratt.

Ich kann nicht glauben, dass ich das sage, aber wenn ich mich in mein damaliges Gefühlsleben zurückversetze und es mit den Angstzuständen vergleiche, die ich in einer deutschen Sauna empfinde, dann würde ich mich für die Sauna entscheiden. Ich würde mir lieber mit bloßen Händen eine eigene Sauna bauen und irgendwelche Fremden von der Straße zu mir hereinwinken, die mein verschämtes Kopfnicken als Einladung für eine tiefgründige Nackt-Unterhaltung deuten, als meine schlimmsten Highschool-Episoden noch mal durchleben zu müssen.

Zum Glück – und ich meine wirklich ZUM GLÜCK – schaffte ich es, mein soziales Ansehen immer mehr aufzubessern, je näher ich dem Abschluss kam. Gegen Ende meines vorletzten Jahres und eigentlich das ganze Abschlussjahr über hatte ich mich irgendwie eingegroovt. Ich war »der witzige Typ mit der Gitarre«. Irgendwann hatte sich die Stimmung zu meinen Gunsten gedreht, woran ich natürlich ganz und gar nichts auszusetzen hatte. Plötzlich wurde ich zu den coolen Partys eingeladen und hing in Waldhütten eines Verwandten von irgendjemandem ab, mit Cheerleadern, Sportfreaks und sogar College-Leuten, die sich die Kante gaben. Und ich wurde nicht rausgeschmissen oder gemobbt!

Am lustigsten ist eine Story, die mir im Abschlussjahr passierte. Dank unseres netten und beliebten Kumpels Thomas (er kam mit jedem gut aus, weil er der ganzen Schule Gras verkaufte) durften wir mit auf eine Party, auf der wir ganz sicher nichts verloren hatten. Es war fantastisch.

Die Party bestand aus ein paar superbeliebten Sportfreaks, die gerade Abschluss gemacht hatten, reichen Kids und jeder einzelnen Cheerleaderin, die wir in den letzten drei Jahren in unserer Schule gesehen hatten. So ziemlich alle waren unter 21 (ich ahne schon, wie alle Europäer jetzt mit den Augen rollen). Ich fühlte mich wie in einem Film, was vielleicht auch daran lag, dass ich mit Abstand der Jüngste war. Wenn du um die 15 bist, kommt dir eine 19-Jährige vor wie eine Frau Ende dreißig. In meiner Ehrfurcht starrte ich mit offenem Mund all die »coolen« Leute an, die um mich herumtanzten und tranken und rauchten.

Irgendwann verlor ich meine Freunde Cody und Thomas aus den Augen und bekam Angst, dass ich sie nie wiederfinden würde. Ich setzte mich auf der riesigen Veranda des Hauses in eine Hängematte und konnte durch die großen Glasfenster ins Wohnzimmer hineinsehen. Die ältere Schwester eines Freundes setzte sich zu mir. Sie war Cheerleaderin an unserer Schule und ein paar Jahre älter als ich. Sie war wirklich sehr nett zu mir. Wir unterhielten uns sogar ganz gut. Ich hatte den Verdacht, dass sie nachsehen wollte, ob es mir gut ging, weil ich vermutlich wie ein komplettes Nervenbündel wirkte.

Auch Stunden später hatte ich meine Kumpels nicht wiedergefunden. Ich nahm an, dass sie irgendwo eingepennt waren wie die ganzen anderen, die ihre Räusche in irgendwelchen Zimmern ausschliefen. Weil die Zimmer aber alle voller Leute waren, die ich nicht kannte, traute ich mich nicht, nachzusehen, und entschied, mir einfach ein Plätzchen auf dem Boden des Flurs zu suchen. Der Gang war wie ein großes »L« geformt. Ich saß genau neben der Ecke am kürzeren Ende des »L«s. Direkt vor mir an der gegenüberliegenden Wand hing ein großer Spiegel, der zufällig die längere Seite des Flurs spiegelte. Als ich versuchte, es mir gemütlich zu machen, bemerkte ich, dass in dem Wandschrank hinter mir irgendetwas vor sich ging.

Ich konnte es nicht so gut erkennen, also kniff ich meine Augen zusammen und lehnte mich nach vorne. In dem Moment begriff ich, dass mein Freund Thomas im Schrank gerade einen Blowjob bekam. Genau in der Millisekunde, in der mir klar wurde, wovon ich gerade unfreiwillig Zeuge geworden war, sah das Mädchen auf und *blickte mir im Spiegel direkt in die Augen.* Natürlich dachte sie, ich hätte sie die ganze Zeit begafft!

Sie schnappte nach Luft und schrie: »SPANNER!« Ich schwöre, ich habe nicht gespannt, *aber wie sollte sie auch etwas anderes denken?* Ich wäre an ihrer Stelle auch ausgeflippt. Für sie war ich dieser dreckige kleine Perversling, der sich daran aufgeilte, dass im Schrank gerade das Parkett gebohnert wurde.

Oder sollte ich sagen, das Gewehr geladen wurde?

Oder vielleicht eher, der Besen geschrubbt wurde?

Das Rohr poliert wurde?

Okay, ich hör schon auf. Sorry.

Jetzt setzte mein Instinktverhalten ein. Ich wollte auf keinen Fall von Thomas verprügelt werden. Im selben Moment, als sie nach

Luft schnappte, warf ich meinen Kopf nach hinten, drückte meine Augen zu und tat, als ob ich schnarchte! *Oh, beachtet mich einfach nicht, ich befinde mich ganz offensichtlich in meiner Tiefschlafphase ... ja, ja, sie hat sich ganz SICHER geirrt.* Um es noch mal klarzustellen: Ich habe wirklich nicht mit Absicht zugesehen, es war ein ehrliches Missverständnis.

Da war ich also, in meinem Scheinschlaf. Jetzt hörte ich die Stimme meines Kumpels Thomas, der anscheinend aus dem Schrank herausguckte, mein schlafendes Gesicht im Spiegel sah und ganz entspannt sagte: »Oh, das ist nur Prince. Er ist cool.« GOTT SEI DANK! Ich wartete noch ein paar Sekunden, schlich mich dann ganz vorsichtig aus dem Spiegelbild und schlief ein paar Meter weiter wirklich ein.

Das war ohne Zweifel einer der peinlichsten Momente meiner Jugend, und gleichzeitig war es das Erlebnis, das einer »sexuellen Erfahrung« am nächsten kam. Mehr war für einen nerdigen Außenseiter an einer Highschool in Corinth, Mississippi, nicht drin. Ich nehme an, ich sollte sagen ... danke, Thomas! Und sorry, Schrankmädchen.

Aber hey, insgesamt zahlte es sich für mich aus, das schwarze Schaf als Teenager gewesen zu sein. Das erste Mal, als ich kapierte, dass es gar nicht so schlecht war, anders gewesen zu sein, war, als ich ein paar Jahre, nachdem ich weggezogen war, meinen Heimatort besuchte. Ich traf einen meiner alten Highschool-Peiniger (er hatte mir immer gegen die Nippel geschnipst, wenn ich ihm im Schulflur begegnete), der mittlerweile hinter der Kasse an der Tankstelle arbeitete. Es war ziemlich offensichtlich, dass er mit einer richtig üblen Methabhängigkeit kämpfte. Er hatte keine Ahnung, wer ich war, worüber ich ziemlich froh war.

Ich stieg wieder in mein Auto, und eine Welle der Dankbarkeit überkam mich. Ich ging zur Filmschule, hatte eine Freundin und einen richtig guten Freundeskreis. Endlich fühlte ich mich angekommen.

KAPITEL 3

DER PRINCE DER GEHEIMNISSE

Weil wir so gerne über den »Bible Belt« sprechen, wie wäre es mit noch einem Witz über die Herkunft des Wortes? Der Begriff hat ganz bestimmt auch was damit zu tun, dass man nach einem richtig ausgiebigen Frühstück (ich sage nur: Breakfast Pizza!!) bei der Sonntagsmesse erst mal den Gürtel öffnen muss und die heraushängende Plauze dann schnell unter einer Bibel versteckt. Jim Gaffigan hat mal gescherzt, dass der Süden nie wieder zur Macht aufsteigen kann – es sei allein physisch nicht möglich wegen all der Biscuits und dem Gravy.

Als Kinder verbrachten mein Bruder und ich jahrelang jeden Sonntagmorgen in der Baptistengemeinde und nutzten jeden Sonntag und meistens auch noch Mittwochabend das Jugendangebot der Kirche. Da fällt mir eine lustige Geschichte ein … über meinen allerersten Kuss, den ich in der Kirche hatte, mit Pastor Ray. Ich mache Witze, kommt schon Leute, entspannt euch. Es war Pastor Rick.

Ich weiß nicht mehr genau, wie alt ich war, aber es war noch vor der Highschool. Ich fing an, ein Mädchen aus der Gemeinde zu daten, Heather. Mit »Dating« meine ich natürlich, dass ich sie gelegentlich mittwochs bei unseren Jugendabenden sah. Sie saß dann immer mit ihrer Hand auf meinem Knie neben mir, während ich angestrengt daran arbeitete, nicht in Ohnmacht zu fallen. Die Geschichte unseres ersten Kusses ist so richtig amerikanisch und richtig uncool und deshalb auch richtig lustig.

Ihr Freund Tyler erzählte mir, dass sie im Spielezimmer auf mich warte. Ich besaß im Übrigen noch nie auch nur einen Hauch von Sex-Appeal. Stellt euch das exakte Gegenteil von James Bond vor und jetzt multipliziert es mit zehn. Als ich also mitbekam, dass sie auf mich wartete, hatte ich natürlich keinen blassen Schimmer, warum. Ich näherte mich dem Spielezimmer, einem kleinen Raum über unserem von der Kirche finanzierten Basketballplatz, ja, richtig gelesen, Basketballplatz. Jesus hat schließlich keine Körbe geflochten, er hat Dunks darin versenkt! Es war stockdunkel, Heather hatte alle Lichter ausgeschaltet. Ich trat unbeholfen ein. Mein Kopf spielte bereits vorausschauend den Soundtrack der *Halloween*-Filme ab.

Was jetzt kam, glich tatsächlich einer Horror-Szene: Sie sprang hinter einem Möbelstück hervor und »überraschte« mich. Was, wenn ich sie vor lauter Schreck bewusstlos geschlagen hätte, war sie wahnsinnig geworden? Sie trat langsam an mich heran, öffnete ihren Mund, entblößte die schimmernden Metallketten ihrer Zahnspange und leckte langsam an einem Schokolutscher. In den Südstaaten würden wir ihn »Sucker« nennen, aber das klingt irgendwie sexy, was dieser Moment leider ganz und gar nicht war. Sie zog den Lutscher aus ihrem Mund und fragte mich mit dem Hundeblick eines Neunjährigen, der seine Eltern um Münzen für den Spielautomaten anbettelt: »Magst du Schokolade?« Stellt euch vor, ich hätte »Nein, igitt!« gesagt! Überfordert stammelte ich »J-ja?«, und sie küsste mich.

Sie küsste mich mit der ganzen Kraft ihrer Zunge. Ich bin mir ziemlich sicher, dass sich mein Zahn zwischendurch in ihren Schneeketten verkeilt hat. Es war … na ja, einfach nur furchtbar. Danach tat mir der Mund weh. Doch mein junges Ich war trotzdem stolz, und ich dachte mir: »Jetzt weiß ich, wie sich alle Küsse anfühlen.« Ansonsten war's ganz normal in der Kirche.

Die Leute da waren ganz nett, aber manchmal war es echt verdammt langweilig. Ich bin unzählbare Male während der Predigt eingenickt und wachte erst wieder auf, als meine Mom oder mein Dad mich unsanft am Oberschenkel rüttelte. All das störte mich nicht besonders, was mich allerdings schon störte oder sogar dauerhaft schädigte, war dieses allgegenwärtige, allwissende Auge Gottes, vor dem unsere Eltern uns andauernd warnten. Als ich älter wurde, begriff ich, dass es wahrscheinlich einfach der leichteste Weg war, seine Kinder im Zaum zu halten. Einfach Gott als Waffe benutzen, wieso nicht!

Die Leute in meiner Heimat haben generell die Angewohnheit, ihrer Religion eine zu große oder zum Teil total unpassende Rolle beizumessen. Manche Typen in den Südstaaten dröhnen sich mit Four-Loko-Billigfusel und Percocet-Pillen zu, rauchen Camel Crushes und lenken in einer komplett lebensmüden Aktion ihren Möchtegern-Monstertruck in den nächsten Graben (zum Sound von Creed natürlich) – aber was soll's, solange ein kleiner Aufkleber auf der Stoßstange behauptet, der Herr sei auf seiner Seite. Das ist einfach scheinheilig. Auch für diese völlig übertriebenen Teleevangelisten hatte ich nie was übrig. Sie meinen, sie könnten die Kranken heilen, aber eigentlich verkaufen sie nur irgendwelchen Scheiß und tun dabei so, als wären sie direkt vom Herrn geschickt worden. Wer vertraut denn bitte einem Typen, der im Privatjet durch die Gegend fliegt und in Jesu Namen eine Hundert-Millionen-Dollar-Villa bewohnt? Die Antwort lautet: Sehr, sehr viele Leute.

Etwas an der übertriebenen Zurschaustellung von Religion in meiner Gegend kam mir immer seltsam vor. Ich traute dem Zirkus nicht ganz. Das könnte auch mit einem Pastor aus unserer Gemeinde zusammenhängen, der meinem Vertrauen ins Christentum einen ziemlichen Dämpfer verpasst hat. Dabei ging es nicht mal um Geld. Es war schlimmer. Der Pastor war jung, voller Energie und mit einer hübschen blonden Frau verheiratet. Weil ich selbst damals ein Teenager war, ist es unmöglich zu sagen, wie alt die beiden wirklich waren (für einen Teenager ist ja jede Person über 20 mindestens 65). Von meinem jetzigen Standpunkt aus würde ich vermuten, dass sie Mitte dreißig waren. Die Frau unterrichtete jedenfalls eine Zeit lang an meiner Highschool. Lehrerinnen wie sie kamen und gingen am laufenden Band, weil die meisten Schulen dauerpleite waren und die Bezahlung miserabel war.

Diese Lehrerin blieb jedenfalls für ein Halbjahr, und es wurde schnell sehr klar, dass sie nur Augen für einen bestimmten Schüler in unserer Klasse hatte. Der Typ war damals ein richtiger kleiner Star im Basketballteam unserer Schule. Sportlich, witzig und gut aussehend – die Geschichte schreibt sich von selbst.

Ihr könnt euch vorstellen, wie es weiterging. Nachdem die Lehrerin und der Schüler sich ein paar Monate lang vor der ganzen Klasse heftig gegenseitig anbaggerten, kam es schließlich, wie es kommen musste: Die Lehrerin (wie gesagt, um die 35) und ihr Schüler (unter 18, würg) wurden zusammen erwischt. In ihrem Auto. Wie romantisch! Ein Polizist, der den Stadtpark nach parkenden Autos absuchte, fand die beiden auf dem Beifahrersitz. Es wird euch nicht überraschen, dass die Lehrerin danach nicht mehr zur Schule kam. Sie und ihr Mann verließen praktisch über Nacht den Staat. Ich weiß nicht, was aus dem Schüler wurde, aber die Sache ging definitiv nicht spurlos an ihm vorbei.

Seit dem Skandal waren einige Monate vergangen. Ich war mittlerweile in der Abschlussklasse der Highschool und verdiente mir nebenbei als Möbelpacker etwas dazu. Mein bester Freund Cody und ich arbeiteten zusammen, was super war, auch wenn ich das Gefühl nicht loswurde, dass unsere Chefs uns nur dann zu zweit losziehen ließen, wenn der Auftrag uns garantiert fürs Leben zeichnen würde. Kennt ihr die Filme *The Hills Have Eyes* und *Beim Sterben ist jeder der Erste*?

Manchmal wussten wir schon anhand der Lieferadresse, was uns wieder für ein Horror erwarten würde. Große Teile von Mississippi und Tennessee bestehen aus endlosen Feldern, auf denen meilenweit nichts auftaucht außer gelegentlich ein einsamer Walgreens. Oder ein KFC/Taco-Bell-Doppel-Drive-through-»Restaurant«.

Oder einfach ein wüster Trailerpark, an dessen klapprigen Wänden Konföderiertenflaggen prangen oder »Don't Tread on Me«-Graffiti (ein beliebter Ausspruch bei Amerikanern vom Typ Kapitolstürmer).

Kurzer Vergleich: Was heckt ein »ungezogenes Kind« in einem deutschen Vorort typischerweise aus? Es klaut ein Fahrrad? Peanuts. In unserer Gegend liefen 12-jährige Walter-White-Verschnitte rum, deren »Aufsichtsperson« irgendein Ex-Knasti war. Kurz gesagt: Wir lieferten Möbel an Leute aus, von denen wir befürchten mussten, dass sie uns jede Sekunde abknallen könnten.

Eines Tages bekamen wir den Auftrag, eine Riesenlieferung über die Staatsgrenze nach Tennessee auszufahren. Wir schleppten uns den Hintern ab, stopften das ganze Zeug in unseren größten Lieferwagen und fuhren los. Bei Ankunft an der neuen Adresse parkten wir den Laster, sprangen raus, schwangen die schweren Wagentüren auf, banden die ganzen Möbel los und schleppten alles ins Haus. Da sah ich sie in der Tür stehen: meine alte Lehrerin. Und der Typ neben ihr? DER PASTOR! Sie hatten sich nicht scheiden lassen, sondern waren einfach einen Staat weitergezogen, um dort von vorne anzufangen. Sie taten einfach, als wäre nie etwas vorgefallen und ... ihr wisst schon ... belästigten jetzt andere Minderjährige drüben in Tennessee? Es sind die Südstaaten, okay? Was soll's, es gibt weitaus wildere Geschichten als diese. Sind wir mal ehrlich, für die meisten Menschen dort ist es ein größerer Skandal, sich gegen Gottes Wunsch zu wenden und sich scheiden zu lassen, auch wenn es für alle Beteiligten das Beste wäre. Scheidung wäre wirklich eine Sünde. Aber die Sache mit den Minderjährigen? »Ist das denn *wirklich* sooo schlimm?«

Das war wirklich das letzte Mal, dass ich die Lehrerin sah. Der Grund, warum mir die Geschichte so im Gedächtnis blieb, ist die Tatsache, dass der Ehemann sich stolz die christlichen Werte eines jeden ordentlichen Südstaatlers auf die Fahne schrieb. Und seine Frau, die ein Vorbild für die Kinder derselben Gemeinde sein sollte? Die pfiff auf diese Werte: »Laaangweilig!« Sie wurde straffällig und das Beste, was ihrem ach so moralischen Mann einfiel, war (in breitestem Südstaatenakzent): »Na ja, Honey, lass es uns einfach … vergeben und vergessen … in Gottes Namen … aus den Augen, aus dem Sinn. Hey, wem schickst du da schon wieder ein Selfie?«

Ich weiß nicht, ob sie immer noch in dem Haus leben, das wir beliefert haben, aber ich gehe stark davon aus, dass sie immer noch zusammen sind. Als wir wieder davonfuhren, war ich einfach nur froh, dass wir den Job hinter uns gebracht hatten – und erzählte am nächsten Sonntag in der Kirche natürlich brühwarm allen, was ich erlebt hatte.

Und das war nur ein Fall von vielen. Wie gesagt, ich verbrachte meine Zeit meistens trotzdem ganz gern mit den Leuten von der Kirche. Die Kirche an sich war okay, mein Problem war einfach diese Gottesfurcht, die man mir dort einpflanzte. Die Sorge, meine Eltern, die anderen Gemeindemitglieder oder den Herrgott selbst mit meinem Verhalten zu enttäuschen, wurde zu meinem ständigen Begleiter. Selbst, als ich mit der Highschool fertig war, saß sie immer noch tief in meinem Inneren, wie ein kleiner Edelstein, der tief unter der Erde vergraben liegt. Was noch hinzukam, war, dass mir als Jugendlichem meine Eltern so unglaublich rein und unschuldig vorkamen. Aus heutiger Sicht klingt es natürlich lächerlich, aber ich dachte wirklich, mit mir stimmt etwas nicht, weil ich Filme wie *American Pie* oder *Der Exorzist* schauen wollte. Bei uns im Haus gab es keinen Tropfen Alkohol und meine Eltern haben damals auch nie mit mir über Sex oder Drogen gesprochen.

Die Tatsache, dass wir über ganz normale Dinge, mit denen Teenager nun mal experimentieren, nie kommunizierten, führte dazu, dass ich Angst hatte, mich anderen zu öffnen. Meine Eltern *hätten* so was sagen können wie »Hey, die Versuchung wird immer da sein und es ist normal, dass man in deinem Alter experimentieren möchte. Uns ist wichtig, dass du weißt, dass du immer mit uns reden und ehrlich mit uns sein kannst. Du brauchst keine Angst zu haben und kannst immer zu uns kommen, wenn du etwas brauchst.«

Aber nein, meine Eltern entschlossen sich, solche Themen komplett totzuschweigen. Mein Vater versuchte nicht mal, mich irgendwie aufzuklären, bis ich 19 und schon mit einem Fuß aus der Tür war. Der arme Kerl war so überfordert von dem Thema, dass er während des gesamten Gesprächs keine Sekunde lang seinen Blick vom Fernseher abwandte. Die Unterhaltung dauerte ungefähr 30 Sekunden.

»Sohnemann, nur kurz, bevor du weg bist …«

»Was gibt's, Dad?«

»Du, äh, du weißt schon … manchmal, da wollen Leute in deinem Alter, na ja, sie … also sie …«

»Keine Sorge, Dad, ich weiß. Alles gut.«

»Ja? Ach so, okay, du weißt also Bescheid. Okay, und ist alles klar so, also bei dir? Hast du … na ja, du hast sicher … also hast du da unten … Haare?«

»Äh, jap, jap, keine Sorge … All-alles gut da unten. Ich, äh, ja, alles Roger.«

»Na gut.«

Es folgte ein ultrapeinlicher Moment und der klägliche Versuch einer High-Five-Handschlag-Kombo. Das war es also, das einzige Aufklärungsgespräch meines Lebens. Ich meine, es wäre nett gewesen, ein bisschen mehr Normalität in Bezug auf den menschlichen Körper vermittelt zu bekommen. Vielleicht hätte es mich besser auf die schweißgebadete Aufguss-Tortur vorbereitet, die ich Jahre später in der deutschen Saunahölle inmitten von Brustschweiß und Schamhaaren erleiden musste. Keine Sorge, wir werden uns dahin vorarbeiten.

Kein Wunder, dass ich alles vor meinen Eltern versteckte. Zumindest alles, was ich konnte. Ich werde nie vergessen, wie ich mit meiner ersten »schmutzigen« Zeitschrift erwischt wurde. Ich muss um die 16 gewesen sein und hing im Plattenladen meiner Kleinstadt ab, als ich eine Art Rock-Zeitschrift erblickte. Ich nahm sie und entdeckte auf der Rückseite eine Werbung für einen Kalender, der weibliche Stars in Bikinis zeigte.

Auf dem Kalender waren beliebte Schauspielerinnen wie Jennifer Garner, Jessica Alba und Lucy Liu zu sehen. Mir kam die geniale Idee, die Rückseite abzureißen. Gesagt, getan. Ich faltete sie fein säuberlich zusammen, ließ sie in meiner Hosentasche verschwinden und **raste** nach Hause, als wäre ich Charlie aus der Schokoladenfabrik, und hielte das goldene Ticket in meiner Hand. »Ich muss nach Hause, ich muss nach Hause!« Ihr könnt euch vorstellen, was ich die nächsten paar Tage getrieben habe. Ich habe masturbiert, was das Zeug hielt. Wie Teenager das nun mal machen. Sorry, Mom.

Eines verhängnisvollen Tages sprang ich jedenfalls wieder mal aus dem Schulbus (besonders voller Elan, weil ich so schnell wie möglich diesen starken, unabhängigen, erfolgreichen Frauen meinen Tribut zollen wollte). Ich flitzte in Rekordzeit ins Haus, wo meine Mutter ihrer täglichen Nachmittagsbeschäftigung nachging: In ihrem gemütlichen Sessel eingemummelt Talkshows wie Oprah oder Judge Judy zu glotzen. Ich musste meiner Mission treu bleiben und versuchte, so schnell und unauffällig wie möglich rüber in mein Kinderzimmer zu huschen. Meine Stimme muss wie eine Maus auf Methamphetaminen geklungen haben: »HI-MOM.«

Meine Mutter drehte sich in Slow Motion zu mir um (ich schwöre, sie brauchte länger als das Faultier in *Zoomania* mit ihrer Antwort):

»H…e…y H…o…n…e…y, w…i…e w…a…r…'s i…n d…e…r S…c…h…u…l…e…?«

Dann wieder die Meth-Maus: »ES-WAR-GUT!«

Ich kam mir vor wie Elliott aus *E.T.*, der als Einziger weiß, dass gerade ein Alien in seinem Kinderzimmer alle Sofakissen zerfetzt und die Vorhänge frisst. Endlich in meinem Zimmer, schloss ich die Tür ab und pfefferte meinen Rucksack in die Ecke. Dann sprang ich auf mein dreckiges, stinkendes, abgeranztes Ausziehsofa, riss meinen Reißverschluss auf und griff unter meine Matratze, um *meinen Schatz* zu finden. Was für eine originelle Idee, oder? Wichsvorlagen unter der Matratze zu verstecken. Bravo, Jordan.

Ich wühle und wühle, immer heftiger, immer nervöser wie ein asthmatisches Kind, das panisch nach seinem Asthmaspray sucht. Die Angst steigt in mir auf, als mir klar wird, dass ich es nicht finden kann. Meine Gedanken überschlagen sich. »Hab ich es woanders liegen lassen? Hab ich es versehentlich in meine Jacke gesteckt? Hab ich es jemandem gezeigt, der es vielleicht mitgenommen hat?« Dann, plötzlich, spüren meine Fingerspitzen etwas Papierartiges. Das könnte es sein. Tatsächlich. Ich atme auf. Ein gefaltetes Stück Papier. Ich ziehe es heraus und starre auf eine etwas zu exakt gefaltete Schreibblockseite. Ich fange an, sie auseinanderzufalten. Hat sich hier irgendein Kumpel einen Spaß erlaubt? Oder ist es eine Schulaufgabe mit einer schlechten Note, die ich habe verschwinden lassen? Nein, nein, es war viel schlimmer als alles, was ich mir je hätte vorstellen können. Es war eine kleine handgeschriebene Nachricht, die jemand fein säuberlich auf ein Stück Papier geschrieben hatte:

»Es ist im Müll, wo Müll hingehört.
Liebe Grüße, Mom.«

AHHHHHHHH! Ich zerknüllte den Zettel, schmiss ihn in meinen Mülleimer, und keiner von uns verlor JEMALS ein Wort darüber. Meine Mutter hält mit diesem Buch vermutlich zum ersten Mal den Beweis dafür in den Händen, dass mich ihre nette Nachricht tatsächlich erreicht hatte, und jetzt weiß sie auch, dass ich mich vor Scham monatelang wand.

Es war mir so unfassbar peinlich, aber – und das war noch wichtiger – ich hatte meine kostbare Kalenderwerbung für immer verloren. Komm schon, MOM, wie zur Hölle soll ich jetzt wissen, welchen Monat wir gerade haben? Außerdem war es nicht gerade so, dass die Mädchen bei mir Schlange standen, ich musste nehmen, was ich kriegen konnte! Im Gegensatz zu anderen war ich nicht gesegnet mit tollem Aussehen oder dem Selbstbewusstsein dieser Highschool-Football-Stars, die es alle schafften, eine Cheerleaderin (oder eine Cousine) zu schwängern, bevor sie volljährig waren. Wobei es rückblickend vermutlich für alle Beteiligten das Beste war, dass ich nicht *so* selbstbewusst oder attraktiv war. *(Ja, Jordan macht sich selbst weis, dass es GUT SO war! ZUM GLÜCK wollte kein Mädchen mit ihm schlafen!)*

Hey! Das ist mein Buch, hört sofort auf damit ...

KAPITEL 4

DER PRINCE VON NEW ORLEANS

Endlich! Endlich hatte ich es in den Big Easy geschafft und, mein Gott, was für eine Stadt New Orleans ist! Normalerweise verdrehe ich nur die Augen, wenn mir jemand erzählt, irgendwas werde mein Leben für immer verändern, ein Ort, ein Drink, ein Gericht: »Alter, du MUSST dir unbedingt den Burrito von der Soundsostraße holen, er wird dein Leben für immer verändern« – schon klar, Mann. Nur wenn ich über New Orleans spreche, kann ich ohne Übertreibung sagen: Diese Stadt hat mein Leben für immer verändert. Selbst auf dem Sterbebett (auf dem ich vermutlich wegen Herzversagen dank besagter Ernährung landen werde) werde ich noch darauf beharren: New Orleans ist die BESTE Stadt der USA. Ich wollte schon schreiben, die beste Stadt der Welt, aber wir wollen die Kirche mal im Dorf lassen. Die Konkurrenz da draußen ist hart. Wart ihr schon mal in Rom? Die Stadt fühlt sich an wie ein Stück antiker Himmel. Aber zurück zu New Orleans.

Mein Herz ist voller besonderer Erinnerungen an diese Stadt. Eine der sublimsten davon sammelte ich mit meinem Bruder Bruce, als er mich wieder mal besuchte. Bruce und ich hatten immer eine starke Bindung, die sich allerdings noch mal intensiviert hat, als er endlich all seinen Mut zusammennahm und sich vor unserer Familie outete. Ich erinnere mich noch genau. Für mich war es allerdings schon immer **völlig offensichtlich**, dass Bruce schwul war (und ich meine das ganz liebevoll). Umso trauriger ist es, dass er seine Sexualität so lange geheim halten musste.

Ich kann mir gar nicht vorstellen, wie schwierig es für ihn gewesen sein muss, sein wahres Ich so lange zu verstecken. Der Süden ist Leuten wie ihm nicht unbedingt »wohlgesinnt«. Ich bin einfach so froh, dass er es irgendwann geschafft hat. Ich meine, der Mann hörte leidenschaftlich gerne Christina Aguilera, wenn er in seinem PT Cruiser herumfuhr, und sein absoluter Lieblingsfilm war und ist bis heute *Miss Undercover* ... irgendwann musste es passieren.

Niemand ist eine bessere Party-Begleitung als Bruce. Er hat immer einen ironischen Spruch auf den Lippen, kennt jedes Gerücht, ist unfassbar witzig und trinkt jeden unter den Tisch. In meiner Studienzeit gingen wir einmal zusammen auf der St. Anne Street aus. Sie ist gleich um die Ecke der berühmt-berüchtigten Bourbon Street und unter Insidern als die schwulste Partymeile der Stadt bekannt. Es verschlug uns in irgendeine Schwulenkneipe, wir setzten uns an die Bar und ein paar Zentimeter von uns entfernt tanzte ein Typ in einem knappen neongrünen Tanga auf dem Tresen. Es mag vielleicht absurd klingen, aber: In diesem Moment wurde mir plötzlich bewusst, wie stolz ich war, hier zu sein.

Für so eine lange Zeit musste Bruce sein wahres Ich verbergen, doch jetzt konnte er endlich er selbst sein. Ich war so dankbar dafür, dass er endlich frei leben konnte und ich Teil davon sein durfte. Außerdem war es äußerst amüsant, ihn zu beobachten, wie er sich einen Dollarschein von mir schnappte und ihn ganz behutsam und mit imposanter Zielgenauigkeit genau zwischen Hodensack und Anus des Strippers platzierte. Ein wahrlich magischer Moment.

Doch New Orleans war nicht nur die Stadt, wo mein Bruder feiern konnte, als gäbe es kein Morgen. Es war auch ein ganz besonderer Ort für mich: Hier traf ich meine zukünftige Frau, fand einige meiner besten Freunde, entwickelte mich musikalisch weiter, fand heraus, wofür ich wirklich brannte, wurde motiviert, meine Leidenschaften zu verfolgen, experimentierte mit psychedelischen Substanzen und drang in Sphären vor, die ich nie für möglich gehalten hätte. Vor allem fand ich heraus, wer ich wirklich sein wollte. Ich weiß, ich weiß, ich triefe vor Kitsch wie eine Portion Käsespätzle, aber so war es nun mal!

Es fühlt sich an, als ob ich mindestens ein Jahrzehnt in dieser Stadt verbrachte, weil ich dort so unfassbar viele Erfahrungen gemacht habe und als Mensch so sehr gewachsen bin. Aber in Wahrheit habe ich nur gute fünf Jahre dort gelebt. Kurz nach meinem Uni-Abschluss in New Orleans zog ich dann auch schon nach Deutschland. Der Grund, warum ich überhaupt in New Orleans gelandet war, bestand darin, dass meine Eltern direkt nach meinem Highschool-Abschluss im Jahr 2009 nach Slidell, einer Stadt, die ebenfalls in Louisiana liegt, zogen.

In meinen Augen war Slidell eine Metropolis, auch wenn jeder Kosmopolit darin nur eine weitere langweilige Kleinstadt gesehen hätte. Aber ich kam buchstäblich aus dem Nirgendwo. Von dem Haus aus, in dem ich aufgewachsen war, gab es nichts zu sehen außer einem alten Gaul auf der Nachbarswiese und einem alten Bauwagen, der eine Weile auf dem Feld gegenüber stand, bis er abbrannte und die Bewohner sich ein neues »Heim« suchen mussten. Kein Wunder, dass Slidell sich für mich anfühlte wie *New York City, Baby*! Zumindest bis ich nach New Orleans zog, dann fühlte sich die Stadt an wie *New York City, Baby*!

Übrigens: Als ich als Teenager wirklich mal eine Klassenfahrt nach New York machen durfte (die Busfahrt aus Mississippi dauerte ungefähr eine Million Stunden), hatte ich solche Angst vor der großen bösen Stadt, dass ich immer und immer wieder panisch die Warnungen meiner Mutter wiederholte: Alles in den Vordertaschen verstauen, niemandem in die Augen sehen, alle Reißverschlüsse schließen! Ihr könnt euch vorstellen, wie die Ladys bei meinem Anblick Schlange standen.

Wenn man also wie ich aus einem Ort wie Corinth kam, war Slidell tatsächlich eine ziemlich coole Stadt. Ich war glücklich dort. Es gefiel mir, dass unser Apartment direkt am riesigen Lake Pontchartrain lag. Das Klima war warm, die Luft war feucht und schwer und roch nach Wasser. Ich liebte den Geruch. Die ersten Monate stellte ich mir vor, ich wäre der Star meines eigenen Coming-of-Age-Films. Ich wanderte in der Wohnsiedlung herum, die Musik der Band Beach House dröhnte in meinen Ohren. Meine Schritte waren langsam und der Ausdruck auf meinem Gesicht so melancholisch, dass Zach Braff in *Garden State* dagegen wie Ace Ventura gewirkt hätte. Trotzdem traf ich schon bald ein paar coole Leute, einfach indem ich tat, was ich als Teenager am besten draufhatte: in der Nähe von Essen herumzulungern. Auf diese Art fand ich übrigens auch in Deutschland meine ersten Freunde.

Einerseits war ich in meiner Zeit in Slidell jung genug, um noch dumm und naiv sein zu dürfen, andererseits war ich doch so alt, dass ich eigentlich um einiges cooler hätte sein sollen, als ich es war *(Story of My Life)*. Zwar raste ich auf das Ende meiner Teenage-Jahre zu, doch war ich immer noch Jungfrau (kaum zu fassen, oder?). Ich hatte mich mit einem Mädchen angefreundet, das mit mir in einem Imbiss jobbte. Sie war süß, witzig und für jeden Spaß zu haben. Mein Teenager-Affengehirn bildete sich bei jeder Unterhaltung mit ihr ein, dass es zwischen uns funkte. Zu meinem Glück hatte ich mir nicht eingebildet, dass da etwas zwischen uns war, und sie spielte unser kleines Flirt-Spielchen tatsächlich mit. Ich begriff, dass vielleicht doch noch die Chance in meinem Leben bestand, meine Unschuld zu verlieren. Jetzt hieß es: volle Konzentration.

Anfangs flirteten wir nur auf der Arbeit, doch schließlich verabredeten wir uns nach Schichtende. Wo? Dreimal dürft ihr raten, *in meinem Auto* (USA!). Wir planten nicht genau durch, was als Nächstes passieren würde, das wäre viel zu unromantisch gewesen, also … landeten wir irgendwie auf dem Parkplatz des nahe gelegenen Parks, saßen im Auto und redeten. Ich weiß nicht mehr genau, wie es dazu kam, aber schon bald küssten wir uns, fummelten ein bisschen herum und dann wurde es Zeit für die Rückbank (ihre Idee). Dort hinten ging es dann richtig zur Sache. Keine Sorge, bevor wirklich etwas passiert, geht gleich alles den Bach runter. Wir machten also so richtig miteinander herum (sorry, Mom, ist schon ewig her). Genau in dem Moment, als mir klar wurde: »Oh wow, sie meint es ernst, ES wird gleich wirklich passieren … Oh mein Gott!«, und das, obwohl die Louisiana-Schwitzparade, die wir gerade veranstalteten, absolut unromantisch war, klopfte es am beschlagenen Fenster meines knallroten Honda Element. Es war ein sehr lautes, sehr bestimmtes und sehr bedrohliches Klopfen. Es war so laut, weil jemand mit einer metallenen Taschenlampe gegen das Glas hämmerte. Schlagartig wurde mir klar, dass wir umstellt waren.

Wir brachen unsere Mission sofort ab, knöpften uns panisch zu, und ich lehnte mich nach vorne, um das Fahrerfenster zu öffnen. Wir wussten natürlich beide, wer hier vor uns stand, aber lasst mich euch eines sagen: Nichts katapultiert euch zurück in die Realität wie eine Gruppe strenger, steriler Polizisten, die euch mit Taschenlampen anleuchten und mit Fragen bombardieren, während so viel Dampf aus eurem Auto steigt wie aus dem Ofen einer Subway-Filiale.

Der Einsatzleiter leuchtete erst jeden Millimeter des Wageninneren ab, dann kamen mein »Date« und ich dran: Er scannte uns von oben bis unten, als ob seine Lampe Superkräfte hätte und er uns damit einmal durchröntgen könnte. Dann stellte er uns die Frage aller Fragen: »Was treibt ihr beiden denn da drin?« Ich hoffte inständig auf ein Wunder, vielleicht würde Gott mich ja von meinem Elend erlösen, indem er mich einfach explodieren und sterben lassen würde. Doch nicht nur ließ er mich am Leben, nein, es kam noch schlimmer. Vergesst nicht, ich war frisch aus der tiefsten Provinz in die Zivilisation gezogen und hatte meinen Mississippi-Akzent noch nicht abgelegt. Also holte ich einmal tief Luft und stammelte in tiefstem Hinterwäldlerdialekt etwas, das auf Deutsch ungefähr so klingen würde: »Wir haben doch bloß a bisserl rumgebusselt …«

Danke, dass ihr bis hierhin gelesen habt. Ich schätze das sehr und verstehe absolut, wenn ihr euch an dieser Stelle von mir verabschieden möchtet. Das Level an Peinlichkeit und Fremdscham ist auch wirklich kaum zu ertragen. Falls ihr gerade um Hilfe schreit oder das Buch in hohem Bogen ins Kaminfeuer geworfen habt: Ihr habt mein vollstes Verständnis. Ich habe keine Gegenargumente vorzubringen. Folgt ruhig eurem Instinkt. Falls ein paar von euch aber trotzdem noch hier sind: Möge Gott uns gnaden.

Solltet ihr euch die Frage gestellt haben – danach lief nie wieder etwas mit diesem Mädchen. Meine Landei-Reaktion hat bei ihr einen ähnlichen Eindruck hinterlassen wie bei denjenigen von euch, die das Buch zum Kaminanfeuern benutzt haben.

Mit der Zeit kam ich über den Schmerz und die Scham dieser Erfahrung hinweg. Als ich es schließlich zum Studium nach New Orleans geschafft hatte, fand ich schnell Freunde, viele davon weiblich. Mit ein paar von ihnen begann ich Beziehungen, eine davon wurde meine Ehefrau, und einige wurden einfach zu richtig guten Freundinnen. Ironischerweise hätte meine beste Freundin Vivi dank ihrer Dating-Erfahrungen fast einen Strich durch die Rechnung meiner Beziehung mit meiner zukünftigen Ehefrau Evi gemacht, bevor sie überhaupt losging. Lasst mich erklären:

Violeta (wir nennen sie Vivi oder BEEF) kommt aus Madrid und ist bis heute eine meiner besten Freundinnen. Weil ich so viel Zeit mit ihr verbrachte, habe ich sehr viel über die Beziehung zwischen amerikanischen Männern und europäischen (bzw. nichtamerikanischen) Frauen gelernt. Männliche Amerikaner verstehen nämlich das Konzept platonischer Freundschaften nicht. Der Unterschied zwischen »Freunde« und »mehr als Freunde« übersteigt anscheinend ihre intellektuellen Kapazitäten. Na ja, Vivi ist jedenfalls superlustig, schön, talentiert und garantiert nicht auf den Mund gefallen. Sie weiß, was sie will, ist stark, unabhängig, und – was ihr manchmal zum Verhängnis wird – sie fasst Leute gerne an, vor allem, wenn sie angetrunken ist oder einfach nur lacht. Nichts Unanständiges, sie berührt ihr Gegenüber einfach leicht mal am Arm oder am Rücken, so drückt sie sich eben aus. Das Problem dabei ist, dass jeder amerikanische Typ ihre harmlosen Berührungen auf dieselbe Weise deutet: »Alter, sie will mit mir ins Bett!«

Ein gemeinsamer Freund von uns wollte zum Beispiel einmal kurz bei ihr vorbeikommen, um sich schnell für ein Event umzuziehen oder vielleicht auch einfach nur, um mit ihr abzuhängen, das weiß niemand so genau. Wichtig ist, dass er sie irgendwann fragte, ob er kurz in ihrem Zimmer das Outfit wechseln könnte. Klar, kein Problem für Vivi. Sie hing im Wohnzimmer herum und war durch eine Wand und eine Tür von ihm getrennt. Nach ein paar Minuten rief er zu ihr herüber, dass er Hilfe bei der Entscheidung zwischen zwei Optionen brauche. Nichtsahnend ging sie in ihr Schlafzimmer – und der Mann stand splitterfasernackt vor ihr.

Okay. Der Plan des Typen, etwas mit seiner platonischen Freundin anzufangen, war ... was genau? Sie mit seinem besten Stück zu erschlagen? Ihr einfach mal seinen Lümmel zeigen? Sie ist doch kein verdammter Golden Retriever, der losrennt, wenn er ein T-Bone-Steak sieht. Beschissener Plan, Junge. Richtig beschissener Plan. Vivi, ein normaler Mensch, erschrickt natürlich zu Tode, zeigt blind auf eines der Outfits und flitzt sofort wieder aus dem Zimmer. Kurze Zeit später reihte er sich ein in die Schlange von scheinbaren »Kumpels«, die ihr plötzlich aus heiterem Himmel ihre unsterbliche Liebe verkündeten.

Es wurde ein richtiger Insider zwischen uns, über den wir uns heute noch kaputtlachen. Manchmal schaut einer von uns den anderen in einem sehr ernsten Moment oder zu einem total unpassenden Zeitpunkt an und sagt mit todernster Miene: »Hey, ich weiß nicht, ob das jetzt ungelegen kommt, aber ich muss dir etwas sagen ...« Jedes einzelne Mal lachen wir, bis uns der Rotz aus der Nase schießt.

Ihr könnt euch vorstellen, dass ich nach ihren vielen Storys ernsthafte Zweifel daran entwickelte, dass eine Frau an mir interessiert sein könnte. Ich glaubte es erst, wenn sie mich von sich aus zuerst küsste. Wahrscheinlich war es eine richtig gute Lektion für mich als Mann. Andererseits hätte es mich beinahe davon abgehalten, auf das Mädchen aus Deutschland in meinem Drehbuchkurs zuzugehen.

Ich spielte zu dieser Zeit in zwei Bands und performte Solo-Shows als Folk/Singer-Songwriter. Nebenbei ging ich zur Filmschule und war dort mit einer Mitstudentin zusammen. Doch mein Leben, wie ich es gerade beschrieben hatte, sollte sich schon bald von Grund auf ändern. Und alles wegen einer einzigen Deutschen. So kriegen sie dich, die Deutschen. Sie fangen klein an, ganz unauffällig dringen sie in deine Welt ein. Sie ziehen sich an wie wir, sie sprechen sogar unsere Sprache! Wahrscheinlich haben sie Jahre damit verbracht, uns zu imitieren, sich menschliche Lachgeräusche angehört und geübt, sie perfekt wiederzugeben. Ich hatte ja keine Ahnung, dass meine Entführung unmittelbar bevorstand und man mich schon bald aus einem anonymen weißen Van herauswerfen würde, mitten ins Zentrum von München. Eine Stadt übrigens, über die ich genau zweimal in meinem Leben nachgedacht hatte, bevor ich Evi traf: einmal, als der Spielberg-Film *München* rauskam, und einmal im Geschichtsunterricht, als der Lehrer etwas von »Oh München? Ah ja, Hitler« faselte, alle amerikanischen Kinder gelangweilt nickten und dann weiter an ihren Peniskritzeleien arbeiteten und diese eckigen Zopfmuster auf ihre Hefte malten, auf die damals alle so abfuhren.

Ich nahm jedenfalls an einem Kurzfilm-Drehbuchkurs teil, in dem ich neben einem sehr talentierten und sehr witzigen Kumpel von mir saß, Danny. Wir waren das perfekte Comedy-Duo und konzentrierten uns definitiv mehr darauf, den Rest der Klasse zum Lachen zu bringen, als Drehbuchstruktur zu lernen. Außerdem lenkte mich dieses deutsche Mädchen in der Reihe vor mir ab. Sie trug eine Jacke, die mich an einen indigenen Teppich oder ein Tipi erinnerte, und sie war die einzige Person, die auf einem Fahrrad auf dem Campus herumfuhr, was ihr damals so eine verträumt-mysteriöse Indie-Film-Anmut verlieh (erst später erfuhr ich, dass

Fahrradfahren in Deutschland das Normalste der Welt war und es für sie völlig selbstverständlich war, zur Uni zu radeln). Sie hatte blondes Haar und leuchtend blaue Augen, und vor allem kicherte sie sich wegen mir einen ab, okay? Ich war Bürgermeister in der Hauptstadt der Witze und kassierte jeden verdammten Tag Lachsteuern von ihr.

Eines Tages stand ich auf dem Balkon des Seminarraums und versuchte, cool zu wirken, indem ich eine eklige alte Zigarette in der brütenden Hitze rauchte. Sie kam zu mir raus und endlich konnte ich sie aus nächster Nähe betrachten, von wo aus sie noch viel hübscher aussah. Dieses deutsche Mädchen namens Evi fragte mich, ob ich Interesse hätte, in dem Kurzfilm mitzuspielen, den sie bald drehen wollte. Ich machte ihr klar, dass ich Welten oberhalb ihrer Preisklasse liege und schnipste ihr meine Zigarette ins Gesicht ... nicht. Es war das genaue Gegenteil. Ich stotterte etwas wie »Ooh j-j-a, d-das w-wäre c-c-c-ool.« Und damit war der Grundstein für unsere Beziehung gelegt. Sie hatte einen Freund, ich hatte eine Freundin, also waren wir zuerst mal platonisch unterwegs.

Über das nächste Jahr hinweg freundeten wir uns an, doch nach einer Weile wurde ich das Gefühl nicht los, dass da vielleicht doch mehr als nur Freundschaft zwischen uns war. Aber mir saß natürlich Vivi im Ohr mit ihren Horrorgeschichten über amerikanische Jungs, die ihren Lümmel zeigten und ihr dabei unter Tränen ihre Liebe gestanden, nur weil sie einmal ihren Arm berührt hatte, als sie lachte. Ich wollte mich auf keinen Fall so blamieren wie diese Armleuchter! »Evi und du, ihr seid Freunde. Ihr seid beide in Beziehungen. Mach dich nicht lächerlich, du bist viel zu verkopft, hör auf, dir Dinge einzubilden. Sie ist einfach nur aus Europa, okay? Die sind da anders, also tritt bloß nicht in die Falle, Jordan ...«

Doch dann machte sie Schluss mit ihrem Freund und da war dieses Funkeln in ihren Augen. Und als wir zusammen am Ufer des Bayou St. John saßen und sie mir offiziell verkündete, dass sie Single war, sagte ich mir: »Okay, Kumpel, sie ist wieder zu haben. Das ist eine einmalige Gelegenheit, um raus aus der Freundschaftszone und rein ins Herumbussel-Terrain zu kommen. Aber du bist noch mit deiner Freundin zusammen. Du weißt, was du zu tun hast: Du musst es beenden.«

Und genau in dem Moment, als ich den Entschluss gefasst hatte und mich in mein Auto setzte, um mit ihr Schluss zu machen, ruft meine Freundin mich an, um mir mitzuteilen, dass sie sich bei einem Autounfall den Arm gebrochen hat. Kommt schon, wie egoistisch kann man sein?

Ich mache nur Spaß, aber das Timing hätte nicht schlechter sein können. Was sollte ich jetzt tun? Sie im Wohnheim aufsuchen, ihr auf den Rücken klopfen und sagen: »Tja, also falls du dachtest, du hast einen Scheißtag ... Ich hab noch eine richtig miese Neuigkeit für dich.« Nein! Natürlich konnte ich das nicht! Ich musste mich zusammenreißen und wenigstens ein paar Wochen durchhalten, bis ihr Arm verheilt war.

Als wir endlich Schluss gemacht hatten, fuhr ich direkt zu Evis süßem kleinen Häuschen am Fluss und erzählte ihr, dass ich jetzt auch Single war. Am gleichen Abend gingen wir gemeinsam zur Geburtstagsfeier eines Kumpels und ich legte vorsichtig meinen Arm um sie. Und sie nahm meine Hand. Sie hielt sie einfach in ihrer! Und ich pisste mir in die Hosen. Okay, nicht ganz, aber viel besser war es auch nicht, was ich ein paar Abende später an unserem ersten offiziellen Date brachte.

Wir holten uns ELF Pfund Crawfish (eine Art Flusskrebs, die aus jedem feuchten Loch in Louisiana kriecht und bis heute das absolute Lieblingsessen meiner Frau ist) aus dem Supermarkt, und als wir romantisch auf ihrer Veranda saßen und einen Crawfish nach dem anderen aufknackten und verspeisten, entfleuchte mir der Furz des Jahrtausends. Gott sei Dank führte das bei ihr sofort zu einem Lachanfall. In dem Moment wusste ich, dass ich die richtige Entscheidung getroffen hatte.

KAPITEL 5

DER PRINCE DER CROISSANTS

Meine Haut verbrennt so leicht, dass ich mich mit Sonnenschutz eincremen muss, wenn ich die Post aus meinem Briefkasten hole. Deutsche haben eine andere Einstellung zur Sonne als ich. Egal zu welcher Tageszeit, egal, was sie anhaben, egal, was sie tun: Sie LIEBEN die Sonne. Selbst wenn sie gerade ihr Auto in eine Dönerbude gerammt haben und die Polizei hinter ihnen her ist: Wenn die Sonne auch nur das kleinste bisschen durch die Wolken blitzt, lassen sie sofort alles stehen und liegen und setzen sich umgehend mit geschlossenen Augen der direkten Sonneneinstrahlung aus. Als ob sie ihre menschliche Batterie aufladen müssen.

Kennt ihr den Film *The Happening*? Die Menschen, die mit einer Art Virus durch den Wind infiziert werden (ja, die Handlung macht nicht allzu viel Sinn), zeigen erste Symptome, indem sie ganz langsam in die Ferne starren und dann anfangen, rückwärts zu gehen. Der Film ist ziemlich schlecht, aber dieser Effekt ist tatsächlich sehr verstörend. Jetzt stellt euch vor, ihr spaziert in eurer Mittagspause durch einen Münchner Park, quatscht am Handy mit einem Kumpel und legt gerade wieder auf, als ihr plötzlich 800 Leute verschiedensten Alters seht, die alle ganz still mit geschlossenen Augen dastehen, dasitzen, dahocken, dalehnen, daliegen – und ihre Gesichter zeigen alle in dieselbe Richtung. Ein paar von ihnen haben vielleicht sogar ihre Hände hinter dem Rücken verschränkt, als ob die Sonne ein Ölgemälde in einem modernen Kunstmuseum wäre und sie auf jemanden warten, der sich neben sie stellt, um seine ungefragte Kritik zum Besten geben zu können. Es ist gespenstisch!

Wobei das noch nicht mal das Gruseligste an der Sache ist. Über die Jahre habe ich mich an dieses seltsame Verhalten gewöhnt. Nein, das Verrückteste daran ist, dass ich noch NIE gesehen habe, wie jemand Sonnencreme aufgetragen hat. Man sieht gelegentlich junge Frauen, die im Sommer ihre Beine einölen. Aber so ein richtig bleicher, blonder Deutscher, der auch nur Lichtschutzfaktor 1 appliziert, ward von mir bis heute noch nie gesehen. Diese Typen cremen sich weder ein, noch suchen sie den Schatten eines Baumes. Warum? Deutsche bekommen keinen Sonnenbrand. Im Winter sieht man diese Skifahrer, die, nachdem sie den Hang heruntergerast sind, ihre Skischuhe abwerfen, sich auf eine Bank ohne Sonnenschirm fallen lassen, kein Schatten in Sicht, und sich in direkter Sonneneinstrahlung hundert Bier hinter die Binde schütten. Dabei ziehen sie sich nicht mal rote Backen oder eine verbrannte Nase zu.

Als ich meinem Freund Daniel davon erzählte, lieferte er mir endlich eine Erklärung: »Man sieht die Deutschen nie beim Sonnenschutz auftragen, weil sie sich die Anweisungen auf der Flasche zu Hause genau durchlesen und ganz korrekt befolgen. Sie benutzen die exakt richtige Menge Sonnencreme und halten die vorgegebene Einwirkzeit ein. Denn erst dann ist es sicher, nach draußen zu gehen.« In diesem Moment war es passiert: Die Deutschen hatten sich selbst und alle die Stereotype und Erwartungen, die ich jemals an sie hatte, übertroffen. Ich dagegen muss nur ein gelbes Papier zu lange anschauen und bekomme einen Sonnenbrand, rote Augen und ein leichtes Schwindelgefühl.

Ich wünschte, es gäbe in diesem Land Zimmer mit Klimaanlage, die man sich im Sommer mieten könnte. Aber meine Gebete sind bisher nicht erhört worden. Den Deutschen wird es einfach nie so heiß, dass sie sagen: »Na gut, lasst uns eine Klimaanlage installieren.« Vielleicht laufen deshalb so viele von ihnen im Sommer nackt durch die Gegend – damit sie nicht so schwitzen müssen! Das würde ich nie im Leben tun. Erstens: Ich bin nicht selbstbewusst genug. Zweitens kann ich es nicht riskieren, meinen ganzen Körper zu verbrennen. Es ist schon schlimm genug mit Klamotten. Das Letzte, was ich will, ist, mir eine Aloe-Vera-Creme für meine Weichteile kaufen zu müssen, nein danke.

Im Jahr 2013 war es an der Zeit, mich so richtig mit Sonnencreme einzudecken, denn ich trat meinen ersten Urlaub in Europa an. Ihr fragt euch, wie sich ein armer Student so einen Luxus leisten konnte? Na ja, auf die dümmste, amerikanischste Art, die ihr euch vorstellen könnt, natürlich: Ich holte mir einfach eine Kreditkarte und belastete sie mit dem absoluten Maximum. Ich hätte mich auch gleich mit einem riesigen »USA«-Schriftzug auf dem Rücken brandmarken lassen können wie eine wertvolle Kuh des Bauern um die Ecke. Die Folge meiner finanziellen Entscheidung war ein Schuldenhaufen, der sich sehen lassen konnte. Guter Start. Sehr schlau.

Tja, was soll ich sagen. Evis Angebot, damals noch »meine deutsche Freundin«, gemeinsam einen Europa-Trip zu unternehmen, war einfach zu verlockend. Auch wenn ich ihre beiden Freunde aus Deutschland, die uns begleiten würden, noch nie gesehen hatte. Am meisten freuten wir uns auf die Tage in Südfrankreich. Sonne, Meer, Strand.

Ihr wisst ja bereits, dass ich nicht unbedingt einen Ruf als »Spitzensportler« pflege. Wenn Menschen meinen Namen hören, denken sie nicht direkt an einen besonders guten Schwimmer. Fakt ist, ich bin ein ganz furchtbarer Schwimmer. Wenn Kinder mich in einem See sehen und an mir vorüberschwimmen, drehen sie sich meistens panisch um und holen ihre Eltern zu Hilfe: »Mama, Mama! Da drüben ertrinkt jemand! Sieht aus wie eine dicke Albinofrau!«

Ich würde sagen, ich habe zwei besondere Talente, wenn es um Wasser geht:

1. Mich tot stellen.
2. Tatsächlich sterben.

Ich hatte eine ganz bestimmte Vorstellung von unserer Zeit in Frankreich: Wir würden einfach in unseren eleganten schwarz-weiß gestreiften T-Shirts entspannt am Strand sitzen, an einem Glas Rotwein nippen und französische Zigaretten rauchen. Es gab zwar wirklich Rotwein und Zigaretten, aber ansonsten hatte ich keine Ahnung, was mich bei einem Urlaub mit Deutschen erwarten sollte. Eines kann ich euch versprechen: Entspannt oder einfach war rein gar nichts daran. Stellt euch vor, was diese Psychopathen mit mir taten! Sie verschleppten mich in eine grauenerregende Wasserschlucht, aus der man nur wieder herauskam, wenn man sich völlig blind und ums Überleben betend in ein schwarzes, eiskaltes, sehr tiefes Wasserloch stürzte – in der Hoffnung auf ausreichendes Zielvermögen, um sich nicht den Kopf an den Felswänden aufzuschlagen. Ich fühlte mich zurückversetzt in meine Jugend, wenn ein Hilfssheriff in der Highschool meine Mitschüler und mich vor der Gefahr von Gruppenzwang warnte:

»Finger weg von Drogen und Zigaretten ...« Wo steckte der Bulle jetzt, und warum wurde ich nie davor gewarnt, in Todesbecken mit deutschen Touristen zu springen?!

Um das Ganze noch ein bisschen spaßiger zu machen, war der einzige andere Mann in der Gruppe übrigens Adonis selbst. Die meisten Menschen würden seinen Körper ziemlich sicher als Idealbild der menschlichen Schöpfung bezeichnen: Waschbrettbauch, goldene Locken, stechende blaue Augen und eine winzig kleine rote Badehose. Adonis stand jetzt unter mir auf einem Felsvorsprung und gab mir ein Zeichen: »Komm Tschoad'n, jump, it's so easy!« Ich starrte auf ihn herunter und verschränkte meine Arme noch krampfhafter als zuvor, um ja nicht zu viel meines Jabba-the-Hut-Schwabbelbauchs zu entblößen: »Wow ... da geht's ganz schön runter ...«

Schließlich sprang ich – okay, lasst uns ehrlich sein – ich plumpste sehr schnell und sehr tief in das schwarze Loch unter mir. In meinem Kopf kreiste nur ein einziger Gedanke: »Oh mein Gott, was, wenn ich so weit falle, dass ich in China rauskomme?« Meiner Meinung nach war das Loch so tief, dass es dort unten keine Erdanziehungskraft mehr geben konnte. In den Tiefen des Ozeans setzte die Panik ein. Voller Angst schlug ich wild um mich und brauchte all meinen Sauerstoff auf, meine Coolness war mal wieder bestechend, oder, Ladys? Doch da, tief unten im Gewässer der Hölle, passierte plötzlich das Unfassbare: Jemand packte meine Hand. Mit der Kraft des germanischen Gottes Thor zerrte mich ein fester Griff gen Oberfläche und zwei Dinge wurden mir klar:

1. Ich befand mich ungefähr 15 Zentimeter unter Wasser.
2. Es war Adonis, der mich gerettet hatte beziehungsweise auf einem nahe gelegenen Fels kniete. Er musste nicht mal reinspringen, um mich rauszuholen. Er lächelte mich an und sagte einfach nur: »Hey, Buddy.«

Ich schämte mich so sehr, dass ich inständig hoffte, er würde es sich anders überlegen und mich unter Wasser drücken, bis ich keine Luftblasen mehr machte. Doch Adonis hatte andere Pläne für mich. Der Tag war noch lange nicht vorbei. Schmerzhaft wurde ich daran erinnert, dass ich mit deutschen Touristen unterwegs war, die mich jetzt munter ansahen und mir mitteilten: »Come Tschoad'n, we go for a little hike, a little Wandern here, around to si oser side, ja, we make sausages, komm …« Also tat ich, wie die Deutschen mir befahlen. Was hätte ich sonst tun sollen?

Wir erreichten die andere Seite des Bergs und blickten auf eine ruhige, einladende Meeresbucht, die wir ganz für uns allein hatten. Ich atmete auf, das schien schon eher nach meinem Geschmack. Die Gruppe verteilte sich und jeder machte sein Ding. Die einen gingen schnorcheln, jemand legte sich in die Sonne … und Adonis?

Er beschloss, schnurstracks und unaufhaltsam in die Mitte des Ozeans zu schwimmen.

Kleine Pause: Ihr Deutschen da draußen, Frage. Ich muss es einfach wissen ... Warum macht ihr das? In jedem einzelnen Urlaub, den ich mit Deutschen unternommen habe, schwamm immer eine Person in die Mitte des jeweiligen Gewässers, an das es uns verschlagen hatte. Als ob eine unsichtbare Kraft ihnen zugeflüstert hätte, dass sie nicht umkehren dürfen, bevor sie den Mittelpunkt erreicht haben, und ihnen ansonsten ihr Leben lang das Recht auf Brezeln verwehrt bliebe. Ein Teil von mir kommt um die Frage nicht herum ... Wollt ihr absichtlich ertrinken, um euch ENDLICH eine Pause von all dem deutschen Papierkram zu gönnen? Kam es euch je in den Sinn, einfach ein paar Runden in Ufernähe zu schwimmen?

Jetzt, wo alle Spaß hatten und der Gruppenzwang nachließ, konnte ich mich entspannen. Ganz gemütlich benetzte das französische Wasser Zentimeter für Zentimeter meinen Körper. Doch genau in dem Augenblick, als ich den Meeresboden mit meinem ganzen Körpergewicht betrat, wurde mein Fuß von den scharfen, giftigen Stacheln eines französischen Seeigels durchbohrt. Den ihr euch übrigens vorstellen könnt wie jeden anderen fiesen Seeigel, nur dass er Zigarette rauchte und François-Truffaut-Filme schaute. Selbst die Meeresfrüchte in Frankreich sind prätentiös. Die giftigen Dornen stachen in meinen Zeh hinein, der binnen Sekunden auf die Größe eines Apfels anschwoll. Natürlich musste mir das passieren und so blamierte ich mich schon wieder auf meinem ersten Europa-Urlaub. Ich stellte mir vor, wie mich all die braun gebrannten Europäer in ihren Bikinis und mit ihren Waschbrettbäuchen umringen und sagen würden: »Joooaaa, sorry Tschoad'n, you failed all of se tests. We have to leave you here to die now, actually.« Ich hätte einfach genickt und geantwortet: »Yep! Cool, totally get that. Peace guys, get home safe.«

Leider haben sie mich nicht in einer feierlichen Zeremonie ins

Mittelmeer gestoßen und den französischen Wassergöttern überlassen (sie sehen ähnlich wie normale Wassergötter aus, nur schicker). Aber nein. Es kam schlimmer. Adonis, wer sonst, rückte seine winzig kleine Badehose zurecht und näherte sich mir (in slow motion). Er beugte sich zu meinem Fuß herunter, der inzwischen Shrek-Dimensionen angenommen hatte. Adonis inspizierte meinen entstellten Monsterfuß, nickte wissend und raunte der Gruppe zu: »I'll be back.« Genau wie Arnold Schwarzenegger in *Terminator*!

Er ließ uns zurück und sprang wie eine Gazelle ins nahe gelegene Gestrüpp ... barfuß ... in einem fremden Land, aber okay ... Meine Gedanken rasten: *Was, wenn er nie wiederkommt? Was, wenn er im französischen Dschungel zu Tode kommt, weil er was zur Hölle auch immer hier suchte, um ausgerechnet mir zu helfen? Was, wenn die Geschichte zu einer abstrusen Verschwörung mutiert, wenn daraus so eine Story wird wie die von Amanda Knox? Muss er vielleicht einfach nur pinkeln? WAS IST HIER LOS?*

Ein paar Minuten später kämpfte Adonis sich zurück aus dem Gestrüpp. Er sah aus wie Tarzan, der Beeren für Jane gesammelt hat. Doch der Typ hat keine Beeren dabei: Nein, er hatte es irgendwie geschafft, eine Art Tablett aus Stein zu beschaffen. Darauf lagen fein säuberlich sortiert verschiedene Kräuter, Blätter und Gräser aus der französischen Wildnis, mit denen er mich jetzt offenbar heilen wollte: »Jaaa sis one is for chewing wis your teeth, sis one you put on se wound ...« Als Nächstes zog er einen dornigen Zweig hervor und vollzog, ohne mit der Wimper zu zucken, einen chirurgischen Eingriff an meiner Kartoffelzehe und zog doch tatsächlich einen Seeigel-Stachel nach dem anderen aus mir heraus!

Da lag ich also, auf dem Seziertisch von Baywatch-Retter und Starchirurg Chris Hemsworth. *Das* war der erste Deutsche, dem ich jemals begegnet bin. Eine schreckliche Ahnung machte sich in mir breit: »Was, wenn alle deutschen Männer sind wie er? Wie soll ich mich jemals dagegen behaupten? Ich werde nicht überleben!«

Den restlichen Urlaub hielt ich mindestens drei Kilometer Sicherheitsabstand von den heimtückischen Gewässern Frankreichs. Vielmehr verbrachte ich meine Zeit ab jetzt damit, eine lebensbedrohliche Menge an Croissants in mich hineinzustopfen. Wenn ich sonst schon nichts mitnahm von dieser Reise, dann wenigstens ein paar Kilos. Ich aß so viele köstlich, butterig, saftig, knusprige Gebäckstücke, dass ich mein schreckliches Trauma vergaß. Ich saß genüsslich auf meinem dicken Hintern und schmatzte: »Wisst ihr was ... Wenigstens hatten wir total schönes Wetter. Sooo schlimm war es jetzt auch wieder nicht, erst fast zu ertrinken und dann von Wildtieren angefallen zu werden ...«

Zum Kellner gewandt sagte ich: »JA, ich hätte gern noch eins, danke ...«

An den Tisch gerichtet: »Wisst ihr was, Leute? Europa könnte echt was für mich sein ...«

Womit wieder einmal bewiesen wäre ... Einmal ein dickes Kind, immer ein dickes Kind. Kurz danach zog ich nach Deutschland.

KAPITEL 6

DER PRINCE VON DEUTSCHLAND

Ich hatte den Sprung nach Deutschland geschafft und war in meine erste Wohnung eingezogen, die mir vorkam wie ein europäischer Prunkbau. Sie lag im obersten Stock eines wunderschönen alten Mehrfamilienhauses mit Blick auf eine belebte Straße. Am liebsten hingen wir an den großen geöffneten Fenstern herum und fühlten uns cool, wenn wir selbst gedrehte Zigaretten über den Dächern der Stadt rauchten. Wir müssen ausgesehen haben wie die größten Klischee-Europäer aus einem Arthouse-Film. Es gab keinen Fahrstuhl, was okay für mich war, solange wir keine schweren Möbel in die Wohnung oder aus ihr herausschleppen mussten. Die Holztreppen waren so alt, dass sie bei jedem Schritt ächzten und krächzten und erfüllten damit die Funktion einer Alarmanlage. Hier ging niemand ein oder aus, ohne dass das gesamte Gebäude Bescheid wusste.

Das kleine, süße, hübsch eingerichtete Altbau-Apartment wird immer ein besonderes Plätzchen in meinem Herzen haben. Aber wisst ihr, was keinen besonderen Platz in meinem Herzen hat? Das Zwergenbad mit seiner winzigen Dusche und dem notdürftig an einer Schnur befestigten Duschvorhang. Ich bin ein großer, breiter Mann. Ich bin vermutlich größer und breiter als jeder europäische Mann, der vor 2000 geboren wurde. Dieses Bad war nicht geeignet für jemanden von meiner Größe, meinem Gewicht oder meinem Umfang. Jedes EINZELNE Mal, das ich jemals in diesem Badezimmer geduscht habe, kam ich dank der niedrigen Decke und der herausstehenden Holzbalken mit blauen Flecken an den Ellbogen oder Verbrennungen zweiten Grades auf Rücken oder Hals wieder heraus. Die Verbrennungen hingen mit den kochend heißen, freiliegenden Wasserrohren zusammen, die nur von einem Nagel und einem notdürftigen Stück Strick davon abgehalten wurden, auf jemanden herunterzukrachen. Dort zu duschen war die reine Qual, ich hasste es.

Die Deutschen verweigern Klimaanlagen strikt und auch sonst fehlt in diesen alten Gebäuden jegliche Art von Belüftung. Das bedeutet: Ich hatte ein Problem, wenn ich im kleinsten Bad der Welt groß musste. Ganz besonders im Sommer. Nicht nur schwitzte ich durch mein Hemd, als ob ich gerade versuchte, einen nuklearen Reaktor vor der Explosion zu bewahren, ich wurde auch den Geruch nur los, wenn ich das lächerliche Fensterchen hinter der Kloschüssel kippte, das ungefähr die Größe einer Grußkarte hatte. Um es milde auszudrücken: Ich war in diesem Bad nicht in meinem Element.

Dann war da noch die Mitbewohnerin, nennen wir sie Betty. Betty war Künstlerin. Ich wusste bis dato nicht, dass das Sammeln von »Zu verschenken«-Artikeln von der Straße und der Weiterverkauf an Freunde als Kunst gilt, aber wenn dem so ist, war diese Lady ein gottverdammter Picasso. Sie verbrachte den Großteil ihrer Tage in ihrem Schlafzimmer unter dem Dach und bog dort Kleiderbügel aus Metall oder klebte Steine oder Perlen darauf und versuchte, ihre Kunst online zu verkaufen. Na ja, aber das war nur ein verrücktes Germchen. Leider war sie eine der ersten Deutschen, die ich nach Evi kennenlernte.

Klar, ich war glücklich, bei Evi zu sein, aber das erste Jahr war für uns beide nicht einfach. Ich hatte in New Orleans ein sehr aktives Sozialleben und war gerade erst mit der Uni fertig geworden. Ich wusste, dass ich es mit Deutschland versuchen musste, aber als ich mit der harten Realität konfrontiert wurde, was es bedeutet, sein ganzes Leben umzusiedeln, war ich komplett überfordert. Ich erwartete von Evi, ALLE Rollen zu übernehmen. Jetzt war sie nicht mehr nur meine Freundin, sie musste mein Kumpel, meine Übersetzerin, mein Publikum, meine Mitbewohnerin, meine Managerin, meine Assistentin, all das sein. Es war zu viel für sie und es dauerte eine Weile, bis wir uns an die neue Herausforderung gewöhnt hatten.

Klar, es war nicht der erste Umzug in meinem Leben. Ich hatte als Teenager in verschiedenen Staaten gewohnt, aber das hier war eine ganz andere Nummer. Neue Freunde in den USA zu finden, war mit Anfang zwanzig ein Klacks. Was daran liegt, dass die Menschen dort in der Regel sehr offen sind und man leicht mit ihnen ins Gespräch kommt. Manche erzählen einem bei der ersten Begegnung schon ihre gesamte Lebensgeschichte. Hier in München musste ich dagegen nicht nur mit ganz neuen sozialen Normen klarkommen, sondern auch noch eine Sprachbarriere überwinden. Auch heute hindert sie mich noch oft daran, auf Leute zuzugehen. Das war das eine Problem, das andere war die Jobsuche.

Um einen Job zu finden, musste ich logischerweise die Sprache lernen. Also meldete ich mich für einen Deutsch-Intensivkurs an der Volkshochschule am Gasteig an. Für jemanden, der mit Mitte zwanzig eine neue Sprache lernen will und keinerlei Begabung dafür hat, sind drei Stunden fünf Tage die Woche eine echte Tortur. Ich hatte das Gefühl, mein Gehirn schmilzt. Manchmal schaffte ich es tatsächlich, eine Grammatikregel in meinen Kopf zu bekommen, aber dann geschah jedes Mal das, wovon Mark Twain schon berichtete, als er Deutsch lernte: Die Ausnahmen für jede Regel waren so kompliziert, dass sie schwieriger zu kapieren waren als die Regel selbst.

Ich fragte Evis Freunde und ihre Familie, was es mit all den bizarren Grammatikregeln auf sich hatte, und jede einzelne Person hatte eine ähnliche Antwort für mich parat: »Oh, dich beneide ich echt nicht. Deutsch zu lernen ist sOoOoOo schwierig. Es macht alles keinen Sinn, den, die, der, das, keine Ahnung! Ich weiß das alles nur, weil ich es als Kind gelernt habe.« *Das hilft mir nicht, Leute!*

Ich vermisste meine Freunde aus New Orleans sehr in dieser Phase. Freundschaften mit Deutschen zu schließen ist echt schwierig. Es dauert ewig, bis sie sich öffnen, und man muss ganz schön viele Verabredungen und Spaziergänge über sich ergehen lassen, auf denen sie null von sich preisgeben. Weil man sich aber schon schuldig dafür fühlt, sie zwingen zu müssen, eine andere Sprache zu sprechen, beschwert man sich natürlich nicht über die zähen Interaktionen. Wenn sich ein Deutscher dann aber doch endlich mal ein Herz fasst und persönlich wird, dann hat man es wahrscheinlich geschafft und einen Freund fürs Leben gefunden. Es dauert einfach. So lange, dass ich fast den Glauben verloren hätte.

In den ständig wechselnden Sprachkursen fand ich zeitweise ein paar Freunde. Ich sage zeitweise, weil ich leider zu 99 Prozent nichts mit meinen Klassenkameraden gemeinsam hatte, außer dass wir denselben Kurs besuchten. Es gab niemanden, der Witze mit mir reißen wollte oder konnte, wenn der erste Small Talk vorbei war. Es war zwar cool, Leute mit den verschiedensten Berufen aus der ganzen Welt kennenzulernen, aber nur wenige unter Hunderten von ihnen wurden zu engeren Freunden. Doch selbst sie verschwanden nach einer Weile aus meinem Leben, weil sie entweder wegzogen oder wir irgendwie den Kontakt verloren. Ich musste meine Freunde woanders suchen und vor allem musste ich Geld ranschaffen, um überhaupt in meiner neuen Heimat überleben zu können.

Der allererste Job, den ich in Deutschland fand, war definitiv eine der beschissensten Arbeitserfahrungen meines gesamten Lebens. Und das will etwas heißen, schließlich hatte ich in Restaurants, Cafés und sogar einer Tankstelle gejobbt, seit ich 15 war. Ich hatte noch keine Arbeitserlaubnis, also blieb mir nichts anderes übrig, als einen Job unter der Hand anzunehmen. Evi hatte herumgefragt, ob ihre Freunde irgendetwas wüssten, und schließlich kam ein Tipp von einem Kumpel: Ein Freund eines Freundes eines Freundes betrieb einen kleinen Burgerladen in Uninähe. Zuerst dachte ich mir »Perfekt, kein Problem für mich. Ich kann kellnern. Ich kann Kaffee kochen. Und vielleicht treffe ich dort endlich ein paar Leute in meinem Alter, die auf Filme und Musik stehen.« Wie naiv von mir.

Ich fand heraus, dass ich der einzige Koch in dem dunklen, fettigen, klebrigen Verlies einer Küche sein würde, die ohne jeglichen Brandschutz in die hinterste Ecke eines Gebäudes gequetscht war, zwischen einem drückend heißen Parkplatz und einer pechschwarzen Bar, hinter der ein Kerl um die 40 mit langen weißen Haaren stand, der ab 10 Uhr morgens Bier trank und kaum einen Fetzen Englisch sprach. Mit ihm hatte ich gar kein Problem. Das Problem war der Typ, der mich angestellt hatte. Ganz ehrlich, ich bin mir ziemlich sicher, dass er in der Zeit, in der ich für ihn arbeitete, mindestens einen Menschen ermordet hat.

Ich meine, er war der psychopathischste, cholerischste und angsteinflößendste Deutsche, dem ich je begegnet war – und zu allem Überfluss sah er auch noch aus wie ein Pirat. Oft kam er vom Markt mit einem Arm voll frischem Gemüse für die Burger. Ja, ich weiß, klingt unschuldig. Er kam rein, Kippe im Mundwinkel, schweißgetränktes Muskelshirt, eine Schürze um den Bauch, die aussah, als wäre sie das letzte Mal vor meiner Geburt gewaschen worden, zapfte sich erst mal ein frisches Bier, kippte sich das halbe Glas hinunter, stellte sich direkt hinter mich und schrie mir SO LAUT ER KONNTE ins Ohr, wie scheiße ich im Zwiebelschneiden oder Tomatenschälen war. Zur Erinnerung, ich hatte weder jemals als Koch gearbeitet, noch kochte ich jemals in meinem Privatleben. Ich hatte erwartet, dass es eine Art Grundausbildung für mich geben würde oder ich zumindest ein paar Tipps bekommen würde. Aber nein, ich wurde ohne jede Warnung den Löwen zum Fraß vorgeworfen. Jeden Abend kam ich nach Hause, völlig erschöpft, ausgemergelt und nach Pommesfett stinkend.

Ich hatte eine solche Angst vor dem Typen, dass ich mich nicht mal traute, persönlich zu kündigen. Aber ich konnte einfach nicht mehr, ich musste da raus, und das, obwohl ich noch nicht mal einen neuen Job in der Hinterhand hatte. Ich rief ihn an, damit ich schnell auflegen konnte, wenn sein cholerischer Anfall begann. Zum Glück erwischte ich ihn gerade beim Fußballschauen und Bayern war am Gewinnen. Er war betrunken und bester Laune und ich sah das Höllenloch nie wieder.

Dann fing ich in einem brandneuen, superschicken und sehr prätentiösen Restaurant/Café an. Die Besitzerin war eine geldhungrige, egozentrische, wahnhafte Ausbeuterin, die gern christliche Wohltäterin spielte. Ich glaube, für Gutmenschen im Fellmantel wie sie gibt es ein besonderes Plätzchen in der Hölle.

Als ich jedenfalls gerade einen neuen Angestellten in der Küche einlernte und ihm zeigte, wie man ein paar der Gerichte zubereitete, hörten wir plötzlich ein lautes Gurgeln vom Waschbecken. Die Küche lag direkt unter sieben Stockwerken Büros und Geschäften, oder um es anders zu sagen: Hunderten von Toiletten. Ihr könnt euch denken, wo die Geschichte hinführt.

Innerhalb von Sekunden füllten sich die Becken in der Küche mit braunem Kack-Wasser. Irgendwie mussten die Rohre im Gebäude verstopft gewesen sein und jetzt explodierte der Inhalt des gesamten Abflusssystems in das Erdgeschoss, in dem sich das Café befand. Scheiße, Pisse und was der Teufel sonst noch ausscheidet, blubberte aus den Waschbecken und schoss aus den Abflüssen im Boden. Die gesamte Küche wurde überflutet und die Masse lief unaufhaltsam in die Gänge hinaus. Wir riefen sofort die Chefin an, um sie panisch ins Bild zu setzen.

Ihr Ratschlag war, dass der arme Teenager und ich uns Wischmopp und Eimer schnappen sollten. Also wischten wir in der braunen Suppe herum und versuchten, sie in Eimer zu befördern, die wir dann draußen in den Straßenabfluss leerten. Unsere Klamotten wurden komplett ruiniert, während unsere Chefin sich hütete, ihren extravaganten Hintern auch nur in die Nähe des Ladens zu bewegen. Erst Stunden später fiel ihr ein, dass es vielleicht doch besser wäre, den Laden ganz zu schließen und nicht nur »heute ein bisschen später« zu öffnen.

Nachdem wir alles Menschenmögliche an Kackwasser weggewischt hatten und die Fliesen des Cafés langsam wieder sichtbar wurden, entließ sie mich und den armen Kerl endlich nach Hause. Aber bevor ich nach Hause laufen konnte – barfuß! –, musste ich erst mal meine Socken und meine Schuhe in die nächste Mülltonne befördern. Ich brachte es in meiner braun triefenden Hose einfach nicht über mich, in einen Bus oder eine Tram zu steigen. Ich stank abscheulich. Und trotz alledem brachte Cruella kaum ein »Danke« über ihre Lippen und feuerte MICH ein paar Monate später. Ich reagierte über und wurde ein bisschen laut, aber hey, manchen Leuten schadet es nicht, wenn man ihnen mal die Leviten liest.

Zum Glück war das Kack-Café mein letzter Job in der Gastronomie. Damals hatte ich gerade angefangen, nebenbei bei einem coolen Radiosender zu arbeiten und einige Zeit später konnte ich endlich von meiner Comedy leben. Auch mein Privatleben fühlte sich mittlerweile ziemlich erfüllt an.

Eine Besonderheit des Freundefindens im Ausland besteht darin, dass man sich entscheiden muss, in welcher Sprache man sich anfreundet. Das macht vom ersten Augenblick an einen Riesenunterschied. Anfangs witzelt man vielleicht noch rum und wechselt ein bisschen zwischen den Sprachen hin und her, aber wenn man tiefer gehen möchte, muss man sich für eine Sprache entscheiden. Meiner Erfahrung nach ist es zu fast 100 Prozent so, dass die Sprache, die man in einer solchen Situation nutzt, für den Rest der Beziehung gesetzt ist.

Wenn es nicht deine eigene Sprache ist, können daraus schwierige bis peinliche Interaktionen entstehen. Manchmal möchtest du vielleicht wirklich dein Bestes auf (in diesem Fall) Deutsch versuchen, aber in dem Moment, wo eine Frage komplizierter wird, kommt man als Anfänger einfach nicht mehr weiter. Man kann sich nicht mehr ausdrücken. Die Kommunikation funktioniert nicht mehr. Doch genau in der Kommunikation drückst du ja deine Persönlichkeit aus. Jetzt bist du plötzlich nicht mehr wirklich »du«

oder zumindest nicht das »du«, das du anderen zeigen möchtest. Du bist diese völlig andere, seltsam klingende Person, die mit der Grammatik hadert, anstatt einfach aus sich herauszukommen und sein Gegenüber wirklich kennenzulernen. Diese Phase hält sehr lange an. So war es zumindest für mich.

Ein paar meiner Freunde schreiben mir ausschließlich auf Deutsch. Ich bemühe mich dann, so gut wie möglich auf Deutsch zu antworten. Manchmal sprechen sie mich auf Deutsch an und ich antworte ihnen auf Denglisch. Doch mit den meisten Freunden spreche ich auf Englisch, ob sie aus Deutschland kommen oder nicht. Es ist einfach leichter und ich bin wirklich dankbar dafür, dass so viele Deutsche richtig gut Englisch sprechen. Ein Witz, den ich seit Jahren mache und der sogar im Internet kursiert, ist die Tatsache, dass die Deutschen sich IMMER für ihr Englisch entschuldigen, »Oh sorry for my English«, und sich dann in perfektem Englisch und mit laserscharfer Präzision ausdrücken und ich mir vorkomme, als wäre Englisch MEINE Zweitsprache. Wie albern!

Seit ich so viele Deutsche getroffen habe, die nicht nur gut, sondern auch noch gerne Englisch sprechen, ist mir klar geworden, wie bedauerlich das amerikanische Bildungssystem wirklich aufgestellt ist. Wenn wir ab Tag eins im Kindergarten Spanisch gesprochen hätten, würde ich nicht nur eine weitere Sprache beherrschen, mein Gehirn wäre auch schon trainiert gewesen und ich hätte mich mit Deutsch bestimmt leichter getan. Mit Mitte zwanzig zum ersten Mal konjugieren zu lernen ist eine einzige Qual.

In meinem ersten Jahr durchlief ich einige potenzielle Freundschaften. Es war wie die langweiligste Datingshow der Welt. Ich trank ein Bier in der Wohnung von irgendjemandem, irgendjemand trank ein Bier in meiner Wohnung, wir tranken Bier bei irgendeinem Konzert, und wenn es nicht funkte, tranken wir eben kein Bier mehr zusammen. Erst als ich in einem Coffeeshop anfing, fand ich meinen ersten wahren Freund. Das war ungefähr eineinhalb Jahre, nachdem ich nach Deutschland gezogen war. Das war echt ne andere Nummer als in New Orleans, wo ich einen Freundeskreis von vier oder fünf Leuten hatte, mit denen ich jeden einzelnen Tag kommunizierte. Plus die Leute, die ich sonst noch mochte und denen ich gern mal zufällig in der Stadt begegnete.

Das war echt eine harte Phase in meinem Leben. Es war eine einsame Zeit. Ich wollte Deutschland trotzdem nicht aufgeben, noch nicht, und Evi tat alles in ihrer Macht Stehende, um mir zu beizustehen. Es half mir dann letztlich auch sehr, dass meine Musik einige Aufmerksamkeit erlangte und sich mir schnell ein paar coole Gelegenheiten boten. Ich durfte zum Beispiel bei »hippen« Events spielen oder wurde eingeladen, bei einem beliebten Radiosender aufzutreten. Es fühlte sich an wie eine dieser Plattformen in Amerika, KEXP oder Triple J. Vor allem aber gab es mir die Kraft weiterzumachen und füllte erst mal diese Lücken in meinem Privatleben.

An diejenigen, die sich gerade genauso fühlen wie ich damals: Ich weiß, das ist jetzt wahrscheinlich kein neuer Tipp für euch, aber geht zu Events, die euch interessieren. Ich spiele Musik, ich liebe Musik, und ich fand echte Freunde bei Open-Mic-Abenden. Meistens ging ich nur hin, um anderen zuzuschauen, aber manchmal spielte ich auch selbst. In einer Umgebung zu sein, in der ich mich wohlfühlte, war ein Gamechanger. Selbst wenn ich niemanden kennenlernte, machte es mir trotzdem Spaß. Und man muss ein bisschen Spaß haben im Leben.

So, jetzt reicht es aber mit all dem ernsthaften Gelabere. *Brüste! Fürze!* Sorry, wenn ich euch jetzt mit meinen vulgären Entgleisungen erschreckt habe, das hatte ich eigentlich erst fürs nächste Kapitel vor.

KAPITEL 7

DER PRINCE DER PENISSE

Erlaubt mir, euch mitzunehmen in die Welt des deutschen Nudismus, in die man mich Kopf voraus und ohne jede Warnung hineinwarf. Ja, mich, dessen größte Sorge lange Zeit darin bestand, dass jemand mit Sehvermögen seinen nackten Körper zu Gesicht bekommen könnte. In den USA ist es so einfach, seine Klamotten anzubehalten. Ich würde mich sogar als Profi im Angezogen-Sein bezeichnen. Vielleicht habe ich es gelegentlich ein bisschen übertrieben damit. Ich denke da an die Staphylokokken-Infektion, die ich mir als Teenager zuzog, weil ich lieber ein Jahr lang das gleiche verschwitzte Football-Trikot trug, als mich auch nur einmal in der Schule zu duschen und mir etwas Frisches anzuziehen. War es das wert? Definitiv. Die Mengen an Eiter, die man aus meinem Knie drücken konnte, waren unfassbar. TikTok hätte es geliebt. Aber ich schweife ab.

Zurück zu meinem Verhältnis zu meinem Körper. Als ich einmal in der fünften Klasse eine Arbeit schrieb, begann ich zu schwitzen und zog deshalb meinen Hoodie aus. Dabei bemerkte ich zuerst nicht, dass mein T-Shirt sich entschlossen hatte mitzukommen. Ehe ich michs versah, saß ich da mit meinem Schwabbelbauch vor aller Augen und brach vor Scham in Tränen aus. Meine Mitschüler dachten bestimmt, dass der Test zu meinem Nervenzusammenbruch geführt hatte. »Was für Fragen hat *er* denn bekommen?!«

Aber wisst ihr, was? Ich würde lieber für den Rest meines Lebens die Erinnerung an den nackten Schwabbel in der Schule durchleben, als auch nur für eine Sekunde zum Langlaufen gezwungen zu werden. Was ist das überhaupt schon wieder für ein deutsches »Wort«: Long-lawf-shee. Wie jemand auf diese Quälerei stehen kann, ist mir ein absolutes Rätsel. Jeder Mann, der schon mal in einem dieser enganliegenden Langlaufanzüge gesteckt hat, weiß zu hundert Prozent, dass man seinen Penis sieht. Mit den Rennradfahrern fange ich jetzt gar nicht erst an. Ich kapier es einfach nicht, wie unbequem muss das sein? Ihr zerquetscht euch buchstäblich die Eier, nur um windschnittiger zu sein? Kommt euch das nicht irgendwie extrem vor? Lenkt das nicht ab? Hand aufs Herz, das ist es doch nicht wert, Hans!

Vielleicht denken sie ja wirklich nicht drüber nach. Ich meine, warum sollte es ihnen etwas ausmachen? Schließlich ist es ja auch komplett normal, splitterfasernackt neben Fremden in der Sauna rumzulungern und dabei null Komma null sexuelle Gedanken zu haben. Es liegt vermutlich daran, wie ich aufgewachsen bin, aber jedes Mal, wenn ich in der Sauna bin, kann ich an nichts anderes denken als an meine Genitalien. Ich stelle mir einen Scheinwerfer vor, der sie wie in einem Broadway-Stück direkt anleuchtet, und Leute, die Schlange stehen und beim Anblick meines besten Stücks fragen, wo ich herkomme: »Seht mal, er ist beschnitten!« Tja, Leute, jetzt wisst ihr etwas, was ihr vorher noch nicht wusstet. Selbst schuld, ihr habt das Buch gekauft.

Okay, nehmen wir an, die Penisparade der Radelshorts und Langlauf-Ganzkörperkondome ist normal in den Augen der Deutschen. Habt ihr diese Leute schon mal im Sommer gesehen? Kleiner Tipp: Schaut euch an den Flüssen und Badeseen um. Wenn ihr die volle Dröhnung wollt, kommt nach München und spaziert eine Runde am Flaucherstrand der Isar! Dort sind die Hardcore-Naturisten. Ich spreche von gespreizten Altherrenbeinen, wettergegerbten Vorhäuten, schrumpeligen Nippeln oder: Dinge, auf die ich nicht vorbereitet war, als ich nach Deutschland zog. Der deutsche Nudismus erschreckt mich heute noch manchmal. Nicht, weil ich ein generelles Problem mit Nacktheit habe, es ist eher die Kombi aus aggressiver Zurschaustellung von Geschlechtsteilen und der kompletten Absenz jeglicher perverser Gedanken dabei. Kleiner Nachtrag: In einem Sommer habe ich versehentlich einen Typen, dessen Penispiercing in der Sonne leuchtete, hinter ein paar Isarbüschen beim Masturbieren überrascht, aber … nur das *eine* Mal, Gott sei dank.

Lasst uns bei all der »Freiheit« nicht vergessen, dass wir in Deutschland sind. Das heißt, es gibt Regeln. Auch für Nacktheit. Ich musste erst lernen, was FKK oder FKK-Strände sind. Wie froh ich bin, dass ich endlich eingeweiht bin! Könnt ihr euch vorstellen, wie schockiert ich war, als ich zum ersten Mal im Englischen Garten flanierte und plötzlich von Dutzenden nackten weißen Ärschen umzingelt war? Die keiner hinterfragt oder kommentiert hat? Ich kam mir vor, als hätte ich gerade eine Horde Geister gesehen! »Seht … ihr sie auch?«

FKK steht für Freikörperkultur. Selbsterklärend eigentlich. Wobei man seinen Körper nur an bestimmten Orten freilassen darf. Die Deutschen sind sehr stolz auf ihre Körperfreiheit. Fun Fact: Ihr wollt wissen, wer die längste FKK-Laufbahn hat? Schaut euch einfach nach dem- oder derjenigen um, die am meisten einem Ledersessel ähnelt.

Es gibt einen Ort, an dem man immer nackte Menschen findet, egal wann, egal wo: die Sauna. Oh, wie sehr die Deutschen es lieben, ihre verschwitzten Ding-Dongs und Huhus in der Sauna herumzuwedeln. Unter uns: Ich kann nicht glauben, dass sie nicht absichtlich eine kleine Show daraus machen. Als ich einmal in der Sauna war, legte sich eine Frau im rechten Winkel zu mir und ihre Füße fast auf meinen Kopf, was sie überhaupt nicht zu stören schien. Es war einfach ihre Routine, sie bemerkte mich gar nicht. Ich wette, sie verschwendete keinen Gedanken daran, dass sie ihre Nacktheit einem fremden Mann geradezu ins Gesicht streckte. Es dauerte, bis ich diesen Aspekt der Kultur wirklich verinnerlichte. Bevor mich die Saunaliebhaber jetzt lynchen: Mir ist bewusst, dass das definitiv *mein* Problem und nicht *ihr* Problem ist. Nennen wir es einfach Dickes-Kind-Syndrom.

Mit der Zeit habe ich eine sehr wichtige Regel gelernt: *FKK oder Freiluftnudisten sind nicht der gleiche Typ wie öffentliche Saunageher.* Klar, es gibt Überschneidungen. Stellt euch am besten ein Venn-Diagramm vor, das aus zwei Penissen besteht. Die Schnittmenge in der Mitte wird mit den Worten »ganz natürlich« beschrieben. Dieses Mindset scheint der Konsens beider Gruppen zu sein.

Meine persönliche erste Sauna-Erfahrung hat mich fürs Leben gezeichnet. Ich war gerade erst nach Deutschland gezogen und wurde ständig mit neuen Dingen bombardiert, die ich entweder schnell lernen musste oder die mich so überwältigten, dass ich schnellstmöglich die nächstbeste Toilette aufsuchte, um dort unter Tränen meinen Kopf gegen die Wand zu schlagen. Die folgende Anekdote fällt definitiv in letztere Kategorie.

Evis Eltern hatten mich zu meinem ersten Familienurlaub eingeladen. Ich mochte sie und war dankbar, dass sie mich mit offenen Armen empfingen. Dabei waren Eltern, Geschwister, Partner, Kinder, zusammen waren wir fast zehn Leute. Außer mir gab es drei weitere Männer in der Familie, deren Dynamik sich lange vor meiner Zeit etabliert hatte. Das waren einmal der Vater, der Sohn und schließlich der erste Schwiegersohn. Alle drei aus dem gleichen Ort, alle drei mit gesunder Bauernbräune und alle drei mit derselben Leidenschaft für Schport. Schließlich kam der Tag, an dem die drei mich fragten: »Servus Tschoad'n, kommst du mit uns in die Sauna?«

NEIN schrie die panische Stimme in meinem Kopf und doch konnte ich die Worte, die sich jetzt ihren Weg über meine Lippen bahnten, nicht aufhalten: »Ja, das klingt super«. Was soll ich sagen? Ich bin ein Mensch, ich will gemocht werden. Natürlich sagte ich ja! Ich wollte dazugehören, verdammt noch mal! Dieses Gefühl, dazugehören zu wollen, sah sich übrigens zu meinem persönlichen Begleiter berufen, wie ich mit der Zeit lernte.

Jedenfalls erschien ich an diesem Abend wie verabredet vor der Sauna. Was sollte schon schiefgehen? Wir vier, unsere Handtücher (hoffte ich zumindest stark), jeder relaxt in seiner Ecke, genießt zwanzig Minuten lang die wohlige Hitze. Wie naiv ich doch war. Dieses Sauna-Erlebnis hielt eine ganz besondere Lektion für mich bereit: den sogenannten Aufguss. Falls ihr wie ich noch nie davon gehört habt, holt jetzt am besten einmal tief Luft, schnallt euch an und macht euch bereit.

Fakt ist, dass sich über dreißig komplett nackte Leute allen Alters (18 bis, keine Ahnung, 1000?) und aller Geschlechter in der schwitzigen Sardinendose eingefunden hatten. Personal Space? Vergiss es. Schweiß. Schenkel an Schenkel. Die faltigen Knie eines Fremden klebten sich an meinen Rücken, als ich mich setzte. Diese Empfindung allein hätte gereicht, um mich wie ein Schulkind während der Klausur zu melden – »Darf ich kurz auf Toilette?«.

Doch alle Fluchtpläne kamen zu spät. Jetzt betrat der Saunameister sein Reich – komplett angezogen, wie ein Psychopath. Er kam rein und wandte sich dem dampfenden Steinhaufen in der Ecke zu. Sein nacktes Publikum bestaunte ihn wie einen erleuchteten Guru aus einem alternativen Universum. Er schüttete eine Art Zaubertrank aus Chiliflocken und Badesalz auf die Felsklumpen und tauchte den ganzen Raum in eine beißende, augenreizende Aromawolke.

Dann griff er nach einem großen weißen Handtuch und fing an, es wie ein Wahnsinniger über seinem Kopf herumzuwirbeln, so schnell, dass ich fürchtete, er würde gleich wie der erste menschliche Helikopter über unsere Köpfe hinweg abheben. Aus dem Aufgussschwall bildete sich ein tschernobylartiger Tornado, der um uns herumpeitschte, unsere Augen verätzte und am ganzen Körper brannte. Alles, woran ich denken konnte, war: »Sind ALLE Saunas in Deutschland so? Warum tun die Deutschen das? Ich werde dieses Land nicht überleben!«

Als ob ich mich nicht sowieso schon am Gipfel meines Unbehagens befand, tropfte jetzt auch noch eine Schweißperle von der Nase meines Hintermanns und landete direkt auf meiner Schulter. Sein Schweiß tat sich mit meinem Schweiß zusammen, und gemeinsam machten die beiden Tropfen sich auf zu einem kleinen Ausflug hinunter zu meinem Anus. Das war Missbrauch! Schweißtropfen-Missbrauch! Mein Schrei blieb mir im Halse stecken, als Aufguss-Psycho endlich die Tür öffnete. Freiheit! Aber nur fast. Noch war es nicht vorbei. Der Herr in den feuchten Klamotten wartete schön am Ausgang und hielt jedem entspannten Sauna-Fan und mir eine Schüssel mit einem mysteriösen weißen Pulver (Kokain oder Backpulver, nehme ich an) ins Gesicht, mit dem wir jetzt unsere schweißgebadeten Körper einreiben und uns anschließend abduschen sollten. So ungefähr muss es in einer Sekte zugehen, dachte ich mir.

Da standen wir also, im Saunavorraum, getränkt in fluoreszierende Krankenhausbeleuchtung. Ich bekam eine Eins-a-Aussicht auf die pink angeschwollene Haut der Überlebenden des Säurebads. Sie erinnerten mich an einen gammeligen Sauerbraten, der zu lange in der Metzgervitrine lag. Egal, ich verfolgte jetzt nur noch ein Ziel: Raus hier. Also flitzte ich zu der abgelegensten Duschkabine, um dort auszuharren, bis der letzte der Sauerbraten das Feld geräumt hatte. Ich duschte eine halbe Ewigkeit, um mich von den Flashbacks an all die deutschen Ärsche reinzuwaschen. Danach würde ich mir mein langersehntes Handtuch schnappen, mich in meinem Hotelzimmer verkriechen und dort als Märtyrer sterben. Das war der Plan.

Ich schlich mich also um die Ecke zu meinem Handtuch, das dort geduldig und Würde versprechend auf mich wartete. Doch gerade als mein Blick den rettenden Ausgang suchte und ich mich Richtung Handtuch bewegte, stolperte ich fast in DEN VATER, DEN SOHN UND DEN SCHWIEGERSOHN. Alle drei standen dicht beieinander in einem perfekten nackten Dreigestirn, Hände in die Hüften gestemmt, und fragten mich in einer Lautstärke, die ein Rockkonzert übertönt hätte: »So Tschoad'n? How did you like it? Hat es dir gefallen?«

Niemand in der Geschichte der Menschheit hat je direkteren CIA-Level-Blickkontakt gehalten als ich in den qualvollen 60 Sekunden, die jetzt folgten. Vier Männer stehen Penis voraus im Kreis, und ich bin der Einzige, der das irgendwie ungewöhnlich findet? Ihr wollt mir erzählen, dass das normal ist? Standet ihr mit euren Kumpels auf dem Schulhof auch immer so rum? Machen Frauen das auch? Befinden wir uns in einer amerikanischen Eighties-Comedy und finden gleich das Loch in der Wand, das irgendein perverser Spanner dort reingebohrt hat? Ich bin ein unkultivierter Amerikaner! Wenn wir Nacktheit sehen, müssen wir schauen! Völlig egal, wer uns gegenübersteht! Es ist unser Instinkt! Aber ich wusste, das konnte ich hier nicht bringen. Ganz ehrlich, ich verdiene eine Medaille dafür, wie lange ich meinen Blick oberhalb der Nasenlevels aller hielt. War das Ganze ein Test? »Lasst uns schauen, ob er beschnitten ist, ja?«

Als sie mich endlich gehen ließen, grapschte ich mir mein Handtuch und versteckte mich in meinem Hotelzimmer – unter so einem riesigen Haufen Decken, dass es aussah, als wäre ich gerade aus der arktischen Tundra gerettet worden. Teenage-Jordan hätte diese Tortur NIEMALS überlebt. Teenage-Jordans einziges Ziel im Leben war es schließlich, die Aufmerksamkeit *weg* von seinem Körper zu lenken, nicht *auf* seinen Körper. Niemals *auf* seinen Körper!

KAPITEL 8

DER PRINCE VON »GENAU«

Jede Einwanderungsgeschichte ist anders. Aber egal, wen man nach seinen Migrationserfahrungen in Deutschland fragt, in einer Sache sind sich alle einig: Nach Deutschland auszuwandern ist *keine* nette romantische Komödie. Es gibt keinen Film von Nancy Meyers über die Ausländerbehörde. *Harry und Sally*? Eher *Hannes und Sarah, die sich treffen, um über Versicherungen zu sprechen, und beide überpünktlich sind* ... Wie süß!

Es gibt auch keine nette Nebenfigur, die einem erklärt, dass die Sprache, die man in Klassenzimmern, Sprachbüchern und auf Apps lernt, rein gar nichts damit zu tun hat, wie die Leute im Alltag wirklich sprechen. Nix da mit »Entschuldigen Sie bitte, ich hätte gern einen Kaffee«. **Nein!** Das wäre doch viel zu einfach. Hochdeutsch (so schwierig es auch ist) ist pure Illusion. Was für ein Beschiss! Stattdessen werden einem Sätze wie »Yoooo digga! Servus, alter! Was geht, bro? Moin moin!« um die Ohren gehauen.

»Moin« ist übrigens mein Hasswort. Es klingt wie ein Störgeräusch in meinem Kopf. Als ob ein Auto scharf bremst oder jemand beim Essen laut und eklig schmatzt. Mir ist klar, dass es lächerlich ist, sich über ein Wort so aufzuregen. Aber wenn ich jemanden »Moin« sagen höre, zerbricht mein Gehirn buchstäblich in zwei Teile. Die eine Hälfte sagt »Oh cool, jemand aus Hamburg, sie ist bestimmt nett!« Gleichzeitig kotzt sich die andere Hälfte die Seele aus dem Leib, weil sie das Schmatzgeräusch des Wortes einfach nicht ertragen kann. Wie bei einer Migräne, die einen plötzlich überfällt. Liebe Hamburger, ich meine es echt nicht böse. Können wir das Wort nicht einfach streichen?

Es gibt so viele Dialekte in diesem Land, dass man völlig willkürlich einen Deutschen aus irgendeiner Stadt rauspicken, in irgendeine Richtung drehen und hundert Kilometer weiter irgendeinem Landsmann gegenüberstellen kann, und es passieren kann, dass die beiden kein Wort voneinander verstehen! Wenn ihr mir nicht glaubt, hört euch diese Story aus meinem direkten Umfeld an: Vor über dreißig Jahren trafen sich Evis Eltern zum ersten Mal. Beide kamen aus dem gleichen Land, sogar aus dem gleichen Bundesland. Als sie sich allerdings zum ersten Mal unterhielten, verstanden sie sich so gut wie gar nicht. Wie soll das funktionieren? Wisst ihr, wie attraktiv jemand sein muss, damit man so eine Sprachbarriere einfach mal ignorieren kann? Ich stelle mir immer ihren Vater vor, wie er kauend vor ihrer Mutter sitzt und übertrieben langsam und überdeutlich mit ihr »flirtet«: »Hast du Huuuunger? ... Möchtest du vielleicht Käääsespätzle? ... Willst du meine Weißwuuarst sehen?«

Was mich am meisten an den Dialekten amüsiert, ist, dass jede Region ihren eigenen kleinen Sprachwirrwarr für den coolsten und besten und traditionellsten von allen hält. Jede Region macht den Dialekt der Nachbarregion absolut nieder und beleidigt ihre dialektsprechenden Nachbarn auf die fieseste Art. Die, die Bairisch reden, machen sich über die Fränkisch-Sprechenden lustig, und für Norddeutsche ist Allgäuerisch einfach nur eine Fremdsprache.

Tut mir leid, dass ich euer Weltbild zerstören muss, aber die Wahrheit ist: All eure Dialekte klingen bescheuert. Bevor ihr mich jetzt steinigt: Ich sage nicht, dass sie bescheuert *sind,* aber *cool* sind sie sicher auch nicht.

Ich möchte an dieser Stelle betonen, dass ich es als Einwanderer in dieses Land als wirklich wichtig empfinde, sein Bestes zu geben und die Sprache wenigstens bis zu einem gewissen Grad zu erlernen. Ich verstehe die Leute nicht, die in ein Land ziehen, wo eine andere Sprache gesprochen wird und keinen einzigen Sprachkurs belegen oder sich wenigstens eine kostenfreie App holen, um sich zumindest die Basics merken zu können. Es gibt Leute, die sich überhaupt gar nicht bemühen und darauf auch noch stolz sind (ich spreche über euch, liebe Amerikaner). Ich finde das respektlos den Einwohnern gegenüber.

Ja, es ist echt eine Herausforderung, eine neue Sprache zu lernen, und glaubt mir, ich bin bei Weitem kein Musterbeispiel. Aber man sollte schon deshalb versuchen, Deutsch zu lernen, weil es dabei hilft, sich zu akklimatisieren. Es geht ja nicht nur um das Sprechen, die Sprache bringt dich in allen Bereichen weiter. Nicht, dass ich fließend Deutsch spreche, aber das Level für ein längerfristiges Visum habe ich geschafft. So läuft das Spiel nun mal, Leute.

Was allerdings echt frustrierend ist, wenn man sich die Mühe macht, die Sprachschulen-Version der Sprache zu lernen: draußen in der freien Wildbahn auf Leute zu treffen, die komplettes Kauderwelsch sprechen. Damit ihr versteht, wie sich Dialekte für mich anhören, habe ich mir eine kleine Metapher für euch überlegt:

Okay, stellt euch vor, ich nehme euch mit auf einen Trip durch die Vereinigten Staaten. Ein amerikanischer Traum, wir cruisen in unserem roten Cabriolet die Route 66 hinunter, aus dem Radio dröhnt Don McLeans »American Pie«, wir singen lauthals mit. (Übrigens: Als ich diese Story mal auf der Bühne erzählte, brüllte jemand aus dem Publikum an dieser Stelle Yee-haw). Na ja, zurück zu unserem Traum-Trip: Am Highway taucht ein Schild für ein altes Diner auf. Wir fahren rechts ran und legen eine kleine Lunch-Pause ein.

Ich winke die Kellnerin heran (die sich uns als »Debby« oder einfach »Sweetheart« vorstellt), und ich bestelle für uns beide: zwei Cheeseburger, einen mit Zwiebeln, einen ohne. Debby nimmt die Bestellung auf, dann dreht sie sich zum Koch hinter der Theke herum und ruft zu ihm rüber, was wir essen wollen, damit er schon mal mit der Zubereitung beginnen kann. Sie sagt aber nicht »Two cheeseburgers, one without onions«, nein. Stattdessen brüllt sie etwas komplett Unverständliches zu ihm rüber, so was wie »Got a greasy Sasquatch with stinky britches, leave the mop bucket in the guttahhhh!«

Debbys Worte machen für euch absolut keinen Sinn? Ganz genau. Denn genau so hören sich Dialekte für mich an. Im Sprachkurs lernt man das Wort »Cheeseburger«, aber draußen auf der Straße wird dir irgendwas von »stinky britches« erzählt. Es gibt Tausende dieser Alternativwörter und sprachlicher Abwandlungen und Ausnahmen. Wisst ihr, wie sich die deutsche Sprache für mich anfühlt? Wie eine entgleiste Achterbahn! Es ist der reinste Horror! Okay, okay, ich beruhig mich wieder, ich glaube, ihr habt es kapiert. Außerdem gibt es tatsächlich auch Bereiche der Sprache, die fast ein bisschen Spaß machen. Nicht Spaß im Sinne von »Oh wow, wie toll! Ich kann es kaum erwarten, nächste Woche wieder im Deutschkurs zu sitzen! Jippie!« Eher Spaß in dem Sinn, dass man sich fragt, was zur Hölle die Deutschen geraucht haben, als sie sich ein paar ihrer Redensarten ausgedacht haben!

Idee für einen lustigen Zeitvertreib: Schaut euch ein paar gängige deutsche Redewendungen an und übersetzt sie direkt ins Englische. Manchmal kommen nicht mal die Deutschen selbst auf die ursprüngliche deutsche Aussage, die dahintersteckt. Die englische Übersetzung hat so gut wie nie etwas mit der tatsächlichen Bedeutung des Ausdrucks zu tun. Ich zeige euch gleich ein paar meiner Lieblingsbeispiele anhand eines kleinen Sprachspielchens, das ich auch schon auf der Bühne aufgeführt habe.

Jeder darf mitspielen, aber nur, wenn ihr euch nicht schon vorher den deutschen Ursprungssatz anseht. Ihr müsst versuchen, ihn rein anhand der englischen Übersetzung zu erraten. Also, zuerst habe ich immer die englische Übersetzung aufgeschrieben, den deutschen Ausdruck findet ihr darunter. So könnt ihr von zu Hause aus mitspielen.

Ausdruck #1 – Englische Übersetzung

»Would have, would have, bicycle chain.«

Nicht nachschauen!

Okay, hier kommt das **deutsche Original**:
»Hätte, hätte, Fahrradkette.«

Auf Englisch würden wir sagen: »shoulda, woulda, coulda.« Am liebsten überrumple ich die Leute mit der direkten englischen Übersetzung und verrate ihnen dann die gleiche Redensart auf Englisch. So können sie besser nachvollziehen, wie absolut sinnlos das deutsche Original in meinen Ohren klingt.

»Alter, ich schwör, die Frau an der Bar hat zu mir rübergeschaut! Wäre ich nur rübergegangen, ich Idiot, ich hätte bestimmt 'ne Chance gehabt!«

»Tja Mann, wie ich immer sage: Hätte, hätte, Fahrradkette ...«

Ausdruck #2 – Englische Übersetzung

»Lid closed, monkey dead«

Deutsches Original:
»Klappe zu, Affe tot!«

Was so viel bedeutet wie: Etwas ist vorbei oder fertig.

»Hey Mann, ich habe auf Insta gesehen, dass du auf dem Konzert bist! Spielen die immer noch? Soll ich noch kommen?«

»Sorry, Bro, Klappe zu, Affe tot.«

Ausdruck #3 – Englische Übersetzung

»I think my pig is whistling!«

Deutsches Original:
»Ich glaub, mein Schwein pfeift!«

Bedeutung: Jemand kann etwas nicht fassen.

»Oh mein Gott! Was erzählst du da, Sandra hat Todd mit einem anderen Typen betrogen und jetzt ist sie SCHWANGER?! Ich glaub, mein Schwein pfeift!«

Ausdruck #4 – Englische Übersetzung

»Dead pants«

Deutsches Original:
»Tote Hose«

Bedeutung: Es ist nichts los, die Party ist vorbei.

Ich habe kein gutes Beispiel, weil ich viel zu beschäftigt damit bin, mich zu fragen: Was sind *lebende* Hosen?

Ausdruck #5 – Englische Übersetzung

»Now we have the salad«

Deutsches Original:
»Jetzt haben wir den Salat«

Das bedeutet einfach, dass alles schiefgegangen ist. Hierzu stelle ich mir am liebsten einen Deutschen vor, der diesen Ausdruck verwendet, nachdem ihm jemand die abstruseste Information gegeben hat, die die Menschheit je gehört hat.

»Moment mal, du hast gerade gesagt, dass Jonathan … UNSER Jonathan aus der Schule Feuer gefangen hat und einfach … explodiert ist?!«

»Ja … ja, ich weiß, es klingt verrückt … Und jetzt haben wir den Salat.«

Danke fürs Mitspielen! Seht ihr, ich hatte recht, Deutsch kann Spaß machen! Aber jetzt stellt euch vor, ihr seid frisch nach Deutschland ausgewandert, besser noch nach Bayern (warum auch immer). Ihr sitzt in eurem allerersten Deutschkurs. Denkt ihr, dort lernt ihr die seltsamen Redensarten, die die Deutschen so gern verwenden? Tut mir leid, aber: auf gar keinen Fall. Nein, in die wunderbare Welt deutscher Redewendungen werdet ihr erst dann geschmissen, wenn ihr euch zum ersten Mal mit einem Deutschen in der freien Wildbahn unterhaltet. Doch so viel Spaß müsst ihr euch als Anfänger erst mal verdienen … Wir sind schließlich in Deutschland. Es gibt Regeln.

Ich erinnere mich noch gut an die ersten Jahre meiner Deutsch-Karriere. Tja, was soll ich sagen: Es war die reinste Abschreckung.

Wenn ihr einer dieser Streber seid, die sich gerade beim Lesen denken »Also für mich war das ja kein Problem«, dann behaltet es einfach für euch, ja? Ich brauche nicht noch mehr Schlauberger in meinem Leben, die mir reindrücken, dass sie in unter einem Jahrzehnt Muttersprachenlevel erreicht haben. Ich kenne ein paar von ihnen und meine einzige Erklärung dafür, wie so etwas menschlich möglich sein soll, ist, dass ihnen in der Kindheit etwas Schreckliches angetan wurde und sie ihre innere Leere mit Selbstbestätigung füllen müssen.

Es gibt zwei Arten von Sprachschülern: diejenigen, die dank magischer Kräfte innerhalb weniger Jahre besser sprechen als der ein oder andere Muttersprachler, und diejenigen wie ich, die sich zwei Beine ausreißen müssen, um auch nur ein einziges Wort aus ihrem minimalen Wortschatz zu kramen. Für Letztere gibt es einen Geheimtrick in der deutschen Sprache, auf den sie immer zurückgreifen können. Den Heiligen Gral, auf den früher oder später jeder Deutsch-Anwärter stoßen wird. Ich bezeichne ihn gerne als die **Schatzkiste**.

Der Inhalt der Schatzkiste besteht aus einer sehr speziellen Sammlung an Wörtern, die jedem Neuling auf seiner Sprachlern-Reise begegnen werden. Diese Wörter, auf die ich gleich eingehen werde, sind eine Art Wunderwaffe, die eurem Gegenüber den Eindruck vermittelt, dass ihr versteht, was es euch gerade erzählt. Dank der Schatzkiste denken sie, dass ihr total die Ahnung davon habt, worum es gerade geht. Doch die kostbarsten Wörter der deutschen Sprache haben ihren Preis. Wenn man sie als Anfänger richtig einsetzt, dann fühlt es sich an, als ob man gerade mit dem größten Juwelenraub in der Geschichte der Menschheit davongekommen ist. Aber wie wir alle wissen: *Auf große Macht folgt große Verantwortung.* Grüße gehen raus an alle Onkel-Ben-Fans da draußen.

Ihr seht schon, wenn man diese Wörter richtig benutzt, kann man jedem Deutschen vorgaukeln, dass man die Sprache viiiiiiel besser beherrscht, als man es wirklich tut. Kurzes Wort an meine nichtdeutschen Leser, ich kann den Stress förmlich fühlen, der gerade in euch aufsteigt: »Du darfst den Deutschen auf keinen Fall unser Geheimnis verraten! Wie KANNST DU NUR?!« Tut mir leid, Leute. Bitte lyncht mich nicht. Aber die Wahrheit muss endlich raus.

Die Wörter der Schatzkiste sind folgende:

- *genau*
- *echt*
- *ach so*
- *stimmt*
- *passt schon*
- *doch* (mein persönlicher Favorit)

Trostpreise gehen an: *Entschuldigung*, *klar* und *natürlich*.

Wenn du als Newcomer den Umgang mit diesen Wörtern einigermaßen draufhast und sie an den richtigen Stellen einstreust, wirst du in einer Unterhaltung mit Deutschen ERSTAUNLICH WEIT kommen, bevor sie dich in deiner Ignoranz ertappen. Allein mit dem Wort »genau« kommt man unter den richtigen Umständen durch eine ganze Konversation, ohne dass jemals jemand Verdacht schöpft. »Genau« ist der Zaubertrank, den jeder Sprachschüler in seinem geheimen Fläschchen braucht. Trotzdem solltet ihr vorsichtig damit umgehen, denn wenn ihr es übertreibt, könntet ihr euch so weit in eine Unterhaltung hineinmanövrieren, dass ihr eurem Gegenüber irgendwann versehentlich erlaubt, euch seine »Weißwurst« zu zeigen, und das war sicher nicht eure Absicht. Nehmt meine Warnung also bitte an – »genau« muss mit Vorsicht angewendet werden.

Bevor wir zum Ende dieses Kapitels kommen, würde ich gerne ein paar Worte an all meine Kolleg*innen richten, die in Deutschland wohnen, die Sprache lernen und vielleicht sogar dieses Buch lesen. Schon klar, was ich jetzt sage, ist keine große Überraschung:

Die deutsche Sprache zu lernen ist Horror. Daran gibt es nichts zu beschönigen. Doch ich verspreche euch, es wird sich für euch auszahlen. Wenn ihr euch also gerade so richtig abrackert, in die Sprachschule geht, die Apps benutzt, vor irgendwelchen wildfremden Tandem-Partnern herumstottert: Macht weiter.

KAPITEL 9

EINE FAMILIE NAMENS PRINCE

Eine Deutsche zu heiraten und zwei Familien aus unterschiedlichen Teilen der Welt zu vereinen, bringt seine ganz eigenen Herausforderungen mit sich. Ein Nachteil wäre zum Beispiel der Fakt, dass jeder einzelne meiner kulturlosen amerikanischen Kumpels oder Familienmitglieder am laufenden Band Witze über Hitler und den Zweiten Weltkrieg macht (und sich dabei total clever vorkommt, weil sicher noch nie ein Amerikaner zuvor auf diese Idee gekommen ist). Aber es gibt auch viele Vorteile. Einer der größten, besonders für mich als Comedian, sind die endlos vielen absurden Unterschiede in Kultur und Verhalten zwischen Amerikanern und Deutschen.

Viele dieser Unterschiede sind so offensichtlich, dass man sie auf den ersten Blick erkennt. Je länger man in einem anderen Land lebt, desto komplexer und feiner werden die Unterschiede. Am meisten fasziniert es mich, wie grundverschieden unsere eigenen Familien Dinge handhaben, meine Mutter im Gegensatz zu Evis Mutter zum Beispiel. Oder wenn ich Dinge erkenne, die für mich als Kind ganz normal waren, den Leuten in Deutschland aber nicht mal in den Sinn kämen. Am besten lässt sich das anhand von ein paar allgemeiner Themen erklären. Fangen wir mit der Medizin an:

In Deutschland gibt es eine Faustregel zur Selbstmedikation: Ein Schal, frische Luft und eine Tasse Tee. Schon hat man das perfekte Heilmittel für Kopfschmerzen, Magenschmerzen, Übelkeit, Sodbrennen, Verstopfung, Durchfall, Rotznase, Halsweh, Mittelohrentzündung, ein gebrochenes Bein, eine Enthauptung. Wer in Deutschland mit Kopfschmerzen in die Apotheke geht und um eine Packung Ibuprofen bittet, sollte sich auf eine zehnminütige Predigt der zu Tode besorgten Apothekerin einstellen, die die kleinen Pillen festhält, als wollte man ihr eine brennende Fackel neben einer Tanksäule aus den Händen reißen. »Seien Sie vorsichtig! Nehmen Sie nicht zu viele! Nicht auf nüchternen Magen! Sind Sie wirklich sicher, dass Sie die Tabletten brauchen? Denken Sie an Ihre Familie! Es gibt so vieles, wofür es sich zu leben lohnt!«

Jetzt vergleichen wir das Ganze mal mit meiner Heimat, dem Mekka der rezeptfreien Medikamente. Meine Mutter hat immer einen ganzen Schrank voller Medikamente in Pillen- oder Flüssigform für jede Gelegenheit, die man sich nur vorstellen kann. Kopfschmerzen? Hier Junge, nimm das. Dein Magen drückt ein bisschen? Hier, nimm die beiden und leg dich hin. Du hast eine Erkältung? Hier hast du ein Spray für deinen Hals, eine Pille für die verstopfte Nase, einen Saft für das Fieber, einen Menthol-Balsam für deine Brust, eine Wärmflasche, ein Thermometer, ein Küsschen und vorsichtshalber noch ein kleines Gebet ...

Wenn mein Bruder oder ich krank waren, konnten wir unserer Mutter einfach sagen, dass wir nicht zur Schule gehen können. Solange wir nicht zu offensichtlich flunkerten, durften wir zu Hause bleiben. Wir sahen dann den ganzen Tag fern mit ihr, Regis und Kelly zum Beispiel (solange es nicht Jerry Springer war, durften wir uns alles reinziehen), lagen auf dem Sofa in unserem Wohnzimmer herum, mampften Cracker und hatten ein kaltes Tuch auf der Stirn liegen. Wollt ihr wissen, was meiner Frau blühte, wenn sie als Kind krank war? Sie wurde mit einem sanften Arschtritt nach draußen befördert, direkt in den meterhohen Schnee, der vor der Haustür lag und durch den sie sich erst mal kämpfen musste, um zu Fuß ihre drei Kilometer entfernte Schule zu erreichen. Krank zu Hause bleiben? Nein, kommt nicht in Frage. Außer du schwebst in akuter

Lebensgefahr, dann können wir der Schule *vielleicht* Bescheid geben, dass du heute zehn Minuten später kommst. SIS IS SE GERMAN WAY!

Kommen wir zum Thema Ernährung. Evis Eltern essen jeden Morgen so ziemlich das Gleiche. Ihre Mutter pickt an einer Kombination aus Früchten, Beeren und verschiedenen ungesalzenen Nüssen. Wie ein Vogel. Wenn sie sich etwas Gutes tun will, isst sie vielleicht noch ein bisschen 0,01 % fetthaltigen Joghurt dazu. Ihr Vater isst winzig klein aufgeschnittene Tomaten mit ein bisschen Olivenöl und Salz obendrauf. Jeden einzelnen Tag. Sie erinnern mich an Kriegsveteranen, die sich nicht daran gewöhnen können, dass es mittlerweile mehr zu essen gibt. Eine andere Assoziation, die in meinem Gehirn geweckt wird, ist Gefängnisessen ... Sehr gesundes Gefängnisessen natürlich. Und meine Frau? Sie isst (wie so viele Deutsche) ein Standard-Müsli mit ein bisschen Obst darin. Für die, die nicht wissen, was Müsli ist: Es ist im Prinzip ein Teller voll Haferbrei.

Liebe Leser und Leserinnen: So würden Amerikaner NIEMALS frühstücken. Es gibt für mich zwei Arten von Frühstück, die ich für immer vermissen werde. Entweder etwas Warmes, Herzhaftes (die Südstaaten-Grundnahrung Rührei, Speck, Biscuit-Brötchen und Würstchen) oder Cornflakes und Konsorten. In meinem Alter habe ich mittlerweile genug Selbstkontrolle, um mir nicht das krasseste Zeug zu kaufen wie Cocoa-Pebbles oder Cookie Crisp (ja genau, das sind »Zerealien«, die aus Schokocookies bestehen), aber mir ist auch klar, dass es so was wie gesunde Zerealien nicht gibt. Aber solange die Packung Corn Flakes vielleicht ein paar Mandeln und das Wort Honig enthält, kann ich nicht daran vorbeigehen.

Jetzt, wo ich schon eine Weile in Deutschland lebe, hat sich meine Favoritenliste um einen Punkt erweitert: Die gute alte Brotzeit. Überraschend, oder? Die gibt es bei uns öfter mal am Wochenende oder wenn wir bei anderen Deutschen zu Besuch sind. Kein Grund zur Beschwerde von meiner Seite: frisches Brot, Butter, ein bisschen Leberwurst oder frischen Schinken, vielleicht ein bisschen Camembert. Ich fange gleich an zu sabbern.

Meine Schwiegereltern kochen fast alles, was sie essen, selbst. Natürlich gehen sie auch mal aus zum Essen, aber sie würden sich nie etwas zum Abholen bestellen, geschweige denn sich etwas liefern lassen. Das könnte nicht weiter entfernt sein von meiner Erfahrung in Amerika. Meine Familie lebte praktisch von Take-out-Essen. Ob man uns Pizza lieferte oder Chicken Wings oder ob meine Mutter schnell ein paar Burger von ihrem Lieblings-Fast-Food-Laden Sonic holte – wir haben eine komplett andere Beziehung zu Lieferessen und selbst gekochten Mahlzeiten. Das heißt jetzt nicht, dass meine Mutter nie kochte, versteht mich bitte nicht falsch. Erinnert ihr euch noch an die magische Frühstückspizza oder die Rühreier mit Schokoladensauce? Yes, Baby.

Wenn wir aber wirklich ans Eingemachte gehen wollen, dann müssen wir über Snacks und Süßigkeiten sprechen. Unsere Mütter hätten keine unterschiedlichere Beziehung dazu haben können. Es ist fast schon lächerlich. Wenn es ein Snack-Spektrum gäbe, befände sich meine Mom am Ende der einen Seite und Evis Mutter am Ende der anderen Seite. Wenn ein Leprechaun (dieser grüne irische Kobold, ihr wisst schon) einen Regenbogen absuchen würde, würde er den Topf Gold definitiv auf der Seite meiner Mutter finden. Hier ist der Grund dafür:

Snacks waren im Hause Prince Lebenselixier. Habt ihr jemals das himmlische Vergnügen gehabt, euch an Little Debbie und ihren cremegefüllten Hafercookies zu laben? Natürlich habt ihr das nicht. Ihr kennt Debbie nicht wie ich. Wir haben eine besondere Bindung und die kann uns keiner nehmen. Little Debbie war meine erste große Liebe und niemand wird je an sie herankommen. Doch Little Debbie war so viel mehr als nur mein Hafercookie-Girl. Sie brachte Kuchen, Cookies, Cracker und Chips in MEIN Kindheitszuhause. War ich ein dickes Kind? Ja. Sitze ich hier in meinen Dreißigern und läuft mir das Wasser im Mund zusammen, während ich über

Debbie schreibe? Sabbere ich gleich auf mein T-Shirt, nur weil ich an eines dieser frisch chemisch produzierten Little-Debbie-Honey-Bun-»Gebäcke« denke? Darauf könnt ihr euren Arsch verwetten. Wir hatten Snacks im Überfluss! Und ja okay, der endlose Vorrat an süßen und salzigen Snacks war nicht die »gesündeste« Art aufzuwachsen, ich gebe es ja zu. Aber wir waren GLÜCKLICH. Fett ... aber glücklich, okay?

Sehen wir uns im Gegensatz dazu einmal Evis Kindheit an. Ihre Mutter war berühmt dafür, dass im ganzen Haus nicht mal die Spur von Süßigkeiten existierte (außer der gelegentlichen Frucht oder ein paar Beeren, was offensichtlich nicht zählt). Evi, das arme Mädchen, im Herzen (oder Magen) Amerikanerin, doch gefangen in einem deutschen Körper, ging jedes Mal, wenn ihre Eltern das Haus verließen, auf Jagd nach irgendetwas, das auch nur im Entferntesten als »Süßigkeit« beschrieben werden könnte. Sie sehnte sich so sehr nach etwas Zucker, dass sie es sogar schaffte, ihr eigenes Gehirn auszutricksen, indem sie trockene, zuckerlose, geschmacksneutrale Oblaten fand, die ihre Mutter zum Backen der Weihnachtskekse verwendete, und sich einredete, dass sie nach Gummibärchen oder Schokolade schmeckten. Sie war wie die privilegierteste Gefängnisinsassin der Welt. Der Leib Christi war ihr Honey Bun! Eine Oblate. Ein Furz in Form einer überdimensionalen Münze. Nur mit weniger Geschmack.

Wenn wir meine Mutter besuchen, findet sie immer einen Weg, heimlich tütenweise meiner Lieblings-Kindheitssnacks im Auto zu verstecken, die wir dann auf der Rückfahrt entdecken. Wenn wir zum Beispiel ein Auto mieten, um sie zu besuchen, fahren wir meistens auch nach New Orleans oder besuchen Bruce in Nashville. Irgendwie schafft sie es jedes Mal, uns vier Einkaufstüten voll von den besten gesundheitsschädlichen Snacks unterzujubeln. Es ist so süß von ihr und sie weiß, wie sehr ich mich darüber freue. Ich bin nun mal ein Junge aus den Südstaaten und außerdem bin ich der Jüngste. Ich bin »das Baby«. Zum Glück. Evis Mutter schenkt uns zum Abschied eine Umarmung und ein Lächeln und manchmal sogar ein leckeres Vollkornsandwich für unterwegs. Vielleicht werden sie sich doch immer ähnlicher.

Nein, das ist unmöglich, aber sie lieben uns beide und darauf kommt's an!

KAPITEL 10

DER PRINCE DES SPRUDELWASSERS

Ich lerne langsam.

Wenn meine Mutter, meine Frau und meine engsten Freunde das lesen, werden sie sich ein eifriges Nicken nicht verkneifen können: »Allerdings!«. Es macht auch wirklich nicht besonders viel Sinn, jemanden mit Lernschwierigkeiten aus einem Südstaatendorf in eine Großstadt mitten in einem fremden Land zu setzen. Die Rechnung geht nicht auf. Nicht, dass ich eine Ahnung vom Rechnen hätte, aber ihr wisst, was ich meine. Ich habe echt lange gebraucht, bis ich mich in München einigermaßen zurechtfand. Ich bin mittlerweile zwar auf sicherem Boden angekommen, aber ich stolpere immer noch mehr durch die Gegend als Mr. Bean und Dick und Doof zusammen. So ganz raus habe ich den Dreh einfach immer noch nicht.

Deutsch zu lernen ist ein Kampf. So geht es sicher nicht nur mir, aber ich habe das Gefühl, ich hatte besondere Schwierigkeiten, die Sprachbarriere zu überwinden. Ich bekam es einfach nicht auf die Reihe, mir Vokabeln zu merken. Dafür wurde ich ein Meister im Lesen von Körpersprache. Was dazu führte, dass ich oft mehr über meinen Forschungsgegenstand (die Deutschen) erfuhr, wenn ich beobachtete, wie sie sich in peinlichen Gesprächspausen verhielten, als bei den Gesprächen selbst. Es war faszinierend – und der Beginn meiner Comedy-Karriere, auch wenn ich das zuerst gar nicht gemerkt habe.

Ein paar Dinge über Deutschland und seine Kultur habe ich

mittlerweile verstanden. Es gibt einige Grundregeln, auf die man sich verlassen kann. Die Deutschen (und besonders die Bayern) zeigen zum Beispiel keine Gefühle, solange sie nüchtern sind. Ich habe hier so viele sorgfältig geplante und pünktlich durchgeführte Verabredungen erlebt, deren erste zehn bis zwanzig Minuten aus furchtbar unangenehmem und stockendem Small Talk bestanden. Das kann dir zwar mit Leuten jeglicher Herkunft passieren. Aber eine Kultur, in der Offenheit nicht gerade großgeschrieben wird, macht die Suche nach Freunden nicht gerade einfacher.

Ich hatte zum Teil keine Ahnung, ob mein Gegenüber das Gespräch mit mir gerade genoss oder am liebsten davonlaufen würde. Ich musste auf die harte Tour lernen, dass die meisten Deutschen mit ihrem Privatleben komplett hinter dem Berg halten, bis sie sich ganz sicher sind, dass sie dir vertrauen können. Im Nachhinein kann ich dieses Mindset nachvollziehen, aber als Amerikaner hatte ich einfach ein sehr viel schnelleres Mitteilungsbedürfnis, was meine gesamte Lebensgeschichte anging. Sich mit Deutschen anzufreunden ist wie ein Schauspielcasting. Es gibt super viele Bewerber und nach deinem Auftritt hast du keine Ahnung, ob man dich wieder anrufen wird.

Nachdem ich mich ein paar Jahre lang für die Rolle des »amerikanischen Kumpels« bei verschiedenen Deutschen beworben hatte, lernte ich, dass es doch ein paar Dinge gibt, die bei Deutschen Leidenschaft auslösen:

1. Deutschland hat eine sehr alte Kultur, besonders in Bayern, also gibt es Dinge, die die Menschen schon seit Generationen so machen. Und so wird es auch bleiben. Oktoberfest, katholische Feiertage, gerne auch mit Ritualen zur Traumatisierung des Volkes wie Krampus oder Struwwelpeter. Voll okay, ist ja nichts dabei.
2. Deutsche lieben ihre Berge. Auch hier, völlig klar. Mein Schwiegervater bringt mir immer noch die Namen der Berge

aus seiner Gegend in den Alpen bei. Seit zehn Jahren. Ich habe mir ... einen davon gemerkt. Zwei, wenn ich betrunken bin und Glück habe.

3. Deutsche lieben ihre Schuldgefühle. Das könnte allerdings mehr mit Katholizismus als mit Deutschland zu tun haben. Aber die Deutschen haben sie perfektioniert. Wie das Autobauen. Da kommt keine andere Nation an die Deutschen ran.
4. Der letzte Punkt auf dieser kurzen Liste (die ich noch endlos weiterführen könnte): Deutsche lieben und sind unglaublich stolz auf ... ihre kristallklaren Gewässer. Deutsche LIEBEN ihr natürliches Wasser, egal ob aus dem Wasserhahn, in Seen, Bächen oder Flüssen, niemand hat so eine tiefe Verbindung zu ihrem Wasser wie die Deutschen (außer wir entdecken irgendwann, dass es Atlantis wirklich gibt und dort Meermenschen leben).

Ich finde, es macht sogar Sinn, dass die Deutschen so auf ihr Wasser abfahren. Sie brauchen etwas **Reines**, um den **Irrsinn** ihres Alltags auszugleichen. (Oder vielleicht müssen sie sich auch einfach das Schweißdepot, das dank ihres Dauersports leer ist, wieder auffüllen.)

Es gibt eine unausgesprochene Regel unter den Deutschen, die vielen Leuten nicht geläufig ist: »Keine Erfahrung ist so schlimm, dass man sie nicht wegwaschen kann, indem man mitten im Winter nackt und Kopf voraus in einen eisigen See springt.« Deutsche LIEBEN Gewässer und vor allem lieben sie es, *in* Gewässern zu sein. Sie lieben es mehr als jedes andere Volk auf dem Planeten. Zumindest in Europa. Bei Menschen aus Russland, Finnland und Alaska ist das noch mal eine andere Sache. Ja, ja, ich weiß, Finnland ist Teil von Europa, aber sie sind trotzdem eigenartig und passen außerdem gut in den Witz rein, okay?

Seen, Meere, Teiche, Pfützen, Pools, Flüsse und Bäche, Deutschland ist voll davon und die Wahrscheinlichkeit, einen nackten

Deutschen darin zu finden, ist sehr hoch. Tut mir ja leid wegen des Kopfkinos, aber es stimmt! Andererseits bin ich wahrlich kein Experte. Ich konnte mir, bis ich Mitte zwanzig war, überhaupt nicht vorstellen, dass man in Seen wirklich schwimmen kann. Aber Leute, ich wurde mit amerikanischen Horrorfilmen groß und eins kann ich euch versprechen: Während ihr schwimmt, wartet ziemlich sicher ein psychopathischer Serienmörder am Ufer. Er schleift schon mal seine Machete und/oder holt seine Motorsäge raus und zieht sich die Hautmaske über, die er sich aus seinen vorigen Opfern genäht hat! Aber hey, bevor es euch an den Kragen geht, lässt er euch noch eine Runde planschen. Die meisten Hinterwald-Mörder respektieren einen guten Schwimmer. Okay, aber mal im Ernst … Ich wusste für eine peinlich lange Zeit nicht, dass man in den meisten Seen einfach schwimmen kann. Als Familie haben wir nie so etwas wie einen Ausflug zum See gemacht. Schaut mich nicht so an.

Die pure Ignoranz ist eine meiner Stärken. Viele meiner Freunde fuhren in den Sommerferien an den Strand irgendeines Sees und schwammen dort. Und da ich aus den Südstaaten komme, kannte ich einen Haufen »Rednecks«, die sich jedes Wochenende auf irgendeinem Gewässer bis zur Besinnungslosigkeit betranken und das Ganze als »Angeltrip« betitelten. Das war ganz normal.

Erst als ich nach Deutschland zog und die Deutschen und ihr Verhalten um mich herum genauer zu beobachten begann, erfuhr ich, dass es Menschen gibt, die regelrecht besessen von Wasser sind. Man brauchte kein ausgebildeter Spion zu sein, um ihre Sucht nach Seen und Flüssen in Radfahrdistanz zu erkennen. Nachdem ich Monate damit verbracht hatte, die Deutschen zu erforschen (meistens, während man mich mit Grillwürstchen fütterte und mit Bier abfüllte), ging mir plötzlich ein Licht auf. Mir wurde klar, was die Deutschen wirklich sind …

… Deutsche sind Fische. Fische, die einfach zu weit entwickelt sind. Ich verspreche euch, es wird gleich alles Sinn machen.

Fische haben Regeln.
Fische haben Routinen.
Fische sind ef-fisch-zient … okay, der Witz funktioniert nur auf Englisch.
Fische grüßen nicht.
Fische starren dich an.
Fische sind immer am Trinken.
Und zu guter Letzt treiben Fische IMMER Sport.

Zurück zum Thema: deutsches Wasser. Wenden wir uns dem deutschen Leitungswasser zu. Jedes Mal, wenn ich auf der Bühne das Thema Leitungswasser ankündige, fällt die Reaktion gemischt aus, was ich sehr interessant finde. Vielleicht diskutieren die Deutschen ja dann, ob ich jetzt fies oder nett über ihr geliebtes Wasser sprechen würde. Keine Sorge, ich liebe es. Ich liebe es wirklich. Als ich zum ersten Mal einen Schluck deutsches Leitungswasser aus meinem eigenen Wasserhahn trank … Oh mein GOTT! Ich wäre fast in Ohnmacht gefallen.

Ich war gerade erst aus New Orleans gekommen, wo man regelmäßig davor gewarnt wird, das Wasser auf keinen Fall zu trinken, ohne es vorher abzukochen! Ehrlich! Ich habe schon erlebt, dass ein Alarm über der ganzen Stadt ausgelöst wurde, Eilmeldungen auf dem Fernseher erschienen und verkündet wurde, dass das Leitungswasser gerade positiv auf GEHIRNFRESSENDE AMÖBEN getestet wurde! Man musste das Wasser nicht nur vor dem Trinken abkochen, sondern sogar vor dem Duschen. Ehrlich gesagt, glaube ich nicht, dass sich die Situation in New Orleans groß verbessert hat. Ich hoffe, sie hat sich nicht verschlechtert. Wenn das der Fall wäre, wette ich, dass in New Orleans die Zombie-Apokalypse ausbricht. Irgendwann wird es sowieso passieren, wieso nicht gleich in der Stadt, in der es mehr als im gesamten Rest der USA spukt. Wäre doch passend.

Aber zurück zu meinem ersten Schluck. Das Phänomen deutschen Wassers. Als ich herunterschluckte, veränderte sich etwas in mir. Ich fühlte mich erleuchtet. Als ob ich erwacht wäre, erwacht aus einem Traum, der mir wichtige Informationen vorenthalten hatte. Mein Gehirn wurde geflutet von neuen Erkenntnissen wie: *Urin muss nicht braun sein? Leitungswasser auch nicht?* Und ich bin noch nicht mal beim Wasser im tiefsten Bayern angelangt. Dort dreht man den Wasserhahn auf und es fühlt sich an, als ob man aus einer mystischen Quelle der Weisheit trinkt, die Gott von den Berggipfeln direkt in deinen Mund tröpfeln lässt, ja, in deinen Mund, Ben. Für diejenigen unter euch, die zufällig Ben heißen, ich wollte euch nur schocken.

Im Ernst, wenn ihr jemanden davon überzeugen wollt, nach Deutschland zu ziehen und gute Argumente braucht – Wasser gehört auf jeden Fall auf eure Liste. Okay, Deutschland hat auch ein besseres Gesundheitssystem als die USA. Und dann gibt es natürlich noch die hervorragende Bildung! Aber es gibt auch Gegenargumente.

In Deutschland muss man das Wasser im Gegensatz zu den USA nämlich *bestellen* und dann muss man dafür *bezahlen*, es sei denn, man hat die Eier, um nach einem Glas Leitungswasser zu fragen. Ich wüsste gerne von euch ... was ist besser? Ein gratis Glas Schlamm von deinem örtlichen amerikanischen Applebees oder ein kristallklares, quellfrisches Glas Wasser, serviert mit einer Prise tiefster deutscher Verachtung? Ihr wendet euch an den imaginären deutschen Kellner, der gerade mit dem missbilligendsten Blick der Welt die Bestellung aufnimmt, und ihr fragt: »Kann ich vielleicht einfach ein Glas Leitungswasser haben?« Der Schweißausbruch ist vorprogrammiert. Der Kellner schießt sofort zurück, ob das euer Ernst ist. »Leitungswasser?« Dann verdreht er die Augen (auf Deutsch, damit es noch mehr wehtut) und blafft dich an: »Ich bringe Ihnen gern ein Glas *Tafelwasser* ... **für zwei Euro fünfzig**.« Wenn ihr einen netten Kellner erwischt habt. Ansonsten bekommt ihr ein vernichtendes: »Leitungswasser bestellt man nicht« hingeschmettert.

Wenn das passiert, explodiert jedes Mal etwas in meinem Gehirn (meine Selbstkontrolle). Am liebsten würde ich dem Typen mit der tödlichen Kombi aus tätowierten Armen, Schnauzbart, schwarzem Shirt und winziger Mütze auf dem Kopf so richtig die Meinung geigen. Instinktiv denke ich mir: Okay? Was willst du eigentlich von mir? Willst du, dass ich dich anflehe, Hans? Geht's dir darum? Eher würde ich sterben! Ich würde lieber hier und jetzt in dieser heruntergekommenen Münchner Bar, die Indie Rock von vor ELF JAHREN spielt, dahingerafft werden! Ich würde lieber zu Staub zerfallen gleich hier neben deinem affig überdimensionalen Trinkgeldglas, das sowieso besser als Urne geeignet wäre! Hier kommt ein kleiner Ratschlag, Freundchen ...

Ein Glas Gratiswasser sollte die Norm sein, wenn man sich in einen gastronomischen Betrieb setzt. Ende. Die Tatsache, dass das in Deutschland nie passieren wird, verwirrt mich und wird mich für immer verwirren!

Das ist übrigens nicht der einzige Aspekt beim Thema Wasser, der mich verwirrt. Natürlich nicht, das wäre ja viel zu einfach. Nein, was mich genauso in den Wahnsinn treibt, sind die deutschen Wasseretiketten: »MEDIUM WASSER!« Es ist doch genauso groß wie all die anderen Flaschen! Keine Sorge, ich mache nur Spaß. Ich weiß natürlich, was »Medium Wasser« ist ... Medium Wasser ist, was man bekommt, wenn man versehentlich ein normales Mineralwasser kauft, es im Fußraum seines Autos vergisst und es Tage später, wenn man endlich mal den ganzen Müll entsorgt, unter dem Fahrersitz herumrollen sieht. In Deutschland gibt es anscheinend eine beträchtliche Nachfrage für genau diese Art Getränk.

Um das Thema Wasser noch ein bisschen weiter zu melken (guter Wortwitz, oder?) – es wäre nicht fair, *nur* die Deutschen für ihre Sprudelwasser-Obsession zu kritisieren. Es gibt auch andere, die eine sehr spezielle Beziehung zu Sprudelwasser haben. Amerikaner zum Beispiel! Wenn jemand aus Texas, Georgia, Mississippi, Louisiana, Arkansas, Florida oder den Carolinas das Wort »Sprudelwasser« hört, denkt er, man hätte gerade ein Glas mit Gold und Diamanten veredeltes Luxuswasser bestellt. Es ist in den Südstaaten echt nicht möglich, eine Flasche Sprudelwasser zu bestellen, ohne den umliegenden Gästen aufzufallen.

Stellt euch vor, ihr setzt euch in irgendein Kleinstadt-Diner und wagt es zu fragen: »Entschuldigen Sie bitte, haben Sie Perrier?« Dann ist es aus mit euch. Ihr habt die Südstaatler neben euch völlig aus dem Häuschen gebracht! »Ooooh, schaut mal, da hat wohl jemand einen Sechser im Lotto!« wäre eine typische Reaktion. Oder: »Kommt mal alle her, Kinder, und schaut euch diesen Typen an, er denkt wohl, er ist was Besseres! Macht Platz für die Superbonze!« Es ist lächerlich ...

Zum Abschluss des Themas möchte ich mich an meine deutschen Leser wenden: Euer Leitungswasser ist so sauber und es schmeckt so gut, dass ich einfach fragen muss: Zu welchem Zeitpunkt in eurer Geschichte hat man euch ausgetrickst und euch davon überzeugt, dass Sprudelwasser besser schmeckt als stilles Wasser? Wenn ich meinen Wassermonolog auf der Bühne halte, wage ich an dieser Stelle gern folgenden riskanten Witz: »Wobei es nicht das erste Mal wäre, dass die Deutschen ausgetrickst und zu fragwürdigen Überzeugungen verleitet wurden ...« Auf diesen Witz folgt fast immer Gestöhne und verunsichertes Gelächter. Ich lasse es mir auf der Zunge zergehen, es schmeckt fast so gut wie Schokoladenkuchen.

KAPITEL 11

DER PRINCE DES HORRORS

Meinen eigenen Recherchen zufolge kommt es durchaus vor, dass moderne Eltern in Deutschland ihre Kinder umarmen. Ebenfalls sollen sie hin und wieder Kosenamen verwenden, wie »Schatz« oder »Maus«. Es besteht also noch Hoffnung für den deutschen Nachwuchs, der unseren Planeten in Zukunft bevölkern wird. Denn als ich zum ersten Mal eine dieser haarsträubenden Horrorstorys hörte, die man deutschen Kindern zum Einschlafen vorliest, war ich so schockiert, dass ich eine Woche lang nichts essen konnte.

Ich bin davon überzeugt, dass Menschen, die mit solchen Gutenachtgeschichten aufwachsen, traumatisiert durchs Leben gehen. Habt ihr schon mal den Gesichtsausdruck der armen Deutschen beobachtet, wenn man sie auf diese Geschichten anspricht? Der Blick leicht abwesend, das Lächeln ganz starr, sie sehen aus wie Geiseln, die unter dem Stockholm-Syndrom leiden.

In einer der Geschichten werden einem Kind die Daumen abgehackt. In einer anderen geht ein Mädchen in Flammen auf, stirbt einen schrecklichen Tod und die einzigen, die um sie trauern, sind ein paar streunende Katzen. Wir flüstern unseren Kindern Horrorstorys in die müden Ohren und erwarten, dass sie friedlich einschlafen. Oh, oh, warte, lasst mich raten: »Damit unsere Kinder was fürs Leben lernen?« Haut mir ab mit dem Bullshit!

Ein paar der Geschichten, auf die deutsche Kinder abfahren, kann ich ja nachvollziehen. Den *Grüffelo* zum Beispiel, denn in der Story kommt niemand auf furchtbarste Weise zu Tode. Niemandem werden Körperteile abgesägt, und bis zur letzten Seite wird keines der süßen, wuscheligen Waldtiere ermordet oder zerstückelt oder vor den Augen des Volkes an den Galgen gehängt. Nein, im *Grüffelo* trickst eine ängstliche Maus ihre Peiniger aus dem Wald aus, um einfach in Ruhe ein paar Nüsse zu verspeisen. Harmlos – und genau das ist der entscheidende Hinweis darauf, dass diese Geschichte unmöglich aus Deutschland kommen kann. Sie ist britisch. Wenn man darüber nachdenkt, fragt man sich zwar, warum die Maus sich mit Nüssen zufriedengibt und nicht auf »Bohnen und Blutwurst auf Toast« besteht ... Okay, beruhig dich, Jordan, eine Kultur nach der anderen.

Es ist Zeit für Übeltäter Nr. 1: den *Struwwelpeter.* (Als Amerikaner versuche ich gar nicht erst, ihn richtig auszusprechen). Auf Seite eins dieses Kinderbuches begegnet uns das grauenerregende Bild eines Dämonenkindes mit wildem, ungekämmtem Haar, Fingernägeln, die mindestens einen halben Meter lang sind, und einem flehenden Blick, der sich ganz tief in die Seele der Leser bohrt: »Tötet mich ... bitte ... Ich kann nicht mehr.« Da dies ein Buch für deutsche Kinder ist, lässt sich natürlich eine wertvolle Lektion ableiten. *Se rules ah imbedded into se Kultur from se START!* In diesem Fall? Kämm deine Haare und schneide deine Fingernägel. Das ist der rote Faden in diesen Geschichten: Die Bilder entsprechen ungefähr dem Grauen eines Videos, in dem ein Ungläubiger vor laufender Kamera geköpft wird, aber die Lehre ist so was wie: »Du musst bitte und danke sagen.«

Die Stories sind so entsetzlich, dass ich es keinem Deutschen abnehme, der sagt: »Ach, wir fanden das lustig.« Andererseits gibt es auch Leute, die auf Ted Bundy stehen oder Charles Manson reizend finden ...

Die Geschichte, die es mir am meisten angetan hat, handelt von dem kleinen Mädchen, das mit Streichhölzern spielte. Ihr könnt euch vermutlich vorstellen, wohin das Ganze führt. Sie hat diese zwei süßen kleinen Katzen, die in miauenden Protest verfallen, als die Kleine eine Zündholzschachtel aufhebt und sich einen Spaß daraus macht, ein Streichholz nach dem anderen anzuzünden. Die Kätzchen fuchteln panisch mit ihren Pfoten, um ihr irgendwie zu signalisieren, dass sie das lassen sollte. Bis hierhin, alles easy, witzig, kein Problem. Zündet das Mädchen als Nächstes versehentlich ein teures Gemälde an, mit dem sie ganz vorsichtig umgehen sollte? Nein. Fängt das Kleid, das ihre Mutter ihr für eine feierliche Veranstaltung gekauft hat, Feuer? Nein. Das wäre viel zu harmlos. Die Folge der Zündelei ist: Sie steckt sich selbst in Brand! Das Mädchen verbrennt. Sie stirbt. In den Flammen.

Ich weiß, ich weiß, ich wiederhole mich. Aber ich kriege einfach nicht in meinen Kopf hinein, dass dieses Buch für KINDER ist! Ich stelle mir die Eltern vor, die ihren Kindern zur Schlafenszeit vorlesen: »Und dann war sie tot und verbrannte zu Asche und die Kätzchen weinten, weil sie gestorben und für immer tot ist. Das wars. Gute Nacht, kleiner Hannes.« Okay, und wie geht es dann weiter? Schalten sie einfach das Licht aus und machen sich aus dem Staub? Wäre ich dieses Kind gewesen, ich hätte auf keinen Fall geschlafen. Ich hätte mich gefühlt wie eine der Figuren aus *Final Destination*, die gerade knapp dem Tod entronnen ist und jetzt panisch versucht, dem nächsten Psychopathen zu entfliehen, der ihr nach dem Leben trachtet.

Die letzte Geschichte aus dem Buch, die ich euch näherbringen muss, ist ein absolutes *Meisterwerk*. Es geht um ein kleines Kind namens Konrad, das anscheinend zu alt dafür ist, Daumen zu lutschen. Er ist wahrscheinlich in einer dieser Übergangsphasen, die Kinder und Eltern durchmachen, wenn sie den Schnuller loswerden oder aufhören sollen, sich alles in den Mund zu stecken. Konrads Mama hat da eine etwas andere Herangehensweise. Bevor sie zur Arbeit geht, verabschiedet sie sich von ihrem Sohnemann und warnt ihn: »Okay, Konrad, ich muss los. Denk dran, nicht am Daumen lutschen, während ich weg bin, sonst kommt der Schneider mit seiner großen Schere und *schneidet dir die Dau-*

men ab … und du weißt ja, Daumen wachsen nicht nach … okay, bis später, ciao!«

Entschuldigung, aber ist diese Mutter high? Was für eine Ansage! »Hey, ich habe bemerkt, dass es dir ein bisschen schwerfällt, diese kindliche Angewohnheit abzulegen, deshalb hörst du jetzt einfach auf damit, sonst kommt ein fremder Mann und schneidet dir die Daumen ab!«

Tja, genauso kommt es dann auch. In dieser Gutenachtgeschichte. Für Kinder. Die vermutlich noch Daumen lutschen. Ein Mann – ein Schneider mit einer Schere so groß wie die eines Bürgermeisters, mit der er feierlich Absperrbänder durchschneidet – bricht in das Zuhause des Kindes ein und schnippelt ihm beide Daumen ab. Der Junge (ihr könnt es euch denken, auch hier eine detailgetreue Illustration) steht einfach nur da, ohne Daumen, und das Blut fließt literweise auf den Boden. Der Junge hat jetzt keine Daumen mehr. Wie soll er jemals wieder etwas greifen?

Seine Daumen zu verlieren bedeutet, seinen kompletten Alltag neu zu erlernen. Der Schneider hätte gleich die ganze Hand nehmen können. Was hat er überhaupt mit den ganzen Daumen gemacht, hat der Typ sie einfach behalten? Hat der Schneider Regale voller Einmachgläser mit abgeschnittenen Daumen in seiner Werkstatt herumstehen? Ihr merkt schon, ich habe endlos viele Fragen. Aber wir müssen weitermachen, so schwer es mir auch fällt.

Denn es gibt noch ein weiteres Buch, das ich euch vorstellen möchte, bevor wir den Gipfel der Monstrositäten erklimmen – Krampus. Es ist eine Sammlung kurzer, sich reimender Geschichten über (richtig geraten) wichtige Lektionen fürs Leben, benannt nach ihren Hauptfiguren *Max und Moritz*. Max und Moritz sind zwei richtige Arschlochkinder. Im ersten Absatz ermorden die beiden Psycho-Bälger einfach mal vier unschuldige Hühner auf so bestialische Weise, dass die Hühnerbesitzerin in Tränen ausbricht. Und das ist erst der Anfang. Das ist Absatz eins.

Der gereimte Stil der Geschichten erinnert an die amerikanischen Dr.-Seuss-Bücher. Die Jungs spielen den Leuten und Tieren im ganzen Dorf »Streiche«. Sie sind einfach richtige Dreckskerle. Daran gibt es nichts schönzureden. Aber da wir uns immer noch in einer deutschen Geschichte befinden, werden die Buben nicht nur bestraft, indem sie zum Beispiel das Diebesgut zurückbringen oder die Brücke, die sie zerstört haben, wieder aufbauen müssen ... Nein, sie werden gekillt. Kein Scherz. Ein Bauer wirft die zwei Kinder in einen Sack und sein Kumpel leert sie in eine »Mühle«. Ich würde sie FLEISCHWOLF nennen. Die beiden erwachsenen Männer lächeln bei den »Rickeracke Rickeracke«-Geräuschen der Maschine (Respekt an die Audio-Atmosphäre, die der Autor hier gleich mitgeliefert hat), die die beiden jetzt qualvoll zermalmt und zu Entenfutter verarbeitet. Das Dorf kann endlich wieder feiern und stößt fröhlich miteinander an. Ende gut, alles gut.

Selbst die Langsamsten unter euch dürften das Prinzip deutscher Gutenachtgeschichten mittlerweile kapiert haben: Benehmt euch, oder sie werden euch verdammt noch mal auslöschen. Oder abschlachten. Oder beides. Und wieder kommt mir das Bild von deutschen Eltern in den Kopf, die sanft das Buch zuschlagen, ihre Kinder liebevoll ansehen und sagen: »Gute Nacht ... schlaf gut, oder ich komm zurück und reiß dir deine Augenlider mit einer rostigen Pinzette raus ... Hab dich lieb!« Ich frage mich ernsthaft, ob Deutsche NUR Albträume haben. Denken sie, Albträume wären die normalen Träume? Wie sollten sie schöne Träume haben, nach solchen Einschlafgeschichten?

Jetzt, wo ich euch ein paar der Storys nähergebracht habe, die ziemlich sicher als Inspiration für die *SAW*-Horrorfilme dienten, versteht ihr sicher, dass »Horror« tief in den Seelen der Deutschen verwurzelt ist. Und denen der Österreicher und dieser verrückten Schweizer ebenfalls. Doch damit nicht genug. Es gibt eine Sache, die sozusagen Hand in Hand mit den horrormäßigen Gutenachtgeschichten geht: der rutenschwingende Monsterkult der Alpenregionen in Deutschland.

Lasst uns zu dem Aspekt (süd-)deutscher Kultur kommen, den ich immer noch für den verrücktesten und angsteinflößendsten von allen halte: **Krampus**. Bis heute kann ich nicht fassen, dass die Leute sich so wohl damit fühlen, dass sturzbetrunkene Monster durch ihre Dörfer rennen und jeden, der ihnen in die Quere kommt, mit fiesen, harten Ruten verprügeln. Wir hatten in den Südstaaten auch so was wie Ruten. Es gab nichts Schlimmeres, als wenn deine wütenden Eltern rechts ranfuhren, einen Zweig vom Baum rissen und dir damit deinen dicken Hintern versohlten, während du über der Motorhaube gebeugt dastandest. Klingt ziemlich übel, wenn man so darüber nachdenkt. So ein bisschen wie eine Folge der amerikanischen Serie *COPS*. Nur dass du kein Verbrecher warst, der gerade beim Autoknacken erwischt wurde, sondern ein Teenager, der seinen neongrünen Gameboy nicht mit seinem nervigen Bruder teilen wollte und stattdessen lieber Randale machte und es in den Fußraum des Autos warf. Das Resultat war das Gleiche: »Hände auf die Motorhaube!« Außer dass man am Ende nicht mit einem Taser malträtiert wurde, sondern seinen Arsch verpeitscht bekam. Wenn man Glück hatte. Wenn man Pech hatte, traf es den Oberschenkel.

Vielleicht haben mich diese Erfahrungen besonders anfällig für die »Krampus-Experience« gemacht. Ich sollte die »Krampusse« für diese Anekdote bei ihrem akkuraten Namen nennen, das soll schließlich ein seriöses Buch werden. Es ist nämlich so, dass die Monster in dem kleinen Dorf, in dem ich der dämonischen Sekte zum Opfer fiel, nicht Krampusse, sondern »Klausen« genannt werden. Wer jetzt denkt, dass man als unschuldiger Amerikaner, der für die Liebe in ein anderes Land zieht, einen gewissen Welpenschutz genießt – Fehlanzeige! Oder dass die Geliebte einen wenigstens mit einem Wörtchen warnt – Irrtum. Hat Evi mich beiseitegenommen und mir unter vier Augen zugeraunt: »Nur dass du Bescheid weißt, wenn es schneit, dann schlüpfen hier bösartige Bergmonster aus ihren Löchern und gehen auf Zivilistenjagd.

Okay?« Nein, kein Wort hat sie darüber verloren. Sie hat auch nicht erwähnt, wie stolz die Leute in ihrer Heimat auf diese »Tradition« sind. Nein, mich hat niemand vorgewarnt, dass sturzbesoffene Neunzehnjährige mit Vaterkomplex und Ruten bewaffnet, toten Ziegen über der Schulter und riesigen Hörnern, die ihnen aus dem Kopf ragen, jedes Jahr am 6. Dezember auf die Straßen losgelassen werden ... Ist das relevant? Ich würde sagen, ja. Erwähnenswert? Jep, definitiv.

Diese kleinen, feinen Details hat Evi mir also unterschlagen. Ich suche nicht unbedingt nach Dingen, die ich ihr übelnehmen kann, aber ... Heilige Scheiße. Dabei fing meine persönliche Nahtoderfahrung mit blutrünstigen Teufelsmenschen eigentlich ganz harmlos an. Die Familie und ein paar Freunde versammelten sich alle in einem Haus mitten im Ort. Bis hierhin? Kein Problem. Es gab Wurst, Käse, Glühwein, Bier, alles friedlich, alles richtig schön deutsch. Als sich die Dunkelheit über das Dorf legte, stellten sich die Dorfbewohner am Straßenrand auf, als ob sie auf eine Parade warteten. Nur dass in diesem Fall keine aufblasbaren Cartoon-Figuren über die Straßen schwebten und keine Bonbons von geschmückten Festwagen geworfen wurden, wie ich das gewohnt war, nein, stattdessen brach DIE HÖLLE AUF ERDEN los.

Ein Durchschnitts-»Klaus« ist ein zweieinhalb Meter großer Psychopath in blutverschmiertem Fellkostüm, von dem abgeschnittene Tierköpfe hängen. Aus den Schläfen wachsen ihm Stierhörner und – um das Ganze noch ein bisschen bedrohlicher zu machen – der Klaus ist hackevoll. Wenn die Zivilisten sich alle am Straßenrand aufgestellt haben, rennen die »Klausen« die Straße herunter ins Zentrum des Dorfes. Das Unheimlichste von allem ist, dass man sie, lange bevor man sie sieht, hört. Warum? Vielleicht, weil es die Fantasie beflügelt? Der unheimliche Klang der RIESIGEN, abartig schweren Kuhglocken, die bei jedem Schritt ohrenbetäubend gegen ihre Schenkel schellen, geht dir durch Mark und Bein. Ich bekomme heute noch posttraumatische Stresserscheinungen, wenn jemand neben mir an der Hotelrezeption diese kleine Klingel drückt. Das Geräusch wirst du nie wieder los, es zehrt von deiner Angst.

Die riesige Horde wurde jetzt also aufs Dorf losgelassen. Noch immer hatte es keiner für nötig befunden, sich zu mir rüberzulehnen und mich über das Ausmaß dessen, was in den nächsten Stunden passieren würde, aufzuklären. Und doch spürte ich es in meinem tiefsten Inneren »Es hat begonnen.« Wer sich immer noch auf der Straße befindet (mich hatten meine deutschen Freunde mit einem unschuldigen »Komm, wir schauen uns das mal an!« gelockt), ist jetzt BEUTE. Wenn das nicht die Inspiration für den Film *The Purge – Die Säuberung* war, falle ich vom Glauben ab. Das könnt ihr mir nicht erzählen, A24, Neon. Für so einen Scheiß lebt ihr doch.

Mir wurde plötzlich klar, dass ich auf der Straße meinem Schicksal ausgeliefert war, also rannte ich zurück in das Haus, in das man mich eingeladen hatte. Dort fühlte ich mich sicher. Doch genau darin lag mein größter Fehler, denn: Niemand ist sicher. Du bist nicht sicher. Leser, schau dich um. Du bist nicht sicher … Leser? Leser, schau … OH MEIN GOTT, ER HAT EIN MESSER, SCHAU, JETZT! Ziemlich furchtbar, oder?

Ich saß jedenfalls auf meiner Eckbank und wähnte mich idiotischerweise in Sicherheit. Alle anderen waren völlig relaxt. Wir tranken Glühwein, die Stimmung war fast weihnachtlich – abgesehen von den panischen Todesschreien draußen vor dem Fenster. Wie konnte es sein, dass wir alle kollektiv so taten, als wäre das … normal? Zumindest bis zu dem Zeitpunkt, als die »Klausen« unter ohrenbetäubenden Schellen und Schreien an die Fenster und Türen des Hauses schlugen, das mein Fort sein sollte. Dann geschah das Unfassbare: Einer aus der Gruppe (ich hoffe, Karma hat es ihm heimgezahlt) erhob sich aus mir völlig unerfindlichen Gründen und ließ sie herein! Kurze Pause, nur um sicherzugehen, dass ihr mich richtig verstanden habt: Ja, die Bestien waren im Haus und ich war ungefähr drei Sekunden davon entfernt, mir aus Angst in die Hose zu scheißen

Jetzt sprangen sie wie wild ins Zimmer, schreiend, heulend, fauchend, grollend! Über der Schulter des einen hing ein echter, abgesägter Hühnerkopf samt Hals, mit Blut und allem, was dazugehört. Er stampfte auf den Tisch zu, hinter dem ich mich zitternd so klein wie möglich machte, und warf den Kopf in das Weinglas meiner Freundin Sarah. Mit der Stimmgewalt eines Wikingers, der acht Schachteln am Tag raucht, brüllte er ihr ins Gesicht: »AAUSTRIINKÄÄN!« Sarah war damals gerade zu Besuch und ist eine Amerikanerin von der Sorte, die eine geladene Knarre in ihrer Handtasche trägt. Vor allem aber hat sie weitaus dickere Eier in der Hose als ich, Knarre hin oder her. Sie stieß das Glas Hühnereingeweide zu dem Typen zurück: »Trink es doch selber!« Was er auch tat.

Danach beruhigte sich die Lage erst mal ein bisschen. Schwer zu glauben, ich weiß. Ob der abgesägte Hühnerkopf immer noch auf dem Tisch lag? Klar doch. Aber die Typen hatten ihre Monsterhelme abgenommen und saßen jetzt fast wie normale Männer am Tisch. Sie tranken Bier. Sie aßen. Ich atmete auf, als ich die menschlichen Gesichter der jungen Männer sah. Erneut wähnte ich mich in Sicherheit. Wie naiv ich doch war. Ich nahm wirklich an, es wäre ausgestanden. Bis die Typen eine halbe Stunde später entschlossen, dass die Verschnaufpause vorbei war. *Die Kinder da draußen quälten sich schließlich nicht von allein.* In dem Moment, als sie sich ihre Fellhelme wieder auf den Kopf zogen, verwandelten sie sich sofort wieder zurück in die Bestien. Grollend, brüllend und aggressiver denn je schienen sie auf unerklärbare Weise noch riesiger als zuvor, doch der größte Unterschied zu vorher bestand in einer ganz besonderen Überraschung: Sie nahmen sich Geiseln.

Wen suchten sie sich wohl aus? Dreimal dürft ihr raten. Sie rissen mich an meinem Hemdkragen von der Eckbank und zerrten mich auf die Eingangstür zu. Ich schlug in wilder Panik mit meinen Füßen um mich. In meiner Angst versuchte ich, mich an den Tisch zu klammern in der Hoffnung, dass jemand – irgendjemand! – mir helfen würde. Aber das Einzige, was ich inmitten des Chaos vernahm, war Sarahs Stimme, die mir vergnügt zum Abschied winkte und belustigt zurief: »Bye, Jordan!«

Sie warfen mich draußen in den Garten und zwangen mich in die Knie. Das Stierhorn einer meiner Peiniger bohrte sich in meine Stirn. Das Blut tropfte mir ins Gesicht und auf mein zerrissenes Hemd da draußen in der eisigen Kälte. Sie stellten sich kreisförmig um mich, ihre Ruten im Anschlag. Ihr Atem dampfte in der eisigen Luft. Dann schrie mir eine tiefe Stimme ins Gesicht: *SIIINGGE-EENN!!!* Der Druck war riesig. Das einzige Lied, das mir in diesem Moment einfiel, war »Hit Me Baby One More Time«.

Zu meinem Glück rannten in dem Moment ein paar mutige Teenager vorbei und schrien ein paar dumme Sprüche herüber, sodass die Klausen von mir abließen und ihnen hinterherrannten. Ich nutzte den Moment der Ablenkung und rettete mich ins Innere des Hauses. Ich schloss die Tür hinter mir und betrat die Stube, in der meine »sogenannten Freunde« saßen. Ganz gemütlich mampften sie immer noch ihr Essen. Als wäre nie etwas geschehen. Sie sahen nicht mal von ihren Tellern auf! Erschöpft schleppte ich mich zurück auf die Eckbank. Ich sah aus, als hätte ich gerade einen Nahkampf mit einem verdammten Krokodil überlebt.

Mein ganzer Körper bebte vor Schock, aber für die Einheimischen war es einfach nur ein ganz normaler Mittwochabend.

KAPITEL 12

DER PRINCE DES OKTOBERFESTS

Amerikaner tun oft Dinge, die einem Deutschen niemals in den Sinn kämen. Das fängt bei den Klausen an und geht bei der Hundehaltung weiter. Man vergleiche einen durchschnittlichen Deutschen mit meiner Mom. Der gemeine Deutsche holt sich aus genau einem Grund einen Hund: um mehrmals am Tag an die frische Luft zu müssen, am liebsten joggend oder wandernd natürlich, um so seine bürgerliche Pflicht, SCHPORT zu machen, noch besser erfüllen zu können. Meine Mutter hingegen? Sie schaltet das Kinderprogramm auf dem Fernseher an, wenn sie einkaufen geht, damit ihre Hundis nicht einsam werden. Ja, ihr habt richtig gelesen, es ist wirklich so. Doch damit nicht genug. Sie mischt auch ein kleines Tröpfchen Weichspüler ins Hunde-Badewasser, damit der Kleine extra weich und flauschig wieder aus der Wanne kommt. Und das ist nur meine Mom ... Manche Amerikaner verbrechen ganz andere Dinge. Dinge, die die Welt in ihren Grundfesten erschüttern ...

Diese nächste kleine Story über amerikanische Absurditäten findet genau hier an dem Ort statt, an dem ich mich gerade befinde. Auf deutschem Boden. Vielleicht sogar dem deutschesten Boden überhaupt: dem Oktoberfest. Genau hier vollbrachte eine Amerikanerin das Unfassbare. Was für ein Glück, dass ich bei der nächsten Geschichte nur unschuldiger Begleiter war.

Vor ein paar Jahren fragte mich eine Firma, ob ich drei amerikanische Geschäftsleute, die zu Besuch in Deutschland waren, betreuen und ihnen das Oktoberfest zeigen könnte. Die Firma würde alles bezahlen, wir durften bestellen, was wir wollten. Für diejenigen, die noch nie auf dem Oktoberfest waren (oder wie sie es hier in Bayern nennen, die »Wiesn«), sei hier erwähnt, dass alles schweineteuer ist. Alles, was ich tun musste, war, mit ein paar Amerikanern abzuhängen, und dafür sollte alles *umsonst* sein? Meine Antwort: »Ja, aber natürlich mach ich das«, rutschte mir peinlich schnell über die Lippen.

Voller Vorfreude quetschte ich mich in mein bestes Paar Lederhosen. Ich nahm meinen Job ernst, bestellte die Gruppe an einen Treffpunkt und als wir uns endlich in der Menge fanden, lernte ich die beiden Geschäftsführer eines kleinen Betriebs kennen, ein nettes Pärchen Mitte sechzig, namens Tom und Angie. Begleitet wurden sie von ihrer Sekretärin, einer Frau, die mir altersmäßig näher war, namens Samantha.

Anfangs lief alles nach Plan. Ich zog alle Register und wollte sie mit neuen kulinarischen Erfahrungen so richtig vom Hocker hauen: Obazda, Brezen größer als ihr Kopf und was auch immer Knödel sind, ich bestellte ihnen einen ganzen Teller voll davon. Natürlich taten wir auch, wofür die halbe Menschheit zum Oktoberfest pilgert. Wir tranken das frische, schmackhafte und unfassbar überteuerte Bier.

Keine Sorge, es war nicht so, als ob ich mit meinen Saufkumpanen aus der Uni loszog. Ich ging nicht davon aus, dass sich irgendwer total wegsaufen würde. Samantha sah das offenbar anders. Ihr Ziel schien es zu sein, mit ihrem Sauftempo Rekorde zu brechen. Weil es meine Aufgabe war, die Gäste um jeden Preis zufriedenzustellen, orderte ich der guten Frau direkt die nächste Maß. Liebe Leser und Leserinnen, das war ein Fehler.

Samantha kippte sich umgehend die Hälfte ihrer Maß Bier hinter die Binde und fragte dann nach der Toilette. Ich wies ihr den Weg zum kleinen Häuschen mit der Toilettenfrau, und sie machte sich auf den Weg. Die bulligen Männer am Nebentisch versperrten ihr den direkten Weg zwischen den Tischen, also beschloss sie, auf eine leere Bierbank zu klettern und wie ein Hippie auf einer Slackline darauf zu balancieren, was darin resultierte, dass die Bank vornüberkippte und mit ihr: Samantha.

Kopf voraus landete sie auf dem harten Boden, zertrümmerte ihre Brille … und ihr Gesicht. Dem Raunen im Zelt nach hatten alle im Umkreis von zwanzig Metern den Unfall beobachtet. Ich rannte zu Samantha, ein Sicherheitsmann rannte zu Samantha, selbst die Toilettenfrau rannte zu Samantha. Es war ein Spektakel. Ich drehte sie vorsichtig auf den Rücken wie ein Schusswaffenopfer und sah die Glasscherben, die sich in ihre Augenpartie gebohrt hatten. Das Blut lief ihr nur so das Gesicht herunter.

Ihre geschockten Vorgesetzten und ich klaubten sie vom Boden auf und brachten sie zum Notfallzelt. Als wir dort ankamen, nahmen die Sanitäter sie entgegen und machten uns klar, dass wir sie nicht ins Zelt begleiten durften. Alles klar, sie ging ins Zelt, und ich stellte mich darauf ein, dass der Abend jetzt gelaufen wäre. Ich überlegte, ob ich das ältere Paar mit der U-Bahn nach Hause schicken sollte oder ob ein Taxi die bessere Option war. Wir alle blickten sehnsüchtig in Richtung Ausgang. Doch DANN kam Samantha auf uns zu.

Sie trat aus dem Erste-Hilfe-Zelt und sah mit ihrer Augenklappe und den Blutspritzern auf ihrer Bluse aus wie ein waschechter Pirat. Besorgt fragten wir sie, wie es ihr und ihrem Auge gehe, und zum Glück schien alles in Ordnung zu sein. Wir schickten uns an, uns zu verabschieden, indem wir uns ein paarmal räusperten und ein paar »also dann« hin- und herwarfen. Da meldete Samantha sich zu Wort: »Wartet, wartet bitte einen Moment. Es gibt noch eine Sache, die ich erledigen muss.«

Ich sah ihre beiden Chefs an, die offenbar genauso wenig wie ich ahnten, was als Nächstes auf Samanthas Agenda stand. Aber ich akzeptierte sofort, dass meine Arbeit noch nicht getan war. »Oh, aber natürlich. Wollen Sie vielleicht noch eines der überdimensionalen Oktoberfest-Lebkuchenherzen kaufen? Oder einen dieser ausgestopften Hähnchen-Hüte, die mit den Flügeln klatschen?« Dank ihrer Antwort ging Samantha den Schritt von der angeschwippsten Lady, die ihr Gesicht beim Oktoberfest lädiert hat, zur irrsten Person, die je geboren wurde.

Mit einem »Nur noch diese eine Sache« griff sie in ihre Tasche, zog ein großes Glasgefäß heraus und verkündete: »Ich habe meinem Mann versprochen, Gott hab ihn selig, dass ich seine Asche auf dem Oktoberfest verstreuen würde.«

Damit brachte sie ein riesengroßes Gewürzgurkenglas, gefüllt mit menschlichen Überresten, zum Vorschein. Mir war sofort klar, dass ihre Bosse keine Ahnung hatten, dass Samanthas toter Ehemann ihre Geschäftsreise die ganze Zeit begleitet hatte. Samantha musste ihn irgendwie durch die Flughafenkontrolle geschmuggelt, ins Hotel geschleust und auf allen Taxifahrten mit sich getragen haben. Vermutlich dachte sie sich dabei: »Ist doch bestens für mich und alle Beteiligten.« Die Tatsache, dass sie ihren Verflossenen in einem Essiggurkenglas durch die Gegend trug, sagt so viel aus über die Frau.

Normalerweise werden menschliche Überreste in einer Plastiktüte verschweißt und dann vorsichtig in einer Porzellanurne gelagert. *Hatte sie die Tasche aus der Urne gefischt und sie mit einer Schere aufgeschnitten? Hatte sie dann den Mann, den sie einst liebte, in ein hoffentlich sauberes Einmachglas gefüllt? Seit wann gab es diesen Plan schon? Spazierte sie eines Tages einfach in einen Walmart, suchte sich zwei Gurkengläser Größe XL aus und dachte sich: »Hier drin wird Carl sich wohlfühlen!«*

Es versteht sich von selbst, dass wir völlig vor den Kopf gestoßen waren, aber andererseits war ich immer noch im Dienst. Also fragte ich ganz professionell: »Sollen wir eine gute Stelle suchen?«

Und schon marschierten wir durch die Straßen des Oktoberfests. Alle folgten mir, ich war ja schließlich ihr Fremdenführer, ich wurde zum Käpt'n einer Mission, auf die ich mich nie wissentlich eingelassen hätte. Wir fanden einen ruhigeren Bereich hinter den

Zelten, und mir fiel ein grasiger Fleck hinter dem Zaun ins Auge: »Hier vielleicht?«

Doch Samantha hatte anderes im Sinn. »Nein, aber was haltet ihr von der Stelle da drüben? Die Straßenbeleuchtung ist besser für die Fotos.« Der Ort, der ihr vorschwebte, lag mitten auf dem Asphalt. Ein graues Stück Asphalt voller Regen, Pisse, Zigaretten und Bier. Ein paar Meter weiter kniete gerade ein Mann auf allen vieren und kotzte sich die Seele aus dem Leib. Ich bin mir ziemlich sicher, dass es zwei Betrunkene in den Büschen dahinter miteinander trieben, weil ein nackter Hintern immer wieder rhythmisch aus dem Gebüsch auf- und abtauchte. *Carl wird diese Frau für immer heimsuchen für das, was sie ihm antat.*

Samantha drückte mir ihr Handy in die Hand (weil natürlich mir die ehrenvolle Aufgabe zufiel, Fotos von der Szene zu machen). Der Rest spielt sich in meiner Erinnerung in Slow Motion ab. Sie schraubte den Deckel von dem Einmachglas ab, breitete die Arme aus und fragte: »Seid ihr bereit?«

Lady, ich habe mich in meinem ganzen Leben noch nie weniger bereit für etwas gefühlt. So schnell es meine Finger vermochten, schoss ich eine Reihe von Bildern, als sie das Glas nahm und anfing, es über ihrem Kopf herumzuschleudern und dabei in einer psychotischen Lautstärke gleichzeitig lachte und weinte. Die Asche verteilte sich überall! Sie schneite herab in die Regenpfützen, die Kotze, selbst die Maßkrüge von ein paar Australiern in der Nähe blieben nicht verschont. Ich werde diese Szenerie mein Leben lang nicht vergessen, sie hat sich für alle Ewigkeit in mein Gehirn eingebrannt. Als der Staub sich gelegt hatte, verstaute sie alles fein säuberlich, atmete einmal tief durch und lächelte. Und dann zogen die drei von dannen.

Ich kann mir nur vorstellen, wie unangenehm die Reise zurück in die USA gewesen sein muss. Wenig später erfuhr ich, dass Samantha nicht mehr für Tom und Angies Firma arbeitete. Warum bloß? Sie schien doch sehr engagiert zu sein.

Bis heute denke ich jedes Jahr, wenn ich einen sturzbesoffenen Bayern am Oktoberfest sehe, der mit heruntergelassenen Lederhosen Kreise auf den Asphalt pinkelt, daran, dass er gerade vielleicht, *ganz vielleicht,* ein kleines Stück von Carl trifft.

KAPITEL 13

DER PRINCE DER PARTY

Lasst mich euch *Brett* vorstellen. Brett ist das Alter Ego meines Vaters Joel. Wir trafen uns zum ersten Mal auf meiner Hochzeit. Doch von vorne. Mein Dad ist ein komplizierter Typ. Das bin ich auch manchmal, versteht mich nicht falsch. Es ist nur so, dass ich oft einfach nicht verstehe, warum er tut, was er tut. Bis ich meinen College-Abschluss in der Tasche hatte, habe ich zum Beispiel nie gesehen, wie er auch nur einen einzigen Tropfen Alkohol getrunken hat. Aber bei meiner Abschlussfeier hat er sich plötzlich ein Bier bestellt und uns die Weinkarte gereicht und tat dabei, als wäre es das Normalste der Welt! Bis heute ergibt sein Verhalten überhaupt keinen Sinn für mich. Bis zu diesem Moment war es absolut undenkbar, dass wir jemals zusammen was trinken würden. Und plötzlich sollen wir einfach anstoßen und so tun, als wäre überhaupt nichts dabei? Entschuldige bitte?

Ihr habt ja mittlerweile eine Vorstellung davon, dass meine Eltern mir die Hölle heiß gemacht bzw. mir auf anschaulichste Art ausgemalt haben, wie ich in der Hölle landen würde, wenn ich eine Sünde beging. Und Alkohol zählte definitiv als Sünde. Deshalb habe ich ja so viel versteckt. Manchmal hat mein Dad mich natürlich erwischt – ich habe mich aber auch nicht besonders clever angestellt. Einmal habe ich gelogen, als ich einen Riesenkratzer in mein Auto gefahren habe, und er schien mich sofort durchschaut zu haben. Er strich mit dem Finger am Lack entlang wie ein Noir-Detektiv aus den Vierzigern, sah mir in die Augen und sagte: »Was ist *wirklich* passiert?«

Als Evi dann in mein Leben trat, konfrontierte mich zum ersten Mal jemand mit meiner merkwürdigen, militaristischen Geheimniskrämerei. Sie war mir über die Jahre so in Fleisch und Blut übergegangen, um keinen Ärger mit meinen Eltern zu bekommen, dass mir erst mit der Zeit klar wurde, dass dieses Verhalten nicht ganz normal war. Evi hielt mir zum ersten Mal einen Spiegel vor, was zunächst hart für mich war, aber mir auf lange Sicht natürlich guttat.

Ich nahm sie zum Beispiel einmal mit in mein Elternhaus nach Slidell, Louisiana, als Mom und Dad nicht zu Hause waren. Ich dachte, wir könnten ein bisschen abhängen (was so viel heißt wie, ich wollte sie mit meiner unfassbar umfangreichen DVD-Sammlung beeindrucken, wie coole Kids das nun mal tun bei einem Date), einen Film schauen und eine Pizza bestellen. Wir brachten eine Flasche Rotwein mit, entschieden uns aber schließlich, sie doch nicht zu trinken und lieber zurück in die Stadt zu fahren. Als wir schließlich das Haus verließen, fiel uns die Rotweinflasche herunter und der dunkelrote Inhalt samt Glassplittern spritzte über den Fußweg vorm Haus.

Nur zur Erinnerung: Ich war damals um die 22 Jahre alt und definitiv alt genug für eine Flasche Wein. Trotzdem schrie ich meine arme Freundin voller Todesangst an, die wiederum ruhig und verwundert beobachtete, wie ich in komplette Panik verfiel, hyperventilierte und fast kollabierte, als ich mir die Finger wund schrubbte und den Allmächtigen anflehte, dass meine Eltern niemals die Flecken entdecken und meiner schrecklichen Tat auf die Spur kommen würden.

Wie gesagt, ich hab ein bisschen Wein verschüttet, ich war erwachsen, hatte kein Gesetz gebrochen. Trotzdem führte ich mich auf, als ob wir gerade jemanden überfahren hätten und jetzt schnellstmöglich die Leiche loswerden mussten. Es war lächerlich. Warum hatte ich so eine Panik? Ich wurde nicht geschlagen oder anderweitig misshandelt. Meine Eltern würden mich auch nicht enterben oder verstoßen. Wahrscheinlich hatte ich irgendwie das Gefühl, dass ich als Teenie so viele Fehler gemacht hatte, dass ich mir einfach keine weiteren mehr leisten könnte, egal wie klein sie auch sein mochten.

Evi war ziemlich schockiert von meiner leichten Überreaktion, die sich zeigte, indem ich plötzlich sauer auf sie war, einen Streit anfing und völlig überfordert und hektisch wurde. Sie hat es einfach nicht verstanden. Und wie auch? Sie trifft da sicher keine Schuld, ich habe mich einfach verrückt verhalten. Aber der Fakt, dass sie nicht schreiend davonrannte, sondern mir half, herunterzukommen, und wir gemeinsam herausfanden, warum mich solche Situationen so aus der Bahn warfen, war für mich ein klares Zeichen dafür, dass Evi die Richtige für mich ist – dass ich sie heiraten will. Sie ermutigt mich immer, einen ernsthaften Blick nach innen zu wagen und tiefer zu graben, auch wenn es schwierig ist.

2018, viele Jahre nach dem Weindebakel, haben wir endlich geheiratet. Wir haben all unsere Familien, massenhaft Freunde aus den USA, Großbritannien und ganz Deutschland eingeladen und alles akribisch geplant. Endlich war die Hochzeitswoche gekommen und wir fühlten uns auf fast alles vorbereitet. Mit einer Überraschung haben wir allerdings nicht gerechnet. Eine Person, die wir sehr gut kannten, schaffte es, uns komplett zu verblüffen.

Ihr müsst wissen, dass Evis und meine Eltern sich vor unserer Hochzeit **noch nie begegnet** waren. Der Druck, der entsteht, wenn zwei Familien zusammengeführt werden sollen, ist immer hoch. Wir standen nicht nur vor einer Sprachbarriere (die allerdings die kleinste meiner Sorgen war), wir befürchteten, dass mein Vater an die Decke gehen und die Stimmung versauen würde, wenn jemand den amerikanischen Präsidenten, das Gesundheitssystem oder Waffengesetze erwähnen würde. Ich hatte echt Angst, vor meinen neuen deutschen Freunden und meiner zukünftigen Schwiegerfamilie blamiert zu werden. Er wäre wahrscheinlich nicht aggressiv geworden, aber mein Dad vertritt … na ja, ziemlich starke Meinungen, nennen wir es mal so. Ich wünschte mir einfach, dass an diesem Tag alles perfekt laufen würde und nicht irgendwelche Meinungsverschiedenheiten die Feier zur Implosion bringen würden.

Vor der Hochzeit lief ich wochenlang durch die Gegend und briefte jeden, der meine Familie kennenlernen würde. Unter keinen Umständen sollte jemand in Gegenwart meines Vaters Politik erwähnen. Ich erzählte auch allen, dass meine Eltern kaum Alkohol tranken, und flehte darum, dass sie bitte niemand dazu zwingen solle, Wein oder Bier zu trinken, außer sie verlangten ausdrücklich danach. Ich wollte nicht, dass meine Eltern sich unwohl fühlten. Nur zum Vergleich: Evis Dad würde darauf anstoßen, seine Schuhe richtig gebunden zu haben, wenn er dafür eine schöne Flasche Rotwein aus seinem Weinkeller aufmachen kann.

Außerdem hatte ich Angst, dass mir eine gemeine Bemerkung von meinem Dad über meinen Bruder und seinen Mann zu Ohren kommen könnte. Das hätte mich am Boden zerstört. Ich weiß schon, das hört sich alles schrecklich ernst an. Aber ich machte mir wirklich Sorgen! Doch genau an dieser Stelle wird es lustig. Als meine Familie nämlich in Deutschland ankam, zeigte mein Dad sich nicht nur von seiner allerbesten Seite, er wurde zu einem komplett neuen Menschen! Er verwandelte sich. Er war jetzt nicht mehr Dad, er … war Brett.

Am Abend ihrer Ankunft hatten wir für meine Familie ein ruhiges Essen in einem gemütlichen Gasthaus geplant, das nur ein paar Meter entfernt vom Bahnhof in Evis Heimatort in den Allgäuer Alpen lag. Wir fuhren mit meinen Eltern vom Flughafen in München ein paar Stunden hinunter zu dem malerischen Örtchen und führten sie direkt in das Restaurant. Die Dämmerung hatte gerade eingesetzt und immer mehr Freunde aus New Orleans kamen am Bahnhof an und trafen uns zum Essen. Das harmlose Ankunftsdinner wurde immer ausgelassener und mutierte irgendwann zu einer wilden Party.

Brett jagte sich einen Schnaps nach dem anderen rein, grölte laut mit, erzählte dreckige Witze (Wer war dieser Mann?) und verstand sich blendend mit den Einheimischen. Ich war gleichermaßen schockiert, beeindruckt und froh, alle so zufrieden zu sehen. Und Brett? Der war noch lange nicht fertig. Wider Erwarten war mir nicht mein Vater peinlich, sondern die Tatsache, dass jetzt alle meine Deutschen, die ich gewarnt hatte, bei mir antanzten und sagten: »You were worried for nothing! Your Dad is se BEST! He's taking shots wis us and telling jokes! You got it all wrong! You're crazy, T'schoadn!«

Jeder Abend vor der Hochzeit war lustig und feuchtfröhlich, und es wurde klar, dass Bretts Körper immun gegen Kater war. Mom überraschte mich auf ihre ganz eigene Art, plötzlich stand sie auf Wandern und legte eine kulinarische Experimentierfreude an den Tag, die mich komplett umhaute. Ich war stolz darauf, dass sie nicht nur drinnen herumsitzen wollte und nur aß, was sie kannte. Sie wollte wirklich etwas erleben in diesem Land, das sie noch nie besucht hatte. Deutschland war immerhin das erste Land, für das meine Mutter je die USA verlassen und für das sie ein Flugzeug betreten hatte.

Bald war der große Tag endlich da, und, Junge, war Brett an diesem Abend in Hochform. Unsere Hochzeit war wunderschön, ich kann es nicht anders sagen. Die Sonne schien, die Zeremonie war emotional und sehr persönlich. Bevor ich zu tief eintauche, muss ich euch kurz den nächsten Akt der Feier erklären, eine bayerische Tradition, die sich »Brautstehlen« nennt. Wer den Brauch nicht kennt, würde sich vermutlich zu Tode erschrecken, für die Bayern ist er völlig normal … Irgendwann nach dem ersten Tanz, wenn sich die Tanzfläche mit anderen Paaren gefüllt hat, wird die Braut GESTOHLEN. Richtig gehört. Es findet ein öffentliches Kidnapping statt, das auch noch gutgeheißen wird. Glücklicherweise ist die Tradition so alt, dass so ziemlich alle Bayern Bescheid wissen. Zum Glück hatte auch ich schon davon gehört und fing deshalb nicht panisch zu schreien an: »WO HABT IHR SIE HINVERSCHLEPPT, IHR HURENSÖHNE?!«

Nein, in dem Moment, als einer ihrer Cousins sie mir mit einem teuflischen Grinsen auf den Lippen aus den Armen riss, wusste ich: »Oh! Okay. Jetzt ist sie also dahin.« Die gute Nachricht ist, dass die Hochzeitsgäste heutzutage meistens im Voraus wissen, wohin die Braut entführt wird. In unserem Fall war das eine wunderschöne alte Schlossruine in der Nähe der Lichtung, auf der die Zeremonie stattgefunden hatte. Ich sage das nicht, um anzugeben, ich gebe nur die Fakten wieder. Es war schön da, okay? Wir kannten die Leute, denen das Anwesen gehörte, okay?

Meine Braut war also gestohlen worden. Die Party verlagerte sich den steilen Hügel hinauf. Ein gepflegtes Chaos brach aus. Nicht vergessen, dieser Teil der Zeremonie findet am helllichten Nachmittag statt. Und Brett? Der ließ jetzt so richtig die Sau raus. Evis Freundin Lucy aus London goss ihm den Weißwein irgendwann direkt aus der Flasche in den Mund. Die beiden sahen aus wie amerikanische Studierende bei einer Spring-Break-Party am Strand von Florida. An diesem Tag beobachtete ich eine Situation nach der anderen, die ich mir in meinen wildesten Träumen nicht hätte vorstellen können. All das, während ich selbst den Alkohol verschlang, als wäre er Sauerstoff und ich der einzige überlebende Tiefseetaucher, der in einem Wrack am Grunde des Ozeans gefangen ist. Es war, als wären wir alle zu Partymonstern mutiert. Mit Brett als unserem Anführer. Er hielt Menschen in den Armen, deren Namen er nicht kannte, die Krawatte lose um den Hals geworfen, und sang aus vollem Halse Songs, deren Text er nicht kannte. Es war großartig.

Die Brautentführung kam irgendwann zum Ende und mir wurde eine riesige Kette, die aus einem Seil und leeren Weinflaschen bestand, um den Hals geworfen. Dann setzte mir jemand einen Hut auf, der über und über mit Blumen dekoriert war. Die Fotos von diesem Moment sind unbezahlbar. Nachdem wir alle betrunkenen

Hochzeitsgäste zurück in die Scheune an ihre Tische gescheucht hatten, damit sie ihren Rausch mit Kaffee und Kuchen unter Kontrolle bekämen, wurde Brett wieder zu Dad und überraschte uns auf eine ganz andere Weise.

Wie gute Deutsche es eben tun, verleibten wir uns Kaffee und Kuchen ein und erfreuten uns an den unglaublichsten Aufführungen, Ansprachen, Witzen und Videos. Wie aus dem Nichts stand mein Dad plötzlich auf, griff sich das Mikrofon und hielt eine zutiefst aufrichtige, leidenschaftliche und trotzdem lustige und herzerwärmende Rede, die uns alle in unserem Innersten berührte. Niemand hatte damit gerechnet, dass er überhaupt etwas sagen würde. Es war wunderschön und ich konnte ihn nur dafür bewundern, wie locker und ruhig er eine Rede, die wirklich von Herzen kam, aus dem Ärmel schütteln konnte. Vor 150 Leuten, ohne sich zu verhaspeln oder außer Atem zu kommen. Ich hätte mich angehört, als ob ich gerade den Hang von der Schlossruine hinuntergekullert wäre (was ein Hochzeitsgast tatsächlich tat, aber darum geht es hier nicht).

Er verschlug allen den Atem und transformierte im nächsten Moment wieder zurück zu Brett, der härter feierte als all die feierwütigen Bayern und Briten zusammen. Der Mann laberte jeden voll, der sich in seiner Nähe befand, und tanzte wie der Teufel. Es kam mir vor, als ob ich gerade Zeuge einer Mondfinsternis wurde oder einen dieser Kometen gesehen hätte, die nur alle 500 Jahre an der Erde vorbeirasen. Meine Mutter sagte zwar, dass sie keine Ahnung hatte, wer der Typ sein sollte, aber sie mochte ihn. Alle mochten ihn!

Brett feierte härter und länger als fast alle anderen Hochzeitsgäste, egal wie jung oder wie deutsch sie waren. Später rollten wir eine kleine Gin-Tonic-Bar auf die Tanzfläche und Brett kippte sich die Drinks hinter die Binde, als wären sie Wasser. Selbst ich brauchte ab und zu eine kleine Pause vom Alkohol, aber nicht Brett. Er war der PARTY KING. Gegen Ende des Abends, als der DJ 90s-

Bubblegum-Pop spielte, schnappte eine von Evis britischen Freundinnen sich Brett und schwang ihn über die Tanzfläche wie ein leeres Hemd. Es war zum Totlachen.

Als schließlich die Sonne aufging und die Letzten von uns in Shuttle-Bussen zurück zu ihren Unterkünften gefahren wurden, mussten wir schweren Herzens die Tore der alten Scheune schließen. Brett tat das Gleiche mit seiner neuen Persönlichkeit. Er schloss die Tür hinter Brett und niemand sah ihn je wieder. Aber verdammt noch mal, er hatte den Spaß seines Lebens. Wie wir alle.

EPILOG

Ich stelle mir die Deutschen vor wie Frühstückseier mit harter Schale. Jedes Mal, wenn man einen neuen deutschen Freund findet oder eine Beziehung anfängt, ist das erst mal eine richtig harte Nuss – aber wenn man's dann endlich geschafft hat, sind sie total weich und herzlich und bleiben dir für immer treu! Sie verstecken das nur besser. Sie sind einfach tougher und es dauert länger, sie zu öffnen, als die Amis. Aber wenn du dranbleibst und Stück für Stück an dieser Schale herumklopfst, kommst du irgendwann an die Überraschung im Überraschungsei ran.

Die Deutschen und ich haben über die Jahre eine richtig gute, fast schon symbiotische Beziehung aufgebaut. Ich hab's mir inzwischen zum Beruf gemacht, über sie zu reden und Witze über meine Erlebnisse hier zu machen. Ohne Deutschland – wer wäre ich denn überhaupt? Deutschland und ich, wir sind Kumpels, auch wenn wir nicht immer einer Meinung sind. Eigentlich fehlt nur noch ein geheimer Handschlag. Gut, die Deutschen haben mit symbolischen Handgesten in der Vergangenheit nicht gerade geglänzt, aber genau da komme ich ins Spiel, okay? Handflächen immer schön nach oben!

Eines muss ich den Deutschen aber wirklich lassen: Sie können über sich selbst lachen. Generell haben sie viel weniger Probleme damit, aufs Korn genommen zu werden, als ich es je erwartet hätte. Es gibt viele unentspannte Bayern in München und anfangs dachte ich, dass sie einfach nicht gerne lachten. Mit der Zeit habe ich aber gelernt, sie etwas besser zu verstehen. Die Deutschen lachen sehr wohl ... weil sie die Witze nie auf sich selbst beziehen. Nein, es geht natürlich nie um sie, sondern um ihren Kumpel, ist doch klar!

Der Durchschnittsdeutsche sieht sich eines meiner Satire-Videos über typisch deutsches Verhalten auf seinem Handy an, dreht sich dann lachend zu seinem Kollegen und ruft: »Genau wie DU, Peter!«

So unterschiedlich wir die Welt auch sehen mögen, die Deutschen und ich, am Ende des Tages werden wir zum Glück eines IMMER gemeinsam haben: *Wenigstens sind wir nicht in Österreich, hab ich recht?* (Übrigens: Jedes Mal, wenn ich diesen Witz auf der Bühne gebracht habe, konnten die Leute gar nicht mehr aufhören zu klatschen, was mich immer wieder aufs Neue überrascht. Scheint, als ob ich einen Nerv getroffen habe. Nicht vergessen, ich mache nur Witze ... zumindest meistens ...)

Bevor ich zum Ende komme, möchte ich gerne eine sehr wichtige Liste mit euch teilen. Es ist eine kleine Sammlung an speziellen »Bitten«, die *wir* (und damit meine ich sehr viele Einwanderer, die in Deutschland leben) gern an Deutschland richten würden, wenn wir könnten.

Obwohl ich die Deutschen lieben gelernt habe, kommt hier eine kurze Liste an Dingen, die ich gerne am Verhalten der Deutschen ändern würde, wenn ich die Macht dazu hätte ...

1. Hört auf zu starren

Okay, ich weiß, die Sache mit dem Anstarren wurde bis zum Erbrechen diskutiert, aber ich muss sie einfach erwähnen. Ich glaube ganz ehrlich nicht mal, dass den Deutschen bewusst ist, dass sie es tun. Sie sind eben neugierige Leute. Da ist ja nichts dabei, ich bitte euch nur darum, eure Neugier etwas weniger auffällig auszuleben.

2. Lasst uns nach 20 Uhr einkaufen und auch an Sonntagen

BITTE? Lasst uns richtig eintauchen in dieses Thema, lasst uns die wirklich schwierigen Fragen in den Raum werfen: WEM hilft das? Sonntag ist für viele Leute mit Abstand der bequemste Tag zum Einkaufen, aber anscheinend gab es irgendeinen Deutschen, der vor langer Zeit einmal entschied: »Jesus hat sonntags keine Lebensmittel gekauft, also dürft ihr das auch nicht!«

3. Entspannt euch, man muss nicht alles ausdrucken und per Post verschicken

E-Mail ist ziemlich cool. Und schnell. Und macht einfach mal den Mund auf. Ihr müsst nicht auf passiv-aggressive Zettelbotschaften zurückgreifen.

4. Wenn ihr bei einem Lied mitklatscht, KLATSCHT NICHT auf den ersten und den dritten Beat, KLATSCHT auf den zweiten und den vierten Beat.

Hört mal einen ganz normalen Popsong im Viervierteltakt an. Die Deutschen klatschen immer so: **eins**, zwei, **drei**, vier ... **Eins**, zwei, **drei**, vier ..., obwohl sie doch Eins, **zwei**, drei, **vier,** Eins, **zwei**, drei, **vier** klatschen sollten! Dieses unglückliche Rhythmusgefühl verrät euch in jeder Menschenmenge. Wir hören die ersten zwei Takte eines Liedes und wissen sofort: »Es sind Deutsche anwesend.« Es ist das Gleiche, wie wenn in einem vollbesuchten Stadtcafé, in dem die Leute sich unterhalten und die Geräusche von Tassen und Tellern den Raum füllen, diese eine Person mit ihrer Lautstärke alles übertönt. Dann schaut man auch seinen Kumpel an und stellt fest: »Ah, ein Amerikaner ist da.« Genau das Gleiche.

So, nachdem wir das alles abgehakt haben, kommen wir zum kitschigen Teil oder zum »Cheese«, wie wir Amerikaner sagen würden. Und ich spreche nicht von französischem Käse.

Beziehungsweise ... vielleicht passt das, was ich jetzt sagen will, doch eher zu französischem Käse als zu deutschem, weil deutscher Käse meistens hart wie Stein ist ... Puh, nein danke. Französischer Käse und ich haben einfach mehr gemeinsam: Wir sind beide weich, teigig und schmelzen in warmer Umgebung zu Brei ... Okay, genug vom Käse jetzt. Ihr habt Besseres zu tun.

Was ich eigentlich sagen will: Wir sind jetzt wirklich am Ende dieser völlig verrückten Reise angekommen, und ich kann euch gar nicht genug danken. Ich kann's ehrlich gesagt selbst kaum glauben, dass ich ein Buch geschrieben habe. Klar, ich weiß schon, das hier ist jetzt nicht gerade *Wer die Nachtigall stört* oder so was, aber trotzdem!

Es war eine Erfahrung, die mich auf eine ganz eigene Art gefordert hat – vor allem, wenn es darum ging, meine albernen und meine ernsteren Gedanken so rüberzubringen, dass es wirklich zu mir passt und dabei nicht komplett abzudriften (okay, wir wissen alle, dass das ein paarmal passiert ist). Aber es war auch eine Gelegenheit, all die verrückten und manchmal echt schönen Erinnerungen noch mal zu durchleben. Und dafür bin ich am dankbarsten.

Ich war mal dieser pummelige Junge irgendwo in der Provinz von Mississippi – und jetzt bin ich ein pummeliger Erwachsener, der in Deutschland ein Buch geschrieben hat. Wie verrückt ist das bitte? Und all das nur dank euch.

Machen wir weiter, bevor ich noch auf meine Tastatur flenne:

Danke an meine Frau, Evi. Du bist die beste Partnerin, die ich mir je hätte wünschen können, und du hast es tatsächlich geschafft, dass ich mich in Deutschland zu Hause fühle.

Danke an meine Mom und meinen Dad. Ich weiß, ich habe euch

an manchen Stellen ein bisschen geärgert, aber ich bin nur wegen euch hier. Und ich schätze euch mehr wert, als ihr euch je vorstellen könntet.

Danke an Bruce. Was für ein unglaubliches Glück ich habe, dich als Bruder zu haben. Ich kann es kaum erwarten, dich wiederzusehen und zu viele Margaritas mit dir zu trinken.

Danke auch an meine deutsche Familie, dass ihr mich mit offenen Armen empfangen habt und mich immer mit Bier und Leberwurst vollstopft.

Und zu guter Letzt – danke euch, liebe Leser. Danke, dass ihr dieses Buch gekauft habt, und danke, dass ihr es hoffentlich bis hierhin gelesen habt (selbst wenn ihr ein paar Stellen übersprungen habt, ich verzeihe euch … *vielleicht*). Danke, dass ihr mich und meinen Traum unterstützt. Ich hoffe, dass ich euch zum Lachen bringen konnte und ihr beim Lesen die negativen Seiten des Lebens ein bisschen vergessen konntet.

Ich schätze euch so sehr.

Jordan Prince
(Harvard University) … nur Spaß.

Thank you for supporting me in my dream. I hope that I could make you laugh and help you escape, even for just a few moments, from the tougher things that life throws at all of us.

I appreciate you so much.

Jordan Prince
(Harvard University) ... not really.

JORDAN PRINCE

PRINCE OF GERMANY

THE ADVENTURES OF AN AMERICAN GOOFBALL ABROAD

ULLSTEIN

Visit us online:
www.ullstein.de

MIX
Papier | Fördert gute Waldnutzung
FSC® C083411

PRODUZIERT MIT VERANTWORTUNG

Original edition at Ullstein Taschenbuch
1st edition October 2025

For questions of product safety, please contact
produktsicherheit@ullstein.de
Cover design: zero-media.net, Munich
Cover image: ©Tavis Beck
Layout: Savage Types Media GbR, Berlin
Set in Nexus Serif and Futura
Print and binding: CPI books GmbH, Leck
ISBN 978-3-548-07385-9

INTRODUCTION

»THE PRINCE« (IT SOUNDS COOLER THAN JORDAN, RIGHT?)

A naive 24-year-old from the Deep South of the United States finds himself in a small apartment in Munich, Germany. He's got a German girlfriend, and a German roommate who has a deep passion for leaving passive-aggressive Post-it notes everywhere.

The young man's cap and gown from his recent college graduation ceremony are still warm as he looks from his window, which he worries he's just broken due to German windows having that strange handle-crank system. If you're new to this country as well, the German window mechanism can often be one of the biggest riddles to solve. *Why do they make it like this?* He takes in the view of this strange, new world. The smells of Döner, BMW exhaust and paperwork fill his lungs. This Mississippi boy has landed himself in Bavaria. **HELP! SOS! HOW THE HELL DO I GET OUT OF HERE?** Kidding, kidding … just making sure you're paying attention.

But honestly, is there some kind of hotline we can call? Some kind of emergency customer service we immigrants here in Germany can reach 24 hours a day? Then again, it's Germany so the hotline would probably have to call *you* after you fill out a bunch of forms and sign them and send them back via Deutsche Post, but since non-Germans never answer any unknown +49 number it wouldn't work out in the first place. Are you still with me? Hi, I'm Jordan.

If you've picked up this book because you actually know me and/

or my comedy, you like it and this was a choice, by all means welcome, you beautiful weirdo. We need more people like you in this world. If you do not know me or my comedy and you've found yourself holding this book, blink twice if you've been kidnapped! I'm joking, I'm joking …

Either way! If it's by choice or it's the active punishment of your kidnapper, or if you simply found it on a stack of magazines next to your buddy's toilet, I'm glad you're here. This book is a collection of essays, jokes, and stories that are all true and come from the haunted circus that is my life. I'm from the USA (don't hold it against me) and, specifically, was raised in a small town in Mississippi called Corinth. Fun fact: I was born in Tupelo, Mississippi. I share a birthplace with Elvis Presley. Is that a cool fact? No, probably not. Have I told this to everyone I've ever met? Yes! Why? Because I'm not a cool person. Let's move on, shall we?

So how does this stunningly gorgeous American find himself in Germany, you might ask. Well, this is Germany, so clearly, I was forced *blinks twice*. Honestly? I followed a German girl here. I had to, otherwise they would have taken my family to an undisclosed location, and I didn't have enough money for the ransom. No, this German gal and I met at film school in New Orleans, Louisiana. I was passionate about Wes Anderson, Sofia Coppola, Noah Baumbach (yes, even a chubby country kid can be a little pretentious bitch, so sue me) and my future German girlfriend Evi was interested in the classics, ya know, like Werner Herzog, Roland Emmerich, Leni Riefenstahl … I hope you're still with me here. It's all jokes. What's not a joke though, is that she'd actually never seen Jurassic Park before we met! I mean, who is this person? Luckily for her, I still stayed with her besides that, and luckily for me, she stuck with me despite all my bad jokes.

Since 2012, when we met in Film school, I've worked tirelessly to educate her on all the American classics. In return, she showed me how to properly use a fork and knife. Until that point, I always assumed the fork was there to smoosh your way through food, and the knife was just pompous decoration.

The point is, my path to Germany began when we met in 2012. I then did some traveling throughout Europe (which you'll learn about later), and, after selling my car and prized DVD collection, I moved to Munich for her in 2016. That's where I still reside today.

This book is going to take you on the incredibly embarrassing, yet occasionally heartfelt journey of how I, Jordan Prince of Nowheresville, Mississippi, ended up as a comedian in Deutschland. By the way, here's a heads up: You're reading a book by a guy who makes a living by being a goofball, so please expect a *lot* of ridiculousness. Some stories here are obviously more serious and straightforward, but people are complex, and life is weird, so the tone is going to shift from time to time. It's best to accept it right away.

I've got one foot in America and one foot in Germany. And let me tell you something: these pants are about to rip, my friend. And no one wants to see that. I'm stretched as wide as my awkward pasty body will allow. So, let's get into it before my big ole butt does the splits, and I end up in the hospital.

It's time to learn how I have survived **this long** without completely letting go of my roots while attempting to acclimate to my German environment, and how this all eventually led me to carve my own path and put down new roots of my own.

CHAPTER 1

PRINCE OF MISSISSIPPI

Have you ever seen a chubby kid in Bavaria? Probably not. I'm not talking about chubby babies. Everyone likes a chubby baby. »Aw, how adorable!« Well, Germans only find it adorable as long as their baby can't walk yet, because the moment that baby takes its first step, the parents will have it halfway up the nearest mountain »making Schport« in order to shed that chunky *Babyspeck*.

That's why there are barely any chubby kids in Germany. And when there are, they'd still be considered skinny where I grew up. When you're a chubby kid in America, you **commit**. There's no *Sport* or *Sprudelwasser*, but there's plenty of pizza parties and chocolate milk.

Being a chubby kid growing up certainly affected my ability to »blend in,« but I mean, being bigger wasn't the *only* factor that made me feel like an outsider to those around me. Let's be honest, it's the South. It's called »The Bible Belt« because of the way Christianity wraps itself around the center of the continental 48 states, but I think the nickname sticks so well because waist-pant sizes got so big over time that you simply *needed* a belt (or two) to contain them. Shout out to my chubby Christian Southerners.

I was born in the South (cue the banjo music), and my region of the US has a lot of history. It's not all *good* history, of course. Germans, you know what I'm talking about ... ya know, because of the ... because of the *stuff*? Well, my neck of the woods has plenty of »stuff« too. Honestly, you can't go ten steps in any direction over there without seeing a Civil War general's name on a plaque, or on some street sign, or glistening below a large statue that was built in his honor. It'll be like, »Oh, Robert E. Lee Boulevard ... Oh, Stonewall Jackson Drive ... James Longstreet ... Street ...« And then you research these fellas and start guilt-sweating at the computer as if you just clicked an obvious virus disguised as porn that is now deleting your family computer's files (including your father's work presentation that he spent six weeks preparing).

The South has its faults, certainly, let's get that out of the way upfront here. But there are a lot of things that people from other parts of the world might not know or properly understand about it. Don't get me wrong though, it's also a lot like what you imagine, but let's go deeper shall we? I'll need a harmonica, a 12-gauge shotgun, and a full lip of crisp spittin' tobacco before we continue.

I think that a lot of people, especially in Europe, generally don't get how *extremely different* that part of the US actually is from the rest of the world. I mean, maybe they do; the internet is everywhere, and I'm not that smart, but I'm only able to speak from my own experiences, of course. The South is definitely not »stereotypical« US, like California or New York, like you see in the movies. There are no palm trees, no bustling metropolis. I'm not talking about downtown Nashville or Atlanta, mind you. I'm talking about (*as a tumbleweed rolls through a barren landscape)* Mississippi.

Corinth, Mississippi, this little town I grew up in, is nestled in the farthest Northeast corner of the state. You can accidentally roll over state lines into Tennessee if you get lost up there. I did that many times, back in the days of just kind of guessing where your friend lives because you didn't print out the directions at home before you left and there wasn't reliable GPS on your phone yet.

Corinth only had a population of just over eleven thousand in the year I was born. I loved growing up, sitting on my front porch, watching the weather go by while listening to the cheesiest emo-rock you've ever heard. I loved watching some warm, summer rainstorms from there. It got cold in the winters, but not »Germany cold.« That's on a whole other level. Bavaria has more snow in one winter than I've ever seen in all my years back in Mississippi, but all parts of Germany have that stinging, bone-rattling cold around January that I'll never get used to.

The natural landscape of my region of Mississippi is beautiful, even though I couldn't have cared less about that at the time. My appreciation of it now has been intensified by the German in me. In my youth, however, I only felt that there was absolutely **nothing** to do unless of course you were into athletics or nature-based activities like fishing or hunting. If young Jordan had been born German, he would have adored it: »Is this field for jogging? Oh, this lake is freezing? How about a little dip?« He would have also been quite the surprise to my parents. There would have been some sort of investigation probably. They would have been like »Why is my newborn drinking beer in Lederhosen? Also, WHAT is he saying?«

The only kind of fish I was interested in as a kid was the snack food »Goldfish.« If you've never had them, you're really missing out. They're these crunchy, crispy little goldfish-shaped crackers that may or may not contain any real ingredients. No one knows! That's the fun part! It says the word »cheddar« on the bag but all I know is that they taste like what I imagine heroine *feels* like.

Neither me nor my older brother Bruce were the »outdoorsy« types. He's four years older than me, tall as hell, strong as an ox, and knew he was gay before he knew how to spell his own name so *obviously* he was a shoe-in for sports and guns just like I was. Clearly, we didn't quite fit the mold curated around us by the Brysons, Braxtons, and Brandons of the town. There's no doubt that this was disappointing at the time for our father, Joel. To this day, the man knows everything there is to know about *every single sport* (except for soccer of course because ... USA), and all we needed to do as kids was act as a vessel for his passion to flow through. Instead, I was busy chugging chocolate milk and playing Super Mario Sunshine while Bruce was out there trying to date without getting caught.

I feel bad for dad regarding the whole lack-of-interest-in-sports-thing because it wasn't like I hated them generally or anything. I did enjoy watching games with my dad as a kid, and later with friends (and beer). I've always liked big events with all the lights and the energy. Who doesn't love a reason to get excited? Even these days, if I'm with a friend or two who say »this soccer team sucks, and this other one is great,« I'll be as rowdy as a cowboy after his eighth shot of whiskey.

There's also my mother, Margie (not short for Margaret), who thankfully has always been very supportive when Bruce or I did or did not want to participate in certain things. She's not without her own quirks either, though. I feel like everyone is kinda quirky about this or that and then the day they cross 50, the quirks become far more prominent. So is life!

When I think about why I've always found being inside more appealing than outside, I don't have to look far to find the source. Mom's always been an inside gal. She likes her cozy chairs, and she likes a temperature-controlled room. Who can blame her? Also, Mom likes her dogs, preferably a Bichon Frisé, and she likes the retro American drive-in fast food chain Sonic more than any other burger joint on the planet. In all honesty, it's pretty damn good. Again, I don't have to look far to find why I am the way I am. Being an »inside kid« did have its downsides though, like being more overweight than some of the kids in my class.

The Germans out there are probably asking, »Aber Chordan, why were you such an overweight kid as you ah describing to us? What did you eat? As childs, we Germans normally eat only slices of Apple, and maybe if we are good, Vollkornbrot mit Frischkäse. Then we would have energy to make many hours of Schport!« Wow, thanks, imaginary Germans out there. So nice. But as usual, even if it's a tad blunt, you have a point. Clearly, I was eating a little more than I should have.

If I were to put my finger on the three main things I've realized over time that had an enormous effect on my obesity as a kid (*otherwise known as stuff I was putting my chubby fingers on*), the first two would be things that I think more or less affect the majority of Americans living in the southern states (and every other state for that matter, but statistically more in the South). Like, for sure it starts with highly processed foods (*dun dun DUN!*) like hot dogs, cereal, frozen chicken nuggets, candy bars, Little Debbie treats, or any chips like Doritos or Pringles. I mean, the list is endless. Endless and *delicious*. Of course they are! The ingredients are literally **chemically designed** to create an addiction. That way, from the start, it makes your brain want more.

The other issue, in my opinion, is that freedom-flag-waving classic American **convenience** that leads to eating fast food WAY more often than cooking at home. Look, I'm *not* judging, I still love me some McDonald's every once in a while (and everything else for that matter. I would kill for a Taco Bell in Germany). What's incredibly *in*convenient is just how expensive fresh produce is in the States! I mean have you seen the prices at Whole Foods? My God. Let's just get KFC. The Colonel's fried basket of fried stuff with fries on top is cheaper than a couple o'plums? Sounds pretty good to me. Also, who even eats plums? Old people, that's who ... For real though, even if you *were* motivated to shop for healthy produce, your budget runs out so fast. It's *bananas* ... or, well, it's the opposite I guess.

However, I would be lying if I didn't put at least *some* of the blame of my weight on my upbringing. Look, I do think it's important to put all the cards on the table when necessary. I don't hold any resentment towards my own parents for how they fed me as a little kid, but naturally they played a part. My father even brought it up to me once randomly in one of those late-night conversations where a parent drops some deep, personal trauma and lore that sticks with you forever. He basically took a kind of responsibility for not being stricter with what foods we had in the house. Then the chat shifted again to something unrelated. Those kinds of dadtalks always pop up in the middle of complaining that their lawn isn't as green as it was last summer. Everyone's parents are crazy. It's just something that happens. Kids *make* them crazy. It's nature.

On the topic of the food we had as kids, there's a couple of dishes that my mom made for special occasions, and both of them are a dream for a kid to get on their plate whether for a birthday or on Christmas morning. However, these meals would send the Germans I know into either a diabetic coma or cardiac arrest.

First is my brother's personal favorite: My mother's »Breakfast Pizza.« It's exactly what it sounds like. Meaty, cheesy, it's *chef's kiss*. It wasn't the most common thing to get, which is part of what made it extra special for us. It's cooked in a square pan, kind of like a lasagna, and it has ground beef, cheese, and, well it's a cheeseburger breakfast pizza.

The other landmark dish my mother made on special days is *my* personal favorite. It may start off as a familiar, traditional American Diner meal but you just wait: There's scrambled eggs, strips of crispy bacon, and seemingly the <u>only</u> bread that Germany doesn't have: Southern buttered biscuits. The biscuits of the Bible Belt are like God Himself in food form. For the unfamiliar, the southern biscuit is a fluffy, buttermilk bread bun that is often used for diner food-style sandwiches in the South instead of toast. As I was saying: You have scrambled eggs, bacon, biscuits, but then my mother adds the *final touch.* The missing link. The Eighth Wonder. The culinary magnum opus: **chocolate gravy**. Yes. A hot, steaming bowl of thick gravy, made of chocolate and butter, and it is SPECTACULAR. Of course it is. As a simple comparison that might help the Europeans out there understand, it's sort of like a warm, buttered chocolate croissant. A chocolate croissant stuffed with eggs. And meat. *Yum!* You're getting hungry already, aren't you? Me too! I'm drooling just thinking about it. But yeah, a few servings of that now and then, and you'll be a big boy like me.

I was VERY busy when it came to snacks, chips, pizzas, cookies, bologna, hot dogs, and ice cream, so busy in fact that I slightly missed out on other parts of life. For instance, I (much like a lot of my fellow Americans – there's a *lot* of people out there busy snacking, okay?) realized far too late in my life that there are indeed many other countries on this little planet we all share.

For real though: In the South, a LOT of people legitimately do not learn about the majority of other countries outside of the USA. I'm only speaking from experience. We hear the names of the countries, sure, but unless it's WWII or the Vietnam War, we don't learn much about the rest of the planet. In all honesty, I didn't know what New Zealand even was until the Lord of the Rings movies came out.

In some of these public schools, if you **are** for whatever reason *forced* to listen to any »so-called facts« about these »so-called countries,« most likely by some radical-left so-called »teacher,« with a so-called »degree« (*this is satire don't come after me*), most kids will block out those silly details because they already believe that every other country outside the USA is basically just third-world with people running around in loincloths and living in mud huts. It wasn't until I was 22 that I left the US for the very first time and was shocked to see everyone *is* in loincloths! The rumors are true!

I still get embarrassed to this day about my severe lack of education on so many basic facts regarding other countries' histories and cultures. Like, I've been to Tanzania, and I probably *still* couldn't find it on a map. Maybe. But I'm not an outlier when it comes to that. I'm often reminded of those man-on-the-street interviews where random Americans are approached at Times Square or Hollywood Boulevard by a YouTuber and asked basic geography questions like »What is the capital of Mexico?« The answer is never what you hope to hear. It's not only wrong, it's not even an answer you can forgive. Imagine getting to the pearly gates after you die and St. Peter is like »Okay, Kevin, really think about this, okay? This is your ONE chance to get into Heaven.« Kevin just rips his vape pen and says, »Bro, wow crazy ... man, um, I gotta go Dallas.«

Not **everyone** in the South is completely culturally illiterate, of course, but, ya know ... a LOT are. My own mother, bless her, was planning her first visit to Germany in 2018 to see me (which was also her first time traveling outside of the US **ever**) and one day she texted me the question, »Son, does Germany have wifi?«

She texted me this ... from her phone ... to my phone ... via the **internet** ... Love ya, Mom.

You can imagine how wild it must have been for me once I came to not only Germany, but Europe as a whole, and was slapped in the face with a general cultural understanding. I quickly realized how dumb I was, to put it bluntly. I also started comparing my girlfriend's hometown to MY hometown, which was its own kind of wake-up call. I mean here I was, the most »indoorsy« chubby, easily bored American nerd in the South and now I was absorbing a culture I'd never seen before.

Evi's hometown is actually the most southern town in Germany (how ironic), and (generally speaking) its inhabitants have built their entire LIFE around outdoor recreational activities since birth. You can visit almost any small town in the south of Germany, especially near the mountains, and you won't find a single bored German. They don't know the meaning of the word. They're too busy hiking, swimming, climbing, cycling, or skiing to be bored.

Germans are very active people. Germans are also pragmatic and logical. Even to their own detriment, which *can* sometimes lead to *less-than-exciting* personalities, BUT it generally guarantees healthy bodies and healthy minds overall.

Germans are out there hiking dirt trails in the forests, they're swimming in rivers and lakes, and they're skiing as soon as there's snow, and so on and so forth. Learning German is very tough, but learning the German lifestyle is arguably just as tough, if not more demanding!

I've met American and British expats over the years who not only *love* hiking and skiing but also enjoy speaking German to the point where it's basically the only language they engage in, and it baffles me. Sure, it's incredibly impressive to do what they're doing, but are you REALLY having fun on the Zugspitze on a Saturday morning at 7am with Marcus, Florian, Julian, Heike, and Silvia as they discuss which public health insurance company they prefer? In depth ... for six hours? I'm kidding, but not really. Credit where credit is due. At least the Germans always seem to be doing something productive with their time.

The South that I come from is nothing like these German southern regions at all. There's really, and I mean literally, **nothing** to do most of the time. The South has many gargantuan stretches of land built entirely around (and purely supporting) the simple act of **being in a car**. You can drive somewhere to eat. Then, you can drive to a grocery store. Perhaps it's connected to a gas station where you can fill up your tank. Then ... You drive home. You could drive to a park. But, aw, it's closed. Otherwise, once the handful of other places in your small town close for the night, you're on your own.

In some households, you simply hang out in your room, sometimes with friends. Sometimes you drive to your friends' houses and hang out in *their* room.

Imagine: that is your only option of youthful social interaction and entertainment until you get the chance to move. Really. It does not mean there aren't wonderful people in your life. But everybody gets bored *eventually*. And this is what can make life dangerous. Boredom can and does often lead people to drugs over there (obviously that's not the case for everyone and there is often a myriad of other factors involved, but boredom opens more doors than one would think). In the eyes of most small-town teenagers, hanging out with a joint is going to be more enticing than hanging out without one. People need stuff to do.

Now that I've lived here so long, I chuckle at the idea of inviting some random German hitchhiker to hop in my car, while I'm just out there driving around for a few hours. They would have so many questions. »Where? What do you mean ›driving for fun‹? Can you drop me off at ze next U-Bahn? You know, zis is bad for ze environment. How long will we be on ze road? Should I help you plan ze route?«

This is absolutely understandable to me now but teenage me would have tossed that guy out at the next gas station. I probably wouldn't have picked up a German hiker to begin with, though, if we're being honest. Who would trust a German hitchhiker in the middle of Mississippi? Clearly, it's a trap ...

On the other hand, it would be just my luck that this fictional hitchhiker would be the **one** person that could have educated and convinced the Americans to recycle more and reconsider the amount of mega trucks they keep in their driveway (especially the ones that have those fake nutsacks dangling off the back). But let's be real, a German hitchhiker in the Deep South is most likely just gonna get shot or run over.

Sure, there are the few »crazy libs« in the South that do care about the world continuing, but they can't get anyone to listen to them. So, the majority of Southerners didn't and **still** don't give much thought to the environment. Some don't even believe in Global Warming whatsoever. Again, I'm speaking from my own experiences, but I don't think anyone reading this is shocked.

Our textbooks were based on the »Genesis Creation Narrative,« so it wasn't until many years after my Elementary Science classes that I ever even heard the word »Evolution,« much less anything about »holes in the Ozone.« By the way, *The Ozone Holes* sounds like a small-town strip club where the ladies have absolutely nothing to lose, and if there's NOT a strip club with that name anywhere, I have a pitch: The entire establishment is constantly brewing at 100 degrees Fahrenheit. The only drink that *isn't* offered is water (because it all evaporated from the heat, obviously), and the strippers' gimmick is that their outfits are all melting off their bodies, so desperation is at an all-time high. What do we think? Anyone?

Unfortunately, there was nothing as fabulous as the Ozone strip club in my hometown. Nothing existed to entertain us on my side of the tracks (or on the other side for that matter). That's why we drove. Driving around became the event. We'd say, »Hey dude, hop in, let's go for a ride. There's a new Radiohead record out.« We would drive, and park, and drive, and park, and drive. There's something beautiful about that time for me because there were so many aimless hours of driving that I discovered artists that ended up staying with me forever, like Bob Dylan or Elliott Smith. Nothing will ever top sitting in your cheap, shitty car in the parking lot of some closed-down, borderline abandoned factory while it's raining and you insert a mix CD containing »The Lonesome Death of Hattie Carroll.« There's a magic in that kind of memory. It is a magic that simply cannot be replicated.

CHAPTER 2:

PRINCE OF BLACK SHEEP

As we have established, I had a hard time fitting in when I was a kid. That led to me constantly fighting two different internal personalities: One part of me was dying to be »normal«. The other part of me deeply rejected the rough and tumble mentality that was considered normal in my part of the country and fought to be different. Well, let's be honest. Eating Chex Mix while hiding from football training in the locker room wasn't exactly »fighting,« but I certainly didn't fit in.

I simply can't imagine that I'd be as happy as I am now if I'd stayed in my hometown. The stars were simply not aligning for me there growing up and I doubt it'd be better now. It wasn't always the other students' fault or anything, but when you're a Bible-Belt teen who's looking up what cinema in the tristate area might screen the new Sofia Coppola or Lars von Trier film, you are not going to instinctively »click« with the average student sitting next to you. Especially not as a secret virgin who didn't like the taste of alcohol. If anything, you're considered (not literally, but derogatorily, but sometimes literally) »gay.« You are more likely than not seen as a *problem.* Being different can make you seem like a threat. Especially in high school. It can be brutal.

If you've ever seen any American high school teen movie, you might know about all the cliché high school groups. Fun fact: I didn't fit in with any of them. I wasn't an athlete, unless you count being teased about my »man boobs« as a sport. Nor was I a mathlete.

In fact, I was incredibly dumb in any arithmetic and science classes. Many teens struggle to fit in, but there are the talented few who'll then go and get perfect scores on their tests. Not me. I was so bad at math, it was ridiculous. I say »was« as if I've learned anything as an adult. I'm probably worse at math now than I was then. I'll be here in Germany and watch someone in a restaurant at a nearby table casually jot down what looks like some advanced calculus on a napkin in order to work out the tip on the bill and it's no problem for them. It's a different world where I come from. I suppose that's the core reason why this book exists.

Back to the high school clichés: I, most certainly, wasn't one of the »pretty ones.« *Those* people could fart and even the teachers would come by to smell it. Being born pretty is like being born with money. It's rare that people ever do anything cool or worthy of it. You have to start at the bottom to realize how far there is to climb. It's humbling. That's what I tell myself at least. Pretty much the only ones left at this point were the »dark ones,« but I wasn't a goth, or into the *Twilight* books. My chipper demeanour and affection for fart humor didn't quite match their vibe either.

I learned the hard way that CRUSHING an entire extra-large pizza on my own while playing Zelda on the Gamecube wasn't appealing for the majority of people at the time that I attempted to befriend. Things inevitably changed, but not for a while. Needless to say, as an easily distracted kid who wasn't giving off »quiet savant« vibes, my friend group remained small until I was older.

Finding friends outside of high school also proved to be just as hard, since most of the guys hanging around my town were tough, camouflage-wearing, red-faced, Monster Energy chugging gun owners of some sort. And the *incredible* conservatism of my area didn't help either. It's so conservative that you feel borderline afraid to run into the wrong person at the wrong time, even if you've done nothing wrong. You wouldn't believe how happy I was to eventually befriend two very important people during this time who felt *exactly* the same way I did about the town and overall culture. One fellow indie film nerd who was relatively quiet (until we started joking around together) was also a student at my school. His name is Cody, and he absolutely changed my life.

The other person that had an enormous impact on Cody and me both, a kind of »captain of culture« if you will, who taught us SO MUCH about the world (through amazing self-made mixed CDs and his shop's lavish DVD rental options), is named Todd. He owned a store called Top Shelf Records, and this would soon become a second home to all us outsiders and black sheep. Side note: being a black sheep *can* be amazing. If anyone reading this sees themselves as one, wherever they are in the world. It's a harder path, no doubt. But the connections you make are so extraordinary. This is where Cody comes in.

He's two years older than me, so he graduated before I did, which left a large gap in my regular school life. However, I am forever thankful for every second that Cody and I had with each other, because we were like two halves of a medallion that found each other in the strangest of places. I don't even remember how we met, but once we clicked, it was like turning on super-powered magnets in some underground laboratory. We were the kind of friends that if someone saw one of us, the person would instinctively ask where the other one was.

I yearn for those moments when my cheeks literally ached from laughing, and my throat hurt, and I needed to leave the room to catch my breath and wipe away tears with my sleeve. Cody was the first person I found this rhythm with. To this day, he is but one of perhaps three people in my life that not only encourages this but perpetuates it and fuels it and gets as fired up about it as I do. One day, we found Top Shelf together, and we suddenly knew what was missing in our lives.

Todd, the owner, was around 20 years older than Cody and myself (and still is), so the idea that we would become as close of friends as we became was unexpected for all of us at the time, especially since I was incredibly needy, whiny, and naive, and Todd (just in case you missed it the first time) is twenty years our senior. How on Earth did he have the patience to befriend someone like me (who at the time had the Guinness World Record for »Biggest Loser on the Planet«)?

He was a good influence since he didn't (and doesn't) drink alcohol, or smoke cigarettes, or anything for that matter. I can't tell you how many times Cody and I stayed in the store until long after closing hours, just kicking a hacky sack with Todd while he showed us incredible, unreleased music from his friends who wrote masterpiece-level rock records out of Memphis and who sadly either died young or never »made it.« It felt like we'd been welcomed into some kind of club that very few people would ever get the chance to enter.

Todd and I would eventually start traveling together to Memphis for concerts, listening to new indie bands we were obsessed with like Born Ruffians or Someone Still Loves You Boris Yeltsin, and only stopping to get gas or eat cheeseburgers along the way.

The funniest thing about all of this to me is that my parents never once asked to meet him. They never went to visit the shop, they never asked him to come into the house to say hello, in fact, they never questioned this friendship *in the slightest.* Now, Todd and I have one of the healthiest friendships I've ever had, and I never gave my parents even the slightest implication that there was anything to worry about, of course, but now, in my older age, I find it crazy that they weren't even SLIGHTLY curious who this grown man was that I was spending so much time with.

During those years, I mentioned Todd easily as often as I mentioned Cody, but Cody was at my house constantly, and we were only a couple of years apart in age. Yet here I was, not yet 18 and hanging out with a 38-year-old adult man at the city park, *going on a jog*. How lucky are they in hindsight that we **genuinely** just went for jogs and talked about music? I'm laughing as I write this because it could have ended badly.

»Oh, hey mom and dad, I'm gonna hang out with Todd tonight.«

»Who's Todd?«

»Oh, ya know, that Top Shelf Records shop owner from downtown. He's my friend«

»He's not a student?«

»No he's ... 38.«

»And he wants to take you alone in his car on a trip to some undisclosed venue in Memphis to see some band, and we don't know how late you'll be home?«

»Yeah, but I won't miss school, promise.«

»Okay, well ... just text when you're close to home so we don't worry.«

The point is that Top Shelf was a safe haven for us outcast/oddball/weirdo teens of the town, and I am forever grateful for Todd and the community that his shop created for us. The only unfortunate part about Top Shelf was that we couldn't go there during school hours. We had to go to high school five days out of the week where the environment was the complete opposite of our cozy, artsy Top Shelf cocoon. High school – the place that puts your insecurities under a microscope and then spreads them around with a megaphone.

But hey, what are you gonna do, it's a tale as old as time: The »cool kids« have and always will make jokes about those less fortunate ones, but for anyone reading this who might be currently enrolled in a school somewhere, please believe me when I say these judgments and/or insults are not the end of the world. Although at that age, it certainly feels that way. I know. Being told »time heals all wounds« as a teen is about as effective as a stick-drawing of boobs in the sand during high tide ... gone in an instant, and *immediately* useless. I digress. Or as teenage me would say, »I digest.«

I was cursed with being pretty friendly to everyone, so I had my fair share of bullies. My larger-than-average size in school made me a prime target for mean jokes. And once puberty came a-knockin', suddenly **every** girl around me made my body feel all funny. I was crankin' and yankin' my Southern ding-a-ling on the daily, just dying for a girl to notice me so I could (let's be honest) get nervous and run away from them. And yet, somehow, I did eventually find a girlfriend, believe it or not.

It just so happened that I was noticed by a girl, and it was for positive reasons. My very first girlfriend, back in middle school, was named Alyssa. We barely even held hands during that time, but it didn't matter. I was in **love**. We even left each other little love notes in our lockers. Come on, that's beautiful (and all the other teenagers agreed, they just used a different word for it, I believe it was »gay.«) I didn't care though. I was getting metaphorically laid through paper and pen, and as far as I was concerned, it was just like the real thing.

What's *not* beautiful is that when she was ready to get down and dirty, thanks to her newly awakened hormonal interests, she didn't come to *me* as her *boyfriend* and say something like, »Hey, I wanna kiss you.« No, no, no. Instead, with no warning or explanation, she made out with a completely *different guy* at a public school event, and I caught them. How pathetic is that? It didn't help that the guy's name was Cody. It was a different Cody though. This one had a camouflage shirt on.

My first girlfriend cheated on me, I was the obese kid for most of my youth, and I was one of the only boys in my whole state that didn't like playing Sports. I was like *Parks and Recreation*-era Chris Pratt, and all the guys around me were *Guardians of the Galaxy*-era Chris Pratt.

When I relive those memories now, and I compare them to the insecurity or anxiety I actively feel today, all these years later, as I sit bare naked in a German sauna full of other naked strangers, it's crazy to say, but I would much rather choose the awkwardness of the sauna over the high school feeling of being »different.« No doubt about it.

I would rather build my own backyard sauna and wave in random strangers off the street and all of us do that weird thing where you kind of make eye contact for a second but then you turn it into a head-nod that communicates »what's up,« which basically opens the door for unwanted naked conversation, before reliving high school bullshit.

Now, thankfully, and I really mean thankfully, high school changed for me socially as I edged closer to graduation. During the tail end of my junior year, and for basically all of my senior year, I had somehow found my groove as »the funny guy who plays guitar.« One day the waters simply shifted, and I wasn't about to interrupt the flow. I was finally getting invited to the cool parties where cheerleaders, senior jocks, and college kids were getting drunk at some guy's family's cabin. I wasn't getting kicked out or mocked anymore!

The funniest story from that time that always comes to mind takes place near the end of my senior year. Through my popular friend Thomas (who was the guy who got along with everyone because he sold everyone weed), Cody and I were brought to a party that we most definitely did *not* belong at. It was amazing.

Those in attendance were a combination of recently graduated jocks, athletes, and rich kids, along with just about every single cheerleader we had seen at our school in the last 3 years. Pretty much everyone was under the age of 21 (I can hear the Europeans justifiably rolling their eyes here). It was like a movie, for me at least. I was definitely the youngest one there. And when you're in your mid-teens, a girl who is 19 seems like a woman in her late 30s (in a good way). I was just in awe, mouth-agape, while I watched all of these »cool« people dance and drink and smoke all around me.

At some point though, I lost both Cody and Thomas and grew concerned. I sat down in a hammock on the enormous front porch of this house, looking through enormous windows facing the living room. A friend's older cheerleading sister sat next to me. She was a senior at my school. I must say, she was very kind to me, and we had a nice conversation. I got the feeling she was kind of checking on me since I probably looked like a nervous wreck.

After a couple of hours of continuously looking for my friends, I still couldn't find them anywhere. I assumed, since people were passing out in various rooms all over the house, that they had simply gone to sleep. All the rooms were full of people I didn't know, so I got nervous and decided to sit down in a hallway, on the floor. The hallway was shaped like an »L,« and I was sitting basically just next to the corner on the short side of the »L.«

Directly in front of me on the opposing wall was a mirror which just so happened to reflect the longer side of the hallway. As I tried to get cozy, I noticed that something was happening in the hallway closet behind me.

I couldn't quite tell what it was, so I squinted and leaned forward. In that *exact second* I realized my friend Thomas was getting a blowjob from some girl in that closet (and I mean just the very nanosecond that my brain processed what I was seeing), the girl juuuuuust happened to look up from what she was doing, and glance down the hallway, where she saw me *looking* in the reflection at them, and immediately thought that I must have been watching on purpose!

She gasped and screamed »THAT GUY'S WATCHING US!«.

I swear to God I wasn't, but why *wouldn't* that be her first thought? I would have freaked out too if I were her. In her eyes, I was this nasty little squirt stealing a peep at some cheeky pole pumping. Some knob gobbling, if you will? Perhaps some swallowing of the baloney pony? Puffing the pink pipe? Okay, I'll stop. Sorry.

But this is where my »instincts« kicked in so as to not get my ass kicked by Thomas. The moment she gasped in surprise, I tossed my head back against the wall, shut my eyes, and pretended to snore! *Oh, don't mind me, I'm clearly faaaaaast asleep ... yes, yes she simply*

MUST be mistaken. Again, I really should make it crystal clear that I genuinely wasn't watching and this was all a big misunderstanding.

It was then that I heard the voice of my friend Thomas, who apparently looked out of the closet and saw my sleeping face in the mirror. And I heard him say, »Oh that's just Prince. He's cool.« *Thank God,* I thought to myself. I gave it a sec and then slowly shifted out of sight of the mirror and fell asleep. This was **without a doubt** one of the most incredibly embarrassing moments of my teen years. Yet, it was also the closest thing to intercourse I would experience throughout high school as the nerdy outcast of Corinth, Mississippi. So, I guess ... thanks, Thomas! Sorry, closet girl.

But hey, in the end, being the black sheep as a teenager worked out pretty well for me, I think. The first time it hit me that it was good to be different was one time, after having lived away for a few years, I came back to visit my family, and wouldn't ya know ... one of my old high school bullies (who used to flick my nipple when he'd pass me in the hallway) was working the register at the local gas station, and he'd developed a preeeeeetty gnarly meth addiction. He didn't recognize me, and I was kinda glad he didn't.

I got back in my car and just felt so grateful. I was in film school, I had a girlfriend, I had a great group of friends, and I finally felt like I had found my stride.

CHAPTER 3

PRINCE OF SECRETS

The southern US isn't just called »The Bible Belt« because of all the conservative Christians, it's also because if you had a big enough breakfast before going to church, you'd have to crack your belt open to let your belly hang out a little further, and you would often hide it by holding your Bible over it. Jim Gaffigan once jokingly said, »The South *can't* rise again, not after eating biscuits 'n' gravy!«

As kids, my brother and I went to a Baptist Church every single Sunday morning and most (if not all) Sunday nights, as well as a majority of the Wednesday evening »Youth Nights.« In fact, fun story: My very first kiss was in that very church with our Pastor Ray. I'm kidding, of course. It was Pastor Rick ...

I don't remember exactly how old I was when it happened, but it was before high school. I started »dating« this girl Heather from church, and by dating, I mean I occasionally saw her at our youth nights where she would sit next to me with her hand on my knee while I tried to not faint for the majority of the hour. The night of the first kiss was so American and so lame but, in hindsight, also pretty funny.

I was told by her friend Tyler that she was »waiting for me« in the game room. I have never once for a single second had any swag or sexual confidence (imagine whatever the polar opposite to James Bond is but **times ten**). So, when I heard she was waiting, I genuinely didn't understand why. I approached the game room, a small room above our church-funded basketball court. We had an indoor basketball court because Jesus didn't just weave baskets, he swished them. I arrived in the game room to find she had all the lights turned off. I awkwardly entered, imagining the soundtrack from the Halloween franchise playing overhead.

Like a modern-day horror game, she jumped out from behind something and surprised me. It would have been hilarious if I had punched her unconscious in that moment, just out of pure fear. Instead, she came close to me, mouth FULL of clunky, sharp metal braces, as she licked on a chocolate lollipop. We call them »suckers« in the South but that seems weirder to say. *She was suckin' n lickin' her lips.* Anyway, she popped it out of her mouth and, with the breath of a 9-year-old asking their parents for more coins at the arcade, she asked me, »Do you like chocolate?« Imagine I'd said, »No! Ew, gross!« But I said what I thought I should say, which was »Y-yeah?« And then she kissed me.

She kissed me with the full strength of her tongue. At one point, I am pretty sure my tooth got stuck inside one of the metal locks encasing her teeth. Young me was proud and excited, but my mouth *hurt.* I thought, »I guess this is what all kisses are like.« Otherwise though, church was pretty normal.

The people were generally friendly, it's just a little boring sometimes. I fell asleep during sermons many, many times and would wake up from one of my parents slapping my leg. Church was *fine* I guess, but the »ever-present and ever-watching Eye of God« that our parents constantly reminded us of definitely made things feel scary now and then. As I've gotten older, I can understand that using God as a tool of guilt in order to get your kids to behave is an instinctual move for some.

However, religion can also be overutilized where I come from. For example, in the South, people will do absolutely insane things like getting loaded on Four Lokos and Percocets before running your car off the road into a ditch with their souped-up F-350 monster trucks, while blasting Creed and puffing on Camel Crushes, but then claim the Lord is »on their side« with a small sticker on their bumper. It feels pretty hypocritical. I also never liked these over-the-top hyper rich televangelists who claim to heal the sick when, really, they're just snake oil salesmen masquerading as messengers of God. I mean, who trusts a guy that flies a private jet to his 100-million-dollar mansion all in the name of Jesus? A lot of people.

I never trusted the whole over-the-top aspect to Christianity. Maybe it's because of a pastor of mine that really put a dent in my trust. Yet his mistake wasn't about money, it was worse.

There was an energetic youth pastor at my church who was married to this very pretty, blonde woman. Now, being a teenager at the time, it's hard to say how old they really were (in the eyes of a teen, everyone over 20 is 65). Now, I could see them being in their mid-30s. The wife was also a teacher for one subject in my high school for a little while. You would see teachers like her come and go quite regularly, since the budgets for schools like mine were abysmal.

Anyway, she was a teacher of ours for at least one semester, and it became glaringly obvious that she put all her focus on one individual student. At the time, he was a bit of a star on our high school basketball team, and he was funny and handsome. The story writes itself.

As you can probably predict, after months of the student and this teacher *clearly flirting* in class in a pretty clunky and awkward manner, the day finally arrived that this teacher (again, probably mid-30s) and this student (*under 18*) were caught being ... romantic in the teacher's car in the city park one night by some police officer. Needless to say, she no longer showed up to school after this, and both she and her husband swiftly moved out of state. I don't know what happened to the student, unfortunately, but I think the aftermath was devastating.

Several months passed after this local scandal, and I was a senior in high school, working at a local furniture delivery store. My best friend Cody and I worked there together, which was amazing at times, but I do feel like the managers only put us on 2-person assembly/delivery jobs when it was bound to scar us for life. Have you ever seen *The Hills Have Eyes* or *Deliverance*?

Sometimes the delivery addresses would already have us throwing our heads back in a sigh of regret. Many parts of Mississippi and Tennessee have great swaths of empty fields that are then broken up by the occasional Walgreens or KFC/Taco Bell fusion drive-through »restaurant.« That is, if you're lucky. If you're not, you'll find yourself stumbling into some random collection of isolated mobile homes decorated with confederate flags and »Don't Tread on Me« spray-painted on the side.

Think for a second, what does a »bad kid« do on average in a standard German suburb? Steal a bicycle? We had 12-year-old Walter Whites out there being supervised by ex-cons. In short, we were every now and then delivering to people who we thought might **kill us.**

However, one special day, we got the gig delivering a particularly large order just across state borders into Tennessee. We grinded, working all of this furniture into our largest delivery truck and took off. Once we arrived at the address listed on the order sheet, we backed up into the driveway, hopped out and approached the house. As I laid eyes on the owners, it hit me – *that's her. That's my old teacher. And is that? ... THAT'S THE PREACHER!*

They were still together, not divorced, and had moved out of state into a new house to embark on fresh lives, start on a clean slate, begin again, and ... ya know ... probably just ... I don't know, have more inappropriate relationships with kids over in Tennessee? It's the South! If we're being honest, it's more of a disruption to your community if someone goes against the Lord's wishes and gets a divorce, even if it's perfectly amicable. That's the real sin. The kids thing? That's where people ask things like »Well, how bad was it *really?*«

Anyway, that was the real final time I ever saw them. But what wraps this all together for me is that the husband was a representative of Southern Christian values, and the wife was meant to be a teacher for the youth of the exact same community, but instead, she was just like, »Nah, these values are BOOOORING.« She crossed the line, and then I imagine (in a very Southern accent) her husband was just like, »Well honey, I reckon we oughta just ... forgive and forget, in the Lord's name ... Hey! Who are you sending that selfie to?« I don't know if they're still living in that house I delivered to, but I can't imagine they ever separated. I was just happy to leave once we were finished ... *and then tell absolutely everyone at the church that I saw them, of course.*

That was simply one case though. Like I said before, I actually enjoyed a lot of the people I spent time with at the church. My personal issue regarding church was just the fear that it put into me for so many years. The intense and constant worry that my parents, our constituents, or the Lord himself would either be mad and/or disappointed in my behavior didn't end after graduating high school either. That little gem was deeply rooted in me for many years. My parents also seemed so pure to me growing up. It's funny now, but at the time I felt like I was crazy for wanting to watch movies like *American Pie* or *The Exorcist.* We never had a drop of alcohol in our house, and my parents never discussed things like alcohol, sex, or drugs with me back in the day.

The lack of communication about these normal things that teens experiment with made me subconsciously feel scared to connect with others on the same topics. My parents *could* have said something like, »Hey there's always going to be temptation and experimentation from a certain age, and we understand that you will try new things, for better or for worse. Just know we are here to talk if you need us, you can always be honest, and you don't have to be afraid or scared to come to us if you need something.« But that never happened. My dad didn't even try to have his version of a »sex talk« until I was nearly 19 and on the way out the door to see a movie. The poor guy was so uncomfortable talking about it, he didn't even take his eyes off the TV. The entire chat was about 30 seconds long.

»Hey son, just before ya go ...«

»Yeah, dad?«

»You, uhh, you know, um, yeah ... you know, sometimes ... ya know, that, people your age, ya know, sometimes, ya know, they ...«

»Dad, don't worry, I know. It's all good.«

»Yeah? So, yeah you know, ok ... and yeah so all's good on your end? There's ... you've got ... you've got some, you've got your hair *down there?*«

»Yep yep yep yep, don't worry – all goo – all's good in that department. I, it's, yeah, all good.«

»Alright.« *awkward high-five/handshake combo*

Then I left, and that was the only time that conversation ever happened. It would have been nice to have had a touch more normalcy when it came to talking about the human body, especially since, years later, I would find myself in a sweaty German *Aufguss* torture chamber fueled by titty sweat and ball hair. But we'll get to that later. Believe me, we will ...

The lack of those deeper conversations led to me hiding lots of things from my parents and going behind their backs. I hid as much as I could, at least. I'll never forget the time I got busted with my first »dirty« magazine. I was around 16 years old and hanging out at my local record store when I came across some kind of rock 'n' roll magazine. I picked it up and saw that on the back cover, there was an advertisement for a physical calendar that you could order, which showcased beautiful female celebrities of the time, in bikinis.

It had popular actresses like Jennifer Garner, Jessica Alba, and Lucy Liu on it. Obviously, I ripped that page right off the back, folded it, put it in my pocket, and **raced** home like I was Charlie

Bucket with his golden ticket! »I gotta get home, I gotta get home!« And as you can probably imagine, I spent the next few days pretty much annihilating my penis. This is a common behavior for teenage boys, unfortunately. Sorry, Mom.

Anyway, one fateful day, I got off the bus from school (particularly *fired* up to get to my bedroom and support these independent, hardworking women portrayed on my calendar ad). I zipped into my house at breakneck speed, and my mom was doing what she normally does around that time of day, resting in her cozy chair watching some afternoon talk show like *Oprah* or *Judge Judy*. I was on a mission and immediately tried to side-step into my bedroom. My voice must have sounded like someone gave a mouse some methamphetamine. »HI MOM.«

My Mom then says (at what felt to me in the moment like a speed equivalent to the sloth in Zootopia),

» H … e … y h … o … n … e … y , h … o … w w … a … s s…c…h…o…o…l…?«

Then again, the meth mouse replies, »IT-WAS-GOOD!«

It was like I was Elliott from the movie *E.T.*, and I know there's this alien in my room tearing up sofa cushions and eating the curtains. I have got to GO! Finally, in my room, I shut the door and tossed my backpack to the side. I jumped onto my dirty, stinky, beaten-down futon mattress, unzipped my pants, and reached under the mattress in search of *my precious.* Original idea, right? Hiding spank bank under your mattress?

I was searching and searching, digging feverishly behind myself like an asthmatic kid on the hunt for his inhaler, and I started to panic slightly, realizing I couldn't find it. My mind raced, »Did I leave it somewhere else? Did I accidentally put it in my jacket or show it to someone who might have taken it?« Then, my fingers found something. It had the feel of some kind of paper. I pulled it out to discover a sheet of folded notebook paper.

I began to unfold it. *Could it be something left behind as some kind of joke from a friend? Could it be old homework I stuffed away after getting a bad grade?* No … no, it was far worse than anything I could have imagined. A small handwritten note said:

It's in the trash where trash belongs.
Love, Mom

AHHHHHHHH! I crumpled the paper up, tossed it into my trash can, and we NEVER spoke about it. In fact, if my mother is reading this right now, it will be the first time she will ever have confirmation that I did, in fact, find her note and was riddled with shame for months.

I was horribly embarrassed but, more importantly, I was now without one very special calendar advertisement. I mean come on, how the HELL am I supposed to know what month we're in now, MOM?! Also, it wasn't like I was a ladies' man or anything. I had to take what I could get! I wasn't blessed with the looks nor the confidence that was so wastefully bestowed upon some of those high school jocks on my football team who wound up getting either a cheerleader or a cousin (or two) pregnant before the age of 18. On second thought, maybe not having confidence or good looks was for the best. (*Yes, Jordan tells himself, this is a GOOD thing! Girls didn't have sex with him and that was for the BEST!*)

Hey! This is **my** book, stop that!

CHAPTER 4

PRINCE OF NEW ORLEANS

Finally! Finally, I found myself in the Big Easy, and man oh man, let me tell you: When people mention something as *life changing*, like »Oh my God you just have to go to the burrito stand on Blah Blah Street, it's just absolutely *life changing*«, I roll my eyes as much as the next person. But I truly mean it in this context. New Orleans is – and I'll stand by this until the day I die (probably from some greasy food-related heart failure) – the GREATEST city in the United States. I wanted to say »the world,« but there's a lot of tough competition out there. Have you ever been to Rome? That place is just one long jaw-dropping stroll through heaven. But back to New Orleans.

I have so many fond memories of that incredible city. One of the finest is from one of the many visits my brother made down there. I have a very strong bond with my brother Bruce. That bond was strengthened significantly once he eventually built up the strength and courage to officially »come out« to our family. I can remember that day vividly. This *is* a comedy book, so let me just say, Bruce was always very **obviously** gay (to me, at least) for most of our youth, and I mean that in a very loving way. Bruce was in the closet for a painfully long time, which is so unfortunate. I can't imagine how difficult hiding his true self from everyone he knew for all those years must have been. The South »don't take too kindly« to people like him. I'm just so happy he eventually did what he did. The man passionately listened to Christina Aguilera in his PT Cruiser for years, and his favorite movie is *Miss Congeniality* ... I mean, it had to happen eventually.

Not surprisingly, Bruce is the most fun party partner you'll ever bring to an event. He's sassy, gossipy, insanely funny, and the man can hold his liquor. One time, back when I was in college, he came down to party on Saint Ann Street (the gayest area of them all, some might say), and we went to a bar together. We were seated next to each other while a very athletic-looking gentleman in a skimpy, neon green thong danced inches before us. I kept thinking how proud I was to be there at that moment, as odd as it may sound.

Bruce had been incapable of sharing his true self with me for so long, and now he could let go and be free. It was hilarious to witness him take a dollar bill from me so that he could gingerly place it in that special little place between the stripper's ball sack and butthole. Some say that's when horses become unicorns, or when an angel gets its wings ... or something like that.

New Orleans wasn't just the place for my brother to come down and party like there's no tomorrow, it was also the place that I found my future wife, where I found some of the best friends I've ever had, where I developed skills in music that I wouldn't have gained elsewhere, where I found my passions and was encouraged to pursue them, where I experimented with psychedelics and explored parts of my mind that I never knew were there, and where I ACTUALLY discovered myself. I know this all sounds cheesier than Kaesespaetzle, but it's true!

In my mind, I lived in New Orleans for over a decade, because I had SO many experiences but, in reality, I only lived there for a little over 5 years. I finished up my degree at the University of New Orleans, and shortly thereafter, moved to Germany. But before I moved to New Orleans on my own, my parents moved with me to Slidell, Louisiana, in 2009, right after I graduated from high school. To me, although it's definitely still a small southern town to anyone coming from a big city, this new town felt like a bustling metropolis.

I literally moved from a house in the middle of nowhere that had a horse pasture for a backyard and a large open hay field across the street that was (for a short time) only occupied by a double-wide trailer home before it eventually burned to the ground and the occupants moved away. So, Slidell felt like *New York City, Baby*! That is, until I moved to New Orleans, of course. Then **that** was like *New York City, Baby!*

Side note, the first time I ever went to New York for real was as a young teenager with my high school class (we drove a million hours on this huge bus from Mississippi). And when I got there, the anxious, internal voice in my head kept repeating my mother's warnings over and over that I could be robbed at any moment. So, I kept everything I had in the front pockets of my jeans, which had zippers on them. Pretty cool, huh?

Slidell was a cool place to move to from Corinth, so I was happy there. I liked that our apartment was right on Lake Pontchartrain. It was warm and humid, and the smell of the water filled the air. For a while, I was the star of my own corny coming-of-age movie where I strolled around the apartment complex listening to Beach House's *Teen Dream* and walking at a slow pace with an expression so moody it made Zach Braff in *Garden State* seem like Ace Ventura. However, soon I found some cool people by doing two things teen Jordan loved doing. Being around food and loitering. Funny enough, that's kind of how I started finding friends in Germany, too.

I was young enough to be dumb and innocent but also old enough that I should have been much cooler than I was (*story of my life*). As someone who was quickly reaching the end of his teen years, I was still a virgin (what a bombshell shock of surprise, right?), and I had made friends with this girl from Slidell who worked at the local deli with me. She was cute, very funny and easy to get along with. So my teenage monkey brain was starting to shift our conversations into flirtatious territory, thankfully, she reciprocated, so the game was on to lose this damn virginity one way or another. I guess there's the one main way. You know what I mean. It was time to lock in.

The flirting started at work, and eventually we found ourselves making a plan to hang out together, *in my car* (USA!) after our shift ended. But we didn't necessarily plan or talk everything out because that's not romantic, so we just kind of found ourselves sitting and talking together at the nearby city park parking lot one evening. I don't know how things got cooking, but soon we were kissing, doing a little bit of fondling here and there, and then it was (her suggestion) time to move to the backseat. There, things started getting a lil' bit steamy.

We were getting really handsy (sorry Mom, this was a long time ago), and then juuuuuuuust as things had finally crossed the line of »fooling around« into »oh shit, this is about to GO there ... like REALLY GO there« (in what I can only describe as the most unromantic sweat festival in Louisiana history), that's when we heard a very distinct and threatening »KNOCK KNOCK KNOCK« on the fogged up windows of my red Honda Element. The knocking was from a steel flashlight on the glass, and suddenly we realized that we were surrounded.

We hastily buttoned and zipped up everything, and I leaned up to press the automatic window button on my driver's side door. We all knew who was standing there, but nothing snaps you into a stale, sterile reality like a handful of police officers with flashlights waiting to ask you questions as steam slips out like you're an oven at a Subway sandwich shop.

The officer in charge made sure to blast his light on every inch of the interior of the car and into both of our eyes before asking the question of a lifetime: »What are y'all doing in there?« Now, before I tell you what I said in return, you have to remember that I was a *virgin* who (maybe instinctually) wanted to plead for some level of mercy upon us before I exploded from fear. And on top of that, I had only recently moved from the innocent farmlands of Mississippi, so something unexplainable was summoned from deep within my soul ... I took a breath, and replied,

»We were just smoochin' ...«

Thanks for reading the book up to this point, I appreciate you very much, and I guess this is goodbye. The level of embarrassment and second-hand cringe has either already blinded you where you stand, and you're currently screaming for help, or you've already closed the book and tossed it in your fireplace as kindling for the evening. Trust me, I understand, and have no higher ground here from which to cast judgement upon that decision. However, for those who are still here, may God have mercy on all of us.

In case you were wondering, that was the last time anything like that ever happened with that girl. She was just as impressed with my *Cool Hand Luke* quick reaction as you were, I assume.

Eventually though, I was able to shake off the pain of that experience once I was living in New Orleans. Pretty quickly, I was making a lot of friends, a lot of whom were women. A couple of those women became girlfriends, one of them even became my wife, and some remained lifelong friends. Oddly enough, some funny experiences that my best friend Vivi had with a lot of American men at our university nearly derailed my relationship with Evi long before it even started. Let me explain.

My friend Violeta (aka Vivi, aka Beef) is one of my best friends still to this day. She's from Madrid, Spain. And simply being around her back in college taught me something about American men interacting with non-American women like herself. US guys often do not instinctively understand the difference between friends and »more than friends.« You see, Vivi is a hilarious, pretty woman who is talented and doesn't fuck around. She knows what she wants, she's dominant and independent, and perhaps to her own detriment in this particular case, she can be touchy-feely when she's tipsy and/or just laughing. She'll touch your arm, or your back, nothing suggestive, mind you. It's all innocent. But American dudes apparently always thought that meant »She's trying to take me to Pound Town, bro!«

For example, one time a mutual friend of mine and Vivi's had asked if he could pop over to her apartment for the purpose of quickly changing clothes for an event. He asked if he could change clothes in her bedroom, and she said yes. She was hanging out in her living room, with a door and wall separating the two of them. However, after a few minutes, she heard him ask if she could come in and help him decide between two different outfits. She agreed, walked in the room, and the man was as naked as the day he was born.

The dude's plan for getting down and dirty with his (PLATONIC) friend was ... what, exactly? Showing dong? Poppin' wiener? She's not a fucking golden retriever being presented with a T-bone Steak, my boy. Bad plan. BAD PLAN. She, a normal human, gets understandably freaked out, and quickly chooses one of the outfits he's holding up and immediately closes the door behind her again. He was one of MANY men who she simply saw as buddies who eventually **confessed their undying love** to her ...

To this day, an inside joke of Vivi's and mine is that we will just look at each other in a very serious moment or any incredibly inconvenient time for the other and simply say ... »*Hey, I don't know if this is the best time, but* ...« (as if we're about to profess romantic love to each other like all those guys), and I have never not laughed until snot came pouring out of my nose, no matter who says it first.

Needless to say, hearing this from Vivi on a regular basis had me seriously doubting that any woman was interested whatsoever unless they kissed me first, or made the signs insanely clear. It was honestly a great learning time for me as a man, but at the same time, it nearly kept me from taking the risk with this German girl in my class.

Besides being in two bands, I was playing a lot of solo shows as a folk/singer-songwriter guy, while in college studying film. I had a girlfriend at the time who was also studying film, and everything was about to change for me because of one single German. You see, that's how the Germans get you. They start small, infiltrating ever so slowly. They dress just like the rest of us; they even speak our language! They have trained for years and years to understand the sounds of laughter and are able to replicate it. I had no idea I was about to be tricked and kidnapped, and soon kicked out of a white, unmarked van in the center of Munich, Germany ... a city I've only ever thought about twice until I met Evi. The first time I thought of it was when Spielberg made the movie *Munich.* The other time was in my old history class in middle school when they were like, »Oh Munich? Yeah, Hitler.« And all of us American kids were just going, »Got it,« and then we went back to drawing more penises and those cool diamond-S-shaped things that everyone drew for some reason.

You see, I had joined a class called »Short Film Writing.« I was seated behind a very good and incredibly funny buddy of mine, Danny, and we probably spent more time trying to make the class laugh than actually taking in the appropriate information. But there was this German gal whose jacket always made me think of a rug or teepee design from the Native Americans. She was also the only person any of us ever saw riding a bike around campus, which at that point in time gave off dreamy, mysterious indie film girl vibes (I later learned that everyone in Germany cycles and that was just what she was used to). She had blonde hair and crazy blue eyes, and let me just say ... I had that ho gigglin', okay? I was the mayor of Chuckle-Town and she was payin' her laugh tax every damn day.

One day, as I'm on the balcony of this classroom during break, trying to seem cool by smoking a stinky-ass cigarette in direct sunlight, she comes out to join me, and lo and behold, she's even prettier up close. This German girl named Evi asked me if I'd be interested in acting in the short film she was going to make soon. I told her she couldn't afford me and flicked the cigarette at her ... kidding. I stumbled my way through a very nerdy »Y-y-yeah tha-that would b-b-be cooooool.« That was our first interaction. She had a boyfriend at the time though, and I had a girlfriend, so at least for the foreseeable future, this was only going to be a platonic friendship.

Our friendship blossomed over the next year or so before I started to get this itchy feeling that maybe she *does like me like that.* Because I knew I liked *her like that* (meaning more than friends). But remember, I had Vivi in my ear telling me her horror stories of these American boys showing dong and confessing their obsessions through tears, just because when she laughed, she would touch their arm. I didn't want to embarrass myself like those dummies! *Evi is my friend, and we are both in different relationships, and I am just being ridiculous, that has to be it. I'm just overthinking it, that's it. Yeah, she's European ok? Don't get it twisted, Jordan …* But then she dumped her boyfriend, and she had that lil twinkle in her eye when she told me. And I said to myself there on Bayou St. John, once she informed me that she was officially single, »Alright bud, she's available now. This might be your only opportunity to actually try and reach over the friendship line into unknown territory. But you still have your girlfriend, and you know what you've got to do. It's time to go end it.«

And literally as I'm driving to the University to break up with her, my girlfriend calls me to say she's been in a car accident, and she broke her arm. **How selfish can someone be**? No, I'm kidding, that's awful. But for real, what was I going to do? Go in her dorm room, give her a good slap on the back and say, »Well, if you thought your day was going bad before, I have some news for you.« No! Of course not, I had to get it together and be a good boyfriend, at least for a few more weeks, so she could heal up.

A couple weeks later, we did break up. I drove to Evi's place (a gorgeous little apartment right on the bayou), and I told her I was now single, too. Later the same evening, or maybe the next night, we went to a mutual friend's birthday party and, at some point, I just eased my hand around her waist. And she reciprocated it. She held my hand there. And then I peed my pants. Kidding, but I did do something equally as embarrassing on our »official« first date a few nights later. We ordered something like **eleven** pounds of crawfish from the local supermarket, and still to this day I've never seen a girl peel and eat those little crustaceans at a speed quite like she does.

As we were sitting on her front porch that night, devouring them, I unintentionally ripped the fart of the century.

Thankfully, she laughed uncontrollably, and I knew I'd made the right choice.

CHAPTER 5

PRINCE OF CROISSANTS

I have to put on sunblock to even walk to the mailbox, because I burn so easily. Germans handle it differently regardless of the time of day, or how they're dressed, or what the police are saying to them as they're being screamed at for ramming their car into the wall of a local Döner shop. If there is any sunlight whatsoever then Germans are going to be facing it head on with eyes closed like some kind of human battery that's getting recharged.

Have you ever seen movies like *The Happening?* The people who get »infected« or »poisoned« by the wind (yes, it's a very dumb plot) start showing symptoms by very slowly staring into the distance and sometimes walking backwards which, in defense of a bad movie, always looks very creepy and unsettling. Now imagine you're walking through the park in Munich, and you hang up the phone after chatting with a friend on your lunch break, and you look up to see 800 German people of all ages standing, sitting, crouching, leaning, lying down, all with their faces pointed in the same direction, eyes closed, in silence. Some of them will have their hands behind their backs like the sun is an oil painting at a modern art museum, and they're waiting for someone to stand next to them so they can blurt out some kind of heady, unwanted criticism. It's freaky!

Yet that's not the freakiest thing about that to me. I've gotten slightly more used to that behavior after all these years. No, the craziest thing to me is that you never see anyone applying sunblock. You *might* see girls oiling their legs in the summertime, but an honest-to-God pasty white, blonde-haired German guy has never been seen applying any semblance of a lotion containing even 1SPF whilst avoiding the shade of a tree at all costs on a bright, sunny day. Why? Germans don't get sunburned! You see these skiers in the winter getting their boots off after careening down a mountain, and they plop down on a bench that has no umbrella or tree shade around for miles, and they drink countless beers in direct piercing sunlight and never develop a red cheek or burnt nose or anything.

I told my friend Daniel this once and, he said, »The reason you don't see Germans applying a lot of *Sonnencreme* or getting sunburned is that they look at the label on the bottle, and normally apply the recommended amount to the parts of their body that will be exposed, and then wait the amount of time the bottle says until they leave to go outside.« The Germans had out-Germ'd any and all stereotypes and expectations I could have imagined. Meanwhile, if I look at a yellow piece of paper for too long, I get a sunburn, bloodshot eyes, and a little light-headed.

I just wish there was a room in this country that you could rent that offered air-conditioning in the summer. It's just not a thing here, despite all my wishes and prayers. The Germans never got hot enough to go, »Okay, let's do it.« Maybe that's why so many of them go nude in the summer to stay as cool as they can. I'm never going that route, though. Firstly, I don't have the confidence. Secondly, I can't risk getting sunburned anywhere else on my body. It's bad enough as it is. The last thing I'd want to have to buy is an aloe vera taint cream.

But the time had come for me to stock up on some because back in 2013 (before my anthropological field studies began), I took my first trip to Europe. Ironically, this decision was funded via the most unintelligent, most American decision I could possibly have made, a choice that might as well have branded my back with a large »USA« like I was a local farmer's prized cow: I maxed out a Discover credit card, which was targeted to college students like myself, in order to pay for the flights, because I could not afford them on my own. This was a decision that landed me in *quite* the stack of debt. So … good start. Smart.

I was invited by Evi (who was my new German girlfriend at that point) to go on a trip through Europe with her two other German friends, whom I had never met before. The part of the trip everyone seemed most excited about was the south of France where we were planning to do some swimming. Now, as we've established, the first impression that comes across peoples' minds when they meet me is definitely not »star athlete.« I do not come across as a strong swimmer. I am a terrible swimmer. Children swim by me in a lake and then race over to their parents in fear to tell them, »Mommy, Mommy! There's a fat albino woman drowning over there!«

Oddly enough, there are two very special skills I have in the water.

1. Playing Dead
2. Actually Dying

I was imagining that I was going to be stopping by a cute, quaint, little French lake where everyone is drinking red wine and smoking cigarettes in black and white striped shirts. The red wine and cigs are the only things I got right. I cannot emphasize enough that I was traveling with Germans. Nothing about this was going to be easy. These psychos took me to a cascading series of stone gorges that you have to leap into blindly (only with the faith in Jesus Christ our Lord and Savior) as you plummet into water that is dark and cold and impossibly deep. Let's not forget that you have to aim correctly as you jump, otherwise you risk hitting the surrounding stones and splitting your head open! And I am doing all of this out of the same peer pressure they warned us about in school. Oh, *don't do drugs … don't smoke cigarettes?* … Where's the police deputy coming to my high school to warn me not to jump into **death baths with Germans**?

To make it all just that bit more fun for me, the only other guy on the trip had the type of male physique that the majority of people would consider the *perfect human specimen.* Just abs on abs on abs, as well as golden locks of hair, piercing blue eyes, and the *tiniest* red shorts.

He's down there at the bottom of the gorge waving me on, »Komm Chordan, jump, eets so easy!« Meanwhile I'm standing at the top, unveiling my Jabba the Hut jelly-belly, just trying not to uncross my arms while I stare down into the endless abyss below. »Wow, pretty far down …« But eventually I jumped – let's face it, I fell – and I went down fast. I plummeted further and further and further down. I thought to myself, »Oh my God, at some point I am going to hit China!« I didn't know holes could go this deep without altering the earth's gravity. It was at this oceanic depth that I began to panic. I started flailing my arms around, wasting my oxygen, being the cool guy that everyone admires, right ladies? Yet, deep down there in these pitch-black waters, against all odds, a hand reached down to me from above. And with the power of Thor, this hand grabbed my wrist and yanked me up towards the surface, revealing two things to me:

1. I was a total of 15 centimeter underwater.
2. The sexy German man was the one who rescued me, and he was simply kneeling down on a nearby rock. He didn't even have to jump in to get me! He simply said, »Hey buddy.«

The embarrassment was so overwhelming that I was hoping he would change his mind and hold my head under water until I stopped making bubbles. Unfortunately, the sexy German man had other plans for me. In fact, the day was far from over. I was painfully reminded that I was on a vacation with Germans. They said to me,

»Komm Chordan, we go for a little hike, a little *Wandern* here, around to ze ozzer side, ja, we make sausages, komm ...« And so we did as the Germans commanded. As one does. As one must.

We arrived at the other side after some time and thankfully, to my surprise, it was a lot calmer. It was a lot more private, and I thought to myself, »Ok, maybe we found something here.« Everyone in the group went off to do their own thing. Some people started snorkeling, some were sunbathing ... but sexy German? He decided to swim out into *the middle* of the ocean – time out, Germans, I have to ask: Why do you do that?

Every single vacation I have ever taken with at least *one* German in the group over all these years of living here, there is always a Germ who swims out to the dead center of the body of water we are visiting as if they've been told by some unseen force that they must reach the center before they are allowed to turn back, otherwise they can never touch a pretzel again for the rest of their days. Part of me wants to ask: Are you hoping to drown so you can FINALLY be free of all that endless German paperwork? Just swim in circles near the shore, you weirdos.

Now that everyone is entertaining themselves and the pressure is off, I am relaxed. I am taking my sweet time easing myself inch by inch (or I should say, centimeter by centimeter) towards these beautiful French waters. And exactly upon my very first tiny splash, I put my full body weight onto several extremely sharp, toxic spikes belonging to a French sea urchin. It's like any other evil urchin except it was smoking a cigarette while watching a François Truffaut film. Even the sea life is pretentious over there. Its poisonous blades burrowed into my foot, swelling my big toe to the size of an apple. Just my luck! There I was, on my first Euro-trip with all these sexy people, YET AGAIN embarrassing my ass to the extent of praying for swift death. I imagined at this point that they would all surround me in their bikinis, tanned and ripped, and say, »Joooaaa, sorry Chordan, you failed all of ze tests. We have to leave you here to die now, actually.« I would have just nodded my head and said, »Yep! Cool, totally get that. Peace guys, get home safe.«

Unfortunately, they didn't in fact toss me out ceremoniously to the French water gods (they're like normal water gods but sassy and fashionable). It was worse. The sexy German guy approached me (in slow motion) in his tiiiiiiny red shorts. He leaned down to inspect my foot, which now resembled Shrek's foot more than the one I arrived with. He looked it up and down, nodded his head in confidence, and simply said to the group, »I'll be back.« Like Arnold Schwarzenegger!

He leaves us, striding barefoot into the nearby forestry – in a **strange land,** mind you. Part of me thought, *What if he just doesn't come back? What if he dies out there in this random forest in France, because he was looking for who-the-fuck-knows-what to help me of all people, and he just dies out there? This is gonna turn into some Amanda Knox-level conspiratorial bullshit if he doesn't come back ... like, is he just going in there to pee? WHAT IS HAPPENING?*

A few minutes later, sexy German emerges from the forestry, like Tarzan bringing Jane some grapes. This man has procured a stone platter, on which he meticulously organized an array of herbs, leaves, and grasses that he plucked directly out of French nature, which are all supposed to cure me in some way. He said,

»Jaaa zis one is for chewing wiz your teeth, zis one you put on ze wound ...« This man found a little thorny piece of grass and proceeded to perform a small urchin-blade removal surgery on my toe, and it worked!

Here I am, in front of this Chris Hemsworth-looking lifeguard/surgeon-scientist motherfucker, and he is the first German man I have ever met. My brain is racing: »*Is this what they're all like? Is this my competition? I'm not gonna make it!*«

For the remainder of our Euro-vacation I didn't step one more foot into those treacherous French waters ... I did, however, eat a life-threatening amount of croissants. That's right. The only thing

I gained on this trip was more weight thanks to those damn delicious pastries. I ate so many that I started to forget the trauma I had experienced earlier that day. Sitting at the table chewing, I said, »You know what … it was at least really beautiful weather, like wasn't it suuuuch a pretty day, right? …«

And to the waiter: »I *will* have another, thank you …«

And back to the table: »You know what, guys? I think Europe might be for me …« It just goes to show, if you were a chubby kid growing up like I was, he never goes away. Not long after that, I moved to Germany.

CHAPTER 6

PRINCE OF GERMANY

The first apartment I lived in once I took the leap and moved to Germany was this absolutely gorgeous, hyper-European »flat« on the fifth floor of an old, beautiful yellow building that overlooked a busy street in Munich. The windows opened wide, so the cool kids we thought we were could hand roll our cigarettes and lean out to smoke as we overheard the bustling sounds of a busy city. It was as pretty as it was just comically stereotypical of every apartment I'd ever seen in any European film. There was no elevator, which was fine until we needed to move heavy furniture in or out. And the wooden stairs were so old that they creaked and cracked and moaned with every step. It was like a built-in intruder alarm. Nobody was coming in or out without the entire building hearing it.

This small, quaint and tastefully decorated apartment in this old building holds a special place in my heart because of its beauty. Yet there was one aspect that I always despised and will never miss: the teeny tiny bathroom and string-rigged shower curtain. I am a large man. I am probably larger than every European male ever born, and not in a good way. This bathroom was not built for anyone my height, weight, or circumference. Every single shower taken in that bathroom left me with either bruises on one of my elbows from the low ceiling and protruding wooden frame or burn marks on my back or neck from the boiling hot water pipe that was mostly exposed while tied up with a nail and string to keep from falling down. Showering there was punishment. I hated it.

There are no air conditioning units in Germany, and rarely if ever will you find ventilation fans in residential bathrooms. So in the summer when I would go into this tiny bathroom to poop, I would not only sweat through my shirt like I was trying to keep a nuclear reactor from bursting. I also couldn't do anything to clean out the smell other than crack this bullshit excuse for a window behind the toilet bowl that was the size of a Hallmark greeting card. This was but one of many ways I was out of my element.

But it wasn't only Evi and me in that apartment. We had a roommate that I'll call Betty, and Betty was an artist. Up until that point, I didn't know that collecting free »giveaway« clothes boxes off the sidewalks and then selling them to your friends was considered art, but apparently ... this lady was Picasso. She would spend most of the day up in her dark attic bedroom, bending metal coat hangers and super glueing rocks or beads or whatever on it and then trying to sell it online.

Anyway, that's just one crazy person, she's not representative of the average Germ. Unfortunately, it just happened to be that Betty was the first Germ I got to know in my first year in Munich. I was happy to be there with Evi, of course, but the first year was extremely tough for us both. I had a very active social life back in New Orleans and had just graduated from my university. I knew that giving Germany a shot was something I needed to do, but once I was faced with the tough and occasionally debilitating reality of what that meant, I didn't handle it well. I was leaning on Evi to fulfill many roles in my life. Now she had to be more than my girlfriend. She also needed to be my buddy, my translator, my audience, my roommate, my manager and assistant, everything. It was too much for her, and it took a while for things to start adjusting.

This wasn't like how it was for me back as a teen when I moved to a different state. Making friends over there in the states, especially in my early 20s, was always far easier than making friends in this new world called Germany. In the states, people are usually incredibly open and easy to talk to. They might tell you their most personal life story during your first interaction. Yet here in Munich, I not only had to adjust to a totally different set of societal rules, but now there was a constantly looming language barrier as well, which even to this day hinders me from approaching people. So that was one problem. The other problem was:

I needed to somehow find a job and get the ball rolling on really living here. I knew I couldn't get a job with zero understanding of the language, so I joined an *Intensiv-Deutschkurs* at the *Gasteig Volkshochschule.* Which, let me tell you, for someone learning a new language in their mid-20s who does **not** have a knack for it, meant that the 3-hour long classes that took place 5 days a week were brain-melting. Sometimes I'd get a grasp on a single concept or grammar rule but then, like Mark Twain talks about, the exceptions to that rule would be much longer and more difficult to lock in your head than the rule itself. I started asking Evi's friends and family about these weird grammar rules and, I kid you not, every single one of them said something along the lines of, »Oh, I do not envy you, man. Learning German is soOoOo hard. It doesn't make any sense! Den, die, der, das, I don't know! I just know it, because I've always spoken it.« *This isn't helping, Leute!*

What I found myself missing a lot in those first months were the friends I'd left behind in New Orleans. Making friends with Germans can be tough. They take a long time to open up, which means there are countless hangouts or walks where they don't share much at all, and (at least in my case) you're already feeling guilty for forcing them to speak English, so you just have to accept the lack-luster interactions. Then one day, some of them finally open up, and out of that group of Germans that starts sharing personal stories with you, a lot of those will probably become great friends. It just takes so long. At times, I thought it might not happen at all.

I did occasionally make temporary non-German friends throughout my consistently rotating language courses. I say »temporary«

because the unfortunate thing is that 99 % of the time, the only thing I ever had in common with the people I met, was the fact that we went to the same class. There just wasn't much to riff on after class once the coffee cups were dry. It was cool to meet people with the most random jobs from all over the world, but only a couple of people out of the hundreds I met during that time made it into a kind of »second stage.« After some time, even they inevitably vanished from my life and either moved away, or we just fell out of contact. I needed to look for friends somewhere else, and I needed to make some kind of money.

The very first job I had in Germany was hands down one of the worst employment experiences of my entire life. And I have worked jobs in restaurants, cafés, and even a gas station since I was 15. I didn't have a visa yet, and I wouldn't for a while, so I needed something »under the table« or »off-the-record.« Evi had spoken to friends if they knew of anything like that around town and soon the offer came from a friend of a friend of a friend, or something like that, who owned and operated a small bar near a university that sold burgers and fries. I thought at first, »Oh sweet, I've waited tables. I can make coffee. Plus, I might meet some college-aged kids who like movies and music and finally make some friends.« Oh, how naive I was.

I found out that I was going to be the sole cook in this greasy, dungeon-like, slippery, sticky, fire hazard of a kitchen, tucked in the back of a building between a sweltering hot parking lot and a pitch black bar area that was ran by some 40-something-year-old dude with long white hair who drank beer from 10 am on and barely spoke a word of English. He wasn't the problem, though. The problem was the guy who owned the place, the guy who hired me.

I honestly assume that in all these years since I've worked for him, he **must** have murdered someone. I mean, he was the most psychotic, spontaneously-explosive, dead-eyed pirate man on earth. He would come in from some local farmer's market with some fresh veggies to use on the burgers. Sounds kinda sweet until you know the full picture. He would come in, cigarette lit, greasy wife-beater on, apron already around his waist that looked like it hadn't been washed since before I was born, immediately drafts himself a cold beer, gulps half of it down, and then he would stand over my shoulder and (totally serious) SCREAM FULL VOLUME INTO MY EAR about how terrible I was at dicing onions or peeling potatoes.

Keep in mind, I have *never* been a cook, nor did I cook basically ever in my private life. I thought there would be SOME kind of a practice/observation period and time for a learning curve, but I was tossed into the lion's den with nothing. I would then proceed to come home every day, beaten and battered, and reeking of french fry oil.

I was so afraid of the guy that when I eventually got the nerve to quit (even though I didn't have another job lined up), I couldn't do it in person. I did it over the phone so I could hang up in case he started screaming again. Thankfully, I caught him in the middle of some FC Bayern game that they were winning, and he was drunk and in a good mood. I never had to return to that hellhole ever again.

Later, I was offered a spot at some brand new, hyper-fancy, overly pretentious restaurant/café near the center of Munich. The owner, was an absolutely delusional, selfish, money-hungry, cultural exploiter, who framed her entirely fabricated persona around being a good, charitable Christian woman. One day, as I was working with a new, young employee in the kitchen, training him on where things go and how certain meals are prepared, we heard a loud gurgling sound from our sinks. This kitchen was located directly under seven stories of businesses and offices, aka under hundreds of toilets. I think you can see where this is going.

Instantly, the sinks in the kitchen began filling up with shit-water. The plumbing in the building had become blocked somehow and it all exploded out onto the ground floor where this café stood.

Poop and pee and the sludge directly from the Devil himself came bubbling out and overflowing the sinks, as well as up from the drainage plates in the floor! It started overflowing out of everywhere and spilling out of the kitchen and out into the hallway. We called the boss lady for help, but she demanded we grab mop buckets and dump the shit goop into it over and over, then emptying the buckets out into the stormwater drains outside. Our shirts and pants and socks and shoes all got ruined with sewage, and when she finally showed up ... she »thanked us« from a distance because she didn't want to risk staining her designer clothes.

It was hours of this until she even considered closing down the shop for the day as opposed to her original plan of »delaying the opening hours for a little while.« I had to dump my socks and shoes into the nearest trash can and walked home barefoot. I didn't dare to take a bus or tram with all the shit on my rolled-up jeans. I smelled horrible. And still, after doing all that and getting barely a thank you out of Cruella, she still fired ME a couple of months later. I overreacted and screamed a bit but, hey, she needed to hear some truths.

I am happy to say that the poop cafe was my last job in gastronomy, and I cannot express just how much I do not miss it. Once I started working a bit for a cool radio station, and eventually making a living from my comedy, I was able to put all that trauma behind me. It was the search for friendship that was the real job I was focused on.

There's an inner battle you face when trying to make friends in a foreign country that I don't think gets talked about a lot. You have to make a choice of whether you make that friend in YOUR native language, or THEIRS. It really does make a huge difference from the start. You may have fun chats now and then where the languages switch up for a bit when you've got a grasp on things. But at least in my experience, nearly 100 % of the time, the language you speak or ask the person to speak will be the one you stick with for the remainder of that relationship.

And that can make for some difficult and awkward interactions where maybe sometimes you want to try German (in this case) but the moment a question becomes more nuanced or complicated, you can't get away with sounding like a beginner anymore. The power of communication is taken away. And communication showcases personality. So, in a way, you're not »you,« or the »you« you want to show others. You're this whole different weird-sounding person who is overthinking the grammar as opposed to flowing in a stream-state and getting to know the person you're talking to on a deeper level. That phase lasts a long time. It did for me at least.

I have some friends who call or text me only in German. I try to respond in German with them as much as possible. Sometimes, they speak in German to me, and I respond in English. For the most part however, my friends and I all speak English, whether the friends are German or not. It's just easier, and I'm so grateful that so many Germans CAN speak such great English. An ongoing joke I've made over the years, and see others making online as well, is the fact that a German will ALWAYS say, »Oh, sorry for my English,« and then use such profound and intelligent prose with absolutely laser-sharp precision and it makes ME sound like English is MY second language. It's ridiculous!

Meeting so many Germans who not only speak English well, but are excited to do so, really makes me regret the American education system even more, because if we'd always spoken Spanish (for example) since the first day of daycare, I not only would be able to speak that second language, but it would have trained my brain to learn German more easily. Learning conjugation from scratch in your mid-20s is painful, but so is trying to make friends in a new country while you close in on turning 30. That's why during my first year in Germany, I was going in and out of new potential friendships constantly.

It was like the world's most boring dating show. I'd drink beer at their apartment, they'd come drink beer at my apartment, we'd go drink beer at a concert, and if it didn't click, we stopped drinking beer together. That happened on and off with so many different people from all over the world, I can't even count. It was eventually at the fancy café where I made a deep and true first **friend**. That was about a year and a half into living in Germany. Keep in mind, back in New Orleans, I had the closest friend circle of 4 or 5 people that I spoke to every single day, not including running into people you know from all over the city at any given point.

So, all jokes aside, that was a very tough phase of my life. It was a lonely time. I didn't want to give up on Germany, not yet, and Evi was doing everything she could to help me live there as long as I wanted to. I think what really helped was that my music was getting some attention, and I was being given some cool opportunities, like performing at special »hip« events or being invited on a popular local radio station to play live. It felt like KEXP or Triple J or something and that most definitely encouraged me to keep pushing through the gaps in my private life. For those who may be in the same position now, I know it probably sounds redundant, but go to events for things that you find interesting. I play music, I love music, so I made my first couple of friends (ones that I still have) at open mics. I would mostly just watch people play, but I also sang from time to time. Being around something that I liked, whether or not I was alone, really helped. Even if I didn't make a new acquaintance every evening, I still had fun. And you gotta have some fun.

Ok, enough with the serious stuff. *Boobs! Farts!* Oddly enough, that's kind of what the next chapter is about, so buckle up.

CHAPTER 7

PRINCE OF PENISES

Let me tell you about how I was shoved head-first into the strange phenomena of German nudity as a person whose greatest concern in life is the thought that his naked body could be seen by anyone with functioning eyeballs. In the States, it's very easy to stay clothed. I was really professional at it. Did I develop a horrendous staph infection in my knee as a teenage football player, because I wore the same sweaty clothes in practice too many times while refusing to shower at school? Yes. Was it worth it? Yes. Plus, if you squeezed my knee, the pus was ... wild. TikTok would have loved it.

Let me break down just how bad my body insecurity was. Once, during a test in fifth grade, I was taking off my hoodie and accidentally took my shirt off with it in a moment of panic. There, in all my blubbery glory, I began to cry. The kids next to me must have thought I was having a mental breakdown because of the test. »Whoa, what the hell kinda questions did they give him?!«

But I would happily relive this memory every day for the rest of my life over being forced (even for one second) to cross-country ski. *Langlaufski,* as it's called in German. I prefer to spell it like it sounds: Long-lawf-shee. I don't know how anyone finds that rewarding or fun. First off, every man who has ever worn one of those full-body suits knows, without a shadow of a doubt, that we can see his penis. Same goes for the cyclists. I don't get it, how could anyone find that comfortable? And they must feel it being pushed up and pressed out like that, you're telling me that's *not* distracting? Okay, sure Hans.

But maybe I'm wrong. Maybe it's really something that doesn't cross their minds at all. I mean, why would that bother them when being fully naked in the sauna with strangers is a common occurrence? Maybe I grew up too sheltered, because every time I'm in a sauna, I'm incredibly aware of my genitals. Suddenly it feels like there's a spotlight on me, and people are about to come up and ask where I'm from because the circumcision gives me away as a non-native. Yes, this is my book, and now you know that about me. You made your bed, now lay in it.

Maybe the cycling shorts and skiing suits that lift up and push out all the wieners of Germany to the forefront for a snowy showcase really isn't something that they would ever notice. Have you seen these same people in the summertime? Go take a look at one of the nearby lakes or rivers. Come to Munich and let's stroll through the Flaucher area of the Isar river. Those folks bare it all. And I mean, their legs are open **wide**. Getting that precious perineum skin nice and sunburned. I was not ready for that when I first moved here. The German nudity is *still* kind of startling sometimes. It's the combination of being that bold and brave and in-your-face with it but without a perverted thought in their mind. However, I did see a naked man with a »Prince Albert« piercing that reflected the sun into our eyes as he masturbated between some bushes in Munich once.

But this is Germany. Even nudity has rules. I had to learn what the FKK is, and what an FKK Strand is. Imagine not knowing and then just seeing bare ass somewhere in the Englischer Garten one day with no explanation, and no one around you questioning it. I thought I was losing my mind, like I was seeing a ghost. »Do … you guys see that man, too?«

FKK stands for *Freikörperkultur*, which translates to »free body culture« and which is pretty self-explanatory. But there are only certain places where the freeing of bodies is allowed. Germans have a lot of pride in their freedom to do this, and you can always tell which ones have been doing it the longest, because they look like a leather chair.

But where you will always find naked people, every single day of the week, is in the sauna. Oh, how they love wagging around their sweaty dingalings and tee-tahs in the sauna. And it sometimes even seems like they're putting on a little show. I've seen a woman fully lay down perpendicular to me, her feet near my head, as she was spread flat on her towel, everything on full display. And she didn't even flinch at the idea of doing it. It was obviously her routine. That was crazy for me, because she clearly made no connection whatsoever between her nudity (in front of a man, or any stranger) and anything sexual or potentially weird. It's a part of the culture that has taken me years to understand. In the sauna-lovers' defense though, this is definitely more of a »me problem« than a »them problem.« Fat kid syndrome.

Over time, though, there is one **very** important rule that I've learned: *FKK (Freikörperkultur) »outside nudity people« are not the same as »general public sauna people.«* Now, there is some crossover, of course. Imagine, if you will, a Venn diagram of penises and where they overlap in the middle it simply says (in a thick German accent): »It's natural.« That mindset seems to be the general consensus between the two groups.

I will never forget my first true German sauna experience, because it scarred me for life. It was my first year in Germany, so I was constantly being bombarded with new things that I had to either learn about quickly and adapt or pretend to be okay with until I could escape into a bathroom stall and cry. This particular story falls into the latter category.

I had been invited on my first big family vacation by Evi's parents. We got along well, and I felt this was a big gesture on their end to include me. This was a big group. We had all the siblings, kids, it must have been nine or ten people altogether. There were three other men in this family group who, you should understand, had

had a long and well-established history together before I ever came to Germany. One was the main father, the next was his son, and the third was the first son-in-law of the siblings. All three from the same small town, all three with a healthy farmer's tan, and all three with the same passion for *SCHPORT*. I was definitely the odd man out ...

One day, these three men approach me and ask, »Servus Chordan, would you like to come wiz us to a special Sauna event?« *NO* (is all I could scream inside my head), but my mouth said, in an unusually high-pitched voice, »Yeah, sounds great!« I wanted them to like me. Of course I had to say yes! I had that painfully undeniable urge all of us humans feel at one time or another from birth until death where we want to FIT IN. You'll most likely see this being a common theme of mine throughout this book. Anyway, later that evening I approached the sauna at the agreed-upon time, fully imagining that it would be just the four us, *hopefully wearing towels,* with plenty of space in between, for a decent 15 to 20 minute steam in peace. Oh, how naive. I would quickly learn that this kind of »special sauna event« is what is known in Germany as an *Aufguss*. For those reading who might not know what that is just yet, you're about to find out. Strap in, folks.

There were over THIRTY people (of all genders, so all the wee-hoos and hoo-has were flopping around), ages eighteen to ... I don't know – a thousand? They cram us, butt-naked, into that sauna like a can of sardines. We are thigh to sweaty thigh. A stranger's wrinkly knees are touching my back as I sit down and, in all honesty, that right there is already enough discomfort and new experience for me to want to raise my hand and ask to leave like a kid does in the middle of a difficult test in middle school.

»Excuse me, teacher. I need to go to the bathroom.«

Unfortunately, before I could muster the courage to protest or find some excuse to leave, the event leader enters the sauna fully clothed. He comes in, turns towards the steaming pile of rocks in the corner of the room, while an audience of naked spectators watches on as if this was the world's weirdest magic show in some demented alternate universe. He dumps some kind of wizard's potion comprised of chili pepper and bath salts onto the stones, instantaneously creating this pungent, stinging aroma throughout the room.

Then, he takes a big white towel, and begins violently whipping it around his head, so fast you'd think he was trying to create the world's first man-powered helicopter. From its gusts, a type of Chernobyl-tornado is born, spiraling all around us, blinding us and stinging our skin! In my mind I'm wondering, »Is this what ALL saunas are like here in Germany?! Why do Germans like this? I'm not going to survive this country!«

At the ultimate peak of my discomfort, I felt someone's nose sweat drip off of their face and land right on my shoulder. Their sweat joined forces with my sweat, and together they took a little Hobbit's Journey down to my »special place.« I felt abused at this point! Before I could literally scream, the event leader opens the door. Freedom has finally returned into view. Oh, but it's not over yet. He stands by the exit as people file in line to leave. He holds a large bowl full of some mysterious white powder (probably baking flour or cocaine), and instructs the guests to take a handful of it, cover their sweating bodies in it, and then go across the hall to shower it off together (like a cult would do).

There we were, basking in this bright, sterile hospital lighting in the hallway. I could see that everyone's skin was swollen and pinkened from the acidic bath we just took. We all looked like expired Christmas hams that were left out on the display too long. My only goal then was to disappear. I sped over to the furthest corner shower in the room, and my plan was to wait everyone out until the whole place was empty. It felt like I was showering in slow motion, as I waited until the very last lily-white butt had cleared the space, and I could finally creep around the corner to get my precious towel, cover myself up, and immediately pass out in my room from shock.

I took my chance and walked towards the edge of the room (my towel waiting for me just around the corner along with freedom and comfort), and just as my eyes crossed the line of no return at the entrance of the main hallway … I ran into: THE FATHER, THE SON, and THE SON-IN-LAW, standing together in a naked trifecta power-stance, hands on their hips, asking in a voice that I'd find too loud at a concert,

»So Chordan? What deed you sink? Deed you like it?«

Nobody in their entire lives has ever made more perfectly unbroken, CIA-level eye contact than I did in those painstaking 60 seconds. Four men standing in a circle with wieners out and no one thinks this is an uncommon occurrence but *me*? Does that mean that, with these guys, this is NOT an uncommon occurrence? Is this how all these guys have always spoken with their friends in school? Is this how all the women talk to each other, too? Is this an American 1980s raunchy comedy where we're about to discover someone has cut a hole into the wall of the shower rooms and has been spying on us all along? I am an uncultured American! You see a naked person, no matter what or who they are … you look! It's a gut-instinct! But here I knew that would never fly.

I deserve a medal for keeping my eye level above the nose for that long. It's like they were testing me! »Let's see if he's circumcised, ja?«

Once they finally let me go, I grabbed my towel and hid under so many blankets back in my hotel room that you'd think they'd just rescued me from the arctic tundra. Teenage Jordan would have **never** survived an ordeal like that. Teenage Jordan's entire purpose in life was to draw attention *away* from his body, not towards it.

CHAPTER 8

PRINCE OF »GENAU«

Ask any Ausländer here in Germany, I'm sure most will say the same thing: moving to Germany is *not* a sweet, romantic story. There is no Nancy Meyers film about the *Ausländerbehörde. When Harry met Sally?* More like *Hannes und Sarah treffen sich, um über Versicherungen zu sprechen und beide sind überpünktlich.* Aww!

But more importantly, nobody (and I mean NOBODY) told me that the language I would be studying in classrooms, and in textbooks, and on apps, would NOT be the language that I would hear in my regular, everyday life. There is no »Entschuldigen Sie bitte, ich hätte gern einen Kaffee –« NEIN! That would be too easy. *Hochdeutsch* (as difficult as it is) is merely an illusion. Trickery!

Instead, there is only »Yoooo digga! Servus, alter! Was geht, bro? Moin moin!«

There's no delicate way to express it: I have a deep hatred for the word »Moin.« That's the word most people use in Hamburg for »Hello.« You know that sound when a car screeches to a halt, or when someone loudly chews with their mouth open? »Moin« hits me just like that. I know, it's ridiculous. But when I hear someone saying »Moin,« my brain splits in half. One half says »Oh nice, a friendly Hamburger!« That's what you call people from Hamburg, by the way. The other half is vomiting from the migraine that the sound has caused within me. Dear Hamburgians, it's not you, it's your greeting. But it gets worse! Much worse ... There are **so many** dialects.

There are so many dialects in this country that you can simply pluck a German out of some random town, point them in any direction and go 100 km, pluck out another random German and there's a chance that they will not fully understand each other. To put this into perspective, when my wife's mother and father first met as teenagers, they were from the same country. They were from the same state. Yet when they first interacted, they (nor their families) could not understand each other! Do you have any idea just how physically attracted you would have to be to someone to get over a language barrier like that? I just picture her dad miming eating food, speaking slowly, »Are you huuuungry? ... Do you want some Kääääsespätzle? ... Do you want to see my Weisswuuarst?«

The funniest thing to me about German dialects is how every region is convinced that their very own special little language is the coolest and most traditional. And each region absolutely dunks on every other dialect nearby. Like, people who speak *Bairisch* might mock those who speak *Fränkisch*, and those who speak *Norddeutsche* dialects won't even be able to understand something like *Allgäuerisch*. I hate to break it to you, Germs but all the dialects sound stupid. Don't get me wrong – I'm not saying they *are* ridiculous. I'm just saying: cool? Not even close.

I do feel the need at this point to emphasize that, as an immigrant in this country, I truly believe that it is important to make an effort to learn the language – *at least to an extent*. I don't understand the mindset of people who move to a country with a different language and they're not willing to take a single class or even download some kind of app to help them memorize key phrases in that new language. They make zero effort and borderline take pride in it (I'm looking at you, Americans). I find it disrespectful to the locals.

Yes, it's tough, and I am far from a role model here, but learning the local language will also help you settle in. It's not just about talking, language is a multi-faceted tool. I'm not fluent, but I studied hard to reach the level I needed in order to stay and extend my visa. It's just the rules of the game, people. But regarding dialects, it can be so frustrating when you actually take the time to learn the version of the language that's taught in class, yet encounter people on the street who sound like they're speaking gibberish. Here's a little metaphor I came up with to help you understand what dialects sound like to me.

Picture this: You come with me on a trip to the United States. It's an American fever dream where we're cruising up and down Route 66 in a red convertible as we try to memorize all the lyrics to Don McLean's »American Pie.« (Side note: One time I was telling this joke on stage and right at this moment someone in the crowd literally yelled out »Yee-haw!«) During this fantasy road trip, we stop at a diner along the highway. I wave over the waitress who's most likely going by the name of »Debby« or in some cases simply »Sweetheart,« and I begin to give our order: Two cheeseburgers, one with onions and one without. As she writes down the order, she turns to the cook at the back of the diner and begins to recite the order aloud so they can get started on it. But instead of saying »Two cheeseburgers, one without onions,« she says something completely indecipherable like, »Got a greasy Sasquatch with stinky britches, leave the mop bucket in the guttahhhh!«

That, in a roundabout way, is what dialects sound like to me. You're taught »cheeseburger« in class but are slapped in the face with »stinky britches« on the streets. Due to these seemingly endless varieties and grammatical exceptions, this language quickly feels like a rollercoaster that has careened off the tracks. It can be terrifying! Other times, it *can* be fun. Not fun like, »Oh, wow this is great! I can't wait to get back to German class next week! Yippee!« Fun as in, it's entertaining as you start to wonder to yourself, just what were these Germans smoking when they came up with some of these expressions.

If you take some common German expressions and translate

them directly into English, I find it a fun game where often even Germans can't figure out exactly what the expression is. Even better, the English translation almost never has anything to do with what the expression actually means. I'll give you some of my favorite examples here. To take full advantage of this game, try to resist looking at the German part before trying to figure it out on your own. I'll write the English translations first, and place the German under it, in case you'd like to play along at home.

Expression #1 – English translation

»Would have, would have, bicycle chain.«

Don't cheat!

Here comes **the original German phrase:**
»Hätte, hätte, Fahrradkette.«

This essentially means (in English), »Shoulda, woulda, coulda.« I love setting up the expression in English, and then, when it's time to use it properly, I use the direct translation to emphasize how nonsensical it sounds to me.

»Dude I swear, that girl at the bar was looking at me! I had a chance, but I didn't go up to her. I'm so dumb.«

»Ja, ja, man sure … well, as we say … would have, would have, bicycle chain …«

Expression #2 – English translation

»Lid closed, monkey dead«

Original German:
»Klappe zu, Affe tot!«

This means that something is done, over, or finished.

»Hey man I saw on Insta that you went to that concert! Is it still going on? Should I come?«
»Sorry bro, lid closed … monkey dead.«

Expression #3 – English translation

»I think my pig is whistling!«

Original German:
»Ich glaub, mein Schwein pfeift!«

This expresses that one is in astonishment or disbelief of something.

»Oh my god! You're telling me that Sandra cheated on Todd with another guy, and now she's PREGNANT?! I think my pig is whistling!«

Expression #4 – English translation

»Dead pants«

Original German:
»Tote Hose«

This basically means that nothing is going on, the party is dead.

I don't even have a great example for this one because I've always been so obsessed with one thing ... What are ALIVE pants?

Last, but certainly not least, we have
Expression #5 – English Translation

»Now we have the salad«

Original German:
»Jetzt haben wir den Salat«

Essentially, this means »What a mess!«

I love imagining that a German person might use this expression immediately following some of the most insane information that anyone has ever heard in their entire life.

»Wait, you mean to tell me that Jonathan ... OUR Jonathan from school, randomly caught fire and just ... exploded?!«

»Ja ... ja, crazy I know ... Now we have the salad.«

Thanks for playing my little game. That's just one way the language can be fun. But let's look at the language from the perspective of a brand-spankin' new immigrant who has found themselves in Germany for whatever reason and has just sat down for their very first *Deutschkurs.* They are not going to be learning expressions like these. These beautiful secrets come later via natural conversation. Beginners are not allowed to have any fun until they've earned it. It's the rules.

My first years of learning the language were daunting, to say the least. If an expat out there who migrated to Germany is reading this and thinks to themselves, »Well it wasn't that tough for me,« keep it to yourself. I don't need any more people to inform me that they went from zero comprehension to full C2 fluency in under a decade. I know more than a few people who accomplished this massive feat, and my only explanation for how this is humanly possible is that someone deeply hurt them as children and this is how they fill that hole inside themselves.

But whether it's those with superhuman powers beyond our scientific understanding who can master the language in just a few years, or it's those like myself who seem to be dragging their bare bellies across shards of broken glass in order to say a whole sentence in German to a stranger, my next point is that every single German-learner will eventually come across what I like to refer to as: **The Treasure Chest.**

The Treasure Chest is a cherished collection of words that every »newbie« will come across in their German-learning journey. These words can act as a tool of showing that you understand what's just been said to you. They can give the illusion that you are further along in your comprehension than you actually are. They are precious, precious words that come at a cost. If, as a beginner, they are used properly, you feel like you just pulled off the greatest diamond heist in the history of the world. However, »With great power comes great responsibility.« Shoutout to the Uncle Ben fans out there.

I can feel the stress of those non-Germans among you as you scream into the pages: »Don't tell the Germans our secrets!« Please don't come after me. It's time we came clean.

The Treasure Chest words are:

- *Genau*
- *Echt*
- *Achso*
- *Stimmt*
- *Passt schon*
- *Doch* (my personal favorite)

Honorable mentions include: *Entschuldigung*, *Klar*, und *Natürlich*.

With a decent grasp on these words, newcomers can go pretty far in a conversation with a German. By simply using »*genau*« in the right little spots, you can go further than you ever imagined in a German conversation before whoever you're speaking to gets suspicious. *Genau* is this weird language-based magical superpower! However, use it wisely, or you could easily *genau* yourself so far into a conversation that you find yourself being presented with someone's »Weißwurst« that you did not ask to see. This is your fair and open warning – use *genau* responsibly.

Before wrapping up this section, I would like to personally say something to the non-Germans who live in Germany, learning German, who may be reading this. I know that what I'm about to say may come as no surprise to you, but learning German is hard. There's no sugarcoating it. I promise you, it'll be worth it. So, if you're in that struggle right now, going to classes, using the apps, practicing with tandem partners for whatever reason – I mean it with all my heart when I say: Keep going.

CHAPTER 9

FAMILY OF PRINCES

Bringing two families from different parts of the world together comes with unique challenges. One challenge is having (nearly) every single uncultured American friend or family member make a thousand WWII jokes and as many inappropriate references to Hitler as humanly possible (with full confidence that they are the first person to ever do that). A perk however, at least for me as a comedian, is being able to observe all the seemingly endless cultural and behavioral differences between Americans and Germans firsthand.

A lot of the differences are easy for anyone to pick up. But the longer you live abroad, the more complex and nuanced they become. And what I can get **really** obsessed with is noting the differences between how our families do things. Like, how my mom might do something versus Evi's mom, or how something I did a lot as a child wouldn't even be considered an option over here. Let's look at medicine for example.

In Germany, the rule of thumb for when you get sick is usually self-medication: a scarf, a hike and a mug of tea. That is the average cure for a headache, a stomachache, nausea, heartburn, indigestion, diarrhea, a stuffy nose, a sore throat, an ear infection, a broken leg, and even decapitation. You name it. If you have a headache, and you want to pop into the pharmacy to get some ibuprofens, prepare yourself for a 10-minute speech from the overly concerned pharmacist who is treating these little pills like you're handling a lit torch in an old barn that's full of hay and doused in gasoline. »Be careful with these. Do not take too much. You must eat first. Do not take them on an empty stomach. In fact, are you sure you need these at all? Why are you doing this to yourself? Have you tried tea? Which tea?«

Compare that to how I grew up with the convenience of over-the-counter medications. My mom has a pill or a liquid for everything. Headache? Here ya go, take this. Your stomach doesn't feel good? Here, take two of these and lie down. You've got a cold? Here's a spray for your throat, a pill for your congestion, a liquid for the fever, a menthol balm to rub on your chest, a hot bag, a thermometer, a prayer for good luck and a little kiss on the forehead.

When any of us kids were sick, we did the same thing: We would tell mom and then, if we weren't clearly faking it, we could stay home from school. We'd watch daytime TV with her, like *Regis and Kelly*. We weren't a *Jerry Springer* household. I'd be lying on the sofa in our living room with saltine crackers nearby and a cold rag across my forehead. Evi on the other hand? She got a swift kick in the ass right out the front door, directly into knee-high snow where she then had to walk three miles to her school. Sick day? No, not unless you died. ZIS IS ZE GERMAN WAY!

Then there's food. Every morning, Evi's parents have pretty much the same meal. Her mom eats some combination of fruits, berries and mixed, unsalted nuts. Like a bird. *Maybe* she'll have some 0.01 % fat yogurt with it if she's »treating herself.« Her dad eats little diced up cherry tomatoes, drizzled with olive oil and sprinkled with salt. Every single day. This combination always makes me think of some post-War soldier's routine. Or it sounds like prison food – a very *healthy* prisoner's meal, mind you. And Evi, she eats (as many Germans do) a standard muesli with some fruit in it. For those who don't know that word, it's basically oatmeal.

This is NOT how we Americans eat breakfast, at least back in Mississippi. I'm always going to crave one of two kinds of breakfasts: either something warm and savory (having been raised in the South on scrambled eggs, bacon, biscuits, and sausage) or some kind of cereal. I have enough self-control at this age to not get the absolute sugar bomb stuff like Cocoa Pebbles or Cookie Crisp (yes it's a »cereal« made of cookies), but I do understand that there is no such thing as a truly healthy cereal. If it has corn flakes, some almonds and the word »honey« on it anywhere, I'm most likely going to try it.

Now that I've lived in Germany for so long, though, I have to add one more favourite to my all-timer list: Brotzeit. *Wow, shocker!* We'll make one on the weekend now and then, and whenever we visit other Germs, it tends to be what's spread on the table. You won't hear me complaining, though! It's also a common dinner here, and I will always be down for fresh bread, butter, some Leberwurst, fresh ham, maybe a little camembert. Are you guys getting hungry? I sure am.

My parents-in-law also cook a lot. They do go out to eat from time to time, but they almost never order in or get something delivered. My family on the other hand? We've always eaten a ton of takeout food. Whether it's having pizzas delivered, or some hot wings, or my mom going down the road to her favorite burger place, Sonic. We have a completely different relationship to ordering food in comparison to the Germans-in-Law. This doesn't mean my mom *never* cooked, let's not forget that magical breakfast pizza and those chocolate biscuits, baby!

But if we really want to get down to the brass tacks here, we have to bring up the insane difference of how our mothers handled treats around the house. It's actually ridiculous. If there was a snack-spectrum, my mom would be on one side and Evi's mom would be on the complete opposite side. If a leprechaun was searching for the end of a rainbow, it would be on MY mom's side, which holds the pot of gold. Here's why:

Snacks in the Prince home were but a way of life. Have you ever experienced the slutty pleasures of Little Debbie and her oatmeal cream pies? **Of course you haven't.** You don't know her like I do. We have a special bond, and you won't take that away from me. Little Debbie was my first true love, and she remains the best I've ever had, damnit! Little Debbie isn't just »serving cunt« as they say (sorry mom). No, since day one she's been serving cakes, cookies, crackers, and chips in my childhood home. Sure, did I grow up a heavier set young man? Yeah, of course. But do I sit here in my thirties as I write this book and still salivate at the mere thought of slamming back a freshly chemically-processed Honey Bun? You bet your sweet ass I do. We had snacks galore! Having a bottomless pantry of sugary and salty treats isn't the »healthiest« way to grow up ... but we were happy. Fat ... but happy, okay?

Compare that to Evi's childhood. Famously, her mother didn't keep a *single trace* of treats around the house (outside of the occasional fruit or berry, which clearly doesn't count). Evi, that poor girl, was definitely born an American stuck in a German body. She would hunt through her childhood home when her parents were gone for any semblance of the tiniest grain of sugar that she could trick herself into thinking was a snack. Only for her to open a small dry bag of those thin, Catholic communion wafers from time to time. And those are basically dry, flavorless air-crisps that she would close her eyes and *pretend* was a gummy bear or a piece of chocolate. She was like the world's most incredibly privileged prisoner ... A communion cracker was *her* Honey Bun. It's basically a fart in the shape of a nickel. But less tasty.

Whenever we visit nowadays, my mom always finds some sneaky little way to leave us with bags and bags of my favorite childhood snacks in whatever car we're driving on that trip. Like, if we rent a car and visit her, the day we leave to go to New Orleans or see Bruce in Nashville, somehow there will be four shopping bags full of all the best snacks that the US has to offer. It's very sweet, and she knows I love that. I'm a boy from the South, and I'm the youngest, so I know that I'm »the baby.« And I'm so lucky for that. These days, when it comes to Evi's mom saying goodbye at the door, we definitely get a hug and a smile from her as well, and sometimes some tasty sandwiches with locally butchered meats and a »healthy« slab of mayo for the road. So as time goes on, perhaps our moms aren't so different after all ...

Nah, they're pretty different. But they both love us and that's what matters most.

CHAPTER 10

PRINCE OF SPRUDELWASSER

I'm a slow learner.

As my mother, wife, and closest friends read this, they're thinking, »Yeah you are!« It's not easy for scatter-brained, previously-sheltered people like me from a small Southern town in the United States to just up and move to a major city in some foreign country. Starting over isn't easy for anyone, for that matter. Now imagine starting over but you realize early on that you struggle much more than others when it comes to learning the language that you now need to speak *as much as possible.* Simply put, it took me a very long time to get my bearings here in Munich. Although to the shock of no one, I still trip and stumble over myself (literally and metaphorically) more than Mr. Bean in a Three Stooges movie. Thankfully social media eventually showed me that many, many people were struggling in the same way.

Learning the language is a consistent battle for many. However, an unexpected, albeit beneficial skill of mine developed over time due to the language barrier ... I unknowingly became incredibly adept in the field of reading body language. I was gathering more information from watching people in these awkward silences than I was from speaking to them. It was fascinating. This, I assume, was the beginning of my observational comedy career. I just didn't know it yet.

There are a few things that I've observed over the years about German culture overall that seem to remain true and constant.

Germans (particularly Bavarians, in my experience) don't show *a ton* of emotion unless intoxicated. I can't tell you how many scheduled and punctual hangouts I either accepted the invitation to or set up myself where the first 10 to 20 minutes were comprised of painfully uncomfortable small talk. This can be true regardless of nationality or background, but when you're trying to make friends and you realize opening up to others isn't always received positively, you can find yourself at a crossroads.

On occasion, it was difficult to know if they were enjoying themselves in any given scenario. I had to learn the hard way that most Germans keep their private lives private until they know they can trust you. I respect this mindset in hindsight, but me being American means that the speed in which we would tell our lives' stories were not going to be the same. Making German friends is like auditioning for an acting job. There are many applicants, and you won't know from the interaction if you'll get a call back or not.

Over my years of »auditioning« for German friends and trying to expand my inner circle, I found that Germans are truly passionate about some things, generally speaking, of course. Those things are:

1. Tradition. Germany has a *very* old culture, particularly in Bavaria, so there are many things that multiple generations have and always will do, for example: Oktoberfest, Catholic/ Bavarian Holidays and rituals, traumatizing others via Krampus or Struwwelpeter, etc. You get the gist.
2. Mountains. My father-in-law regularly attempts to teach me the names of the surrounding mountains in his region of the Alps. It's been ten years, and I have memorized ... one. Two if I'm drunk.
3. Guilt. Maybe this is a stretch, since it's more of a general Catholic practice than specifically a German one. However, Germans, much like with their engineering, practice perfecting it more diligently than anyone else.

4. Lakes and rivers. Germans love and take incredible pride in their crystal-clear water. It can be their tap, their nearby lakes, the streams, or rivers. No group of people have a deeper connection to water than Germans (unless we eventually learn that Atlantis is a real place, and »Mer-people« exist). I think it makes complete sense that Germans have this love, respect, and admiration for their water. They need something *pure* to balance out all the insanity of their everyday lives (or maybe they just want to stay hydrated after all the Sport they're always making).

There's an unspoken rule amongst the natives here in Germany. One that not many people know about. They say: »No experience can be so bad that it cannot be washed away by diving nude, headfirst, into an icy lake in the month of December.« Germans love bodies of water, and they love their bodies *in* water more than any other people on this planet. At least in Europe. We all know Russians, Finnish, and Alaskans are another breed. And yeah, I know, Finland is in Europe, but it's mentioned separately for the purpose of this joke.

Lakes, oceans, ponds, puddles, pools, rivers, and creeks galore, you'll *probably* find a naked German in one of them at any given time. That's just the truth, sorry. Don't listen to me. Until I was well into my twenties, I didn't know that basically *most* lakes are swimmable. Yeah, you can just straight up jump in those things most of the time. I was raised on American slasher films so there will most definitely be a mentally deranged serial killer watching you swim as he wields a machete and/or chainsaw, donning a skin-mask stitched together from his previous victims, but he WILL wait for you to get a good swim in before taking action. Most of those woodland murderers can respect a good backstroke when they see it. But for real, I just didn't know that most lakes are swimmable until much later in life. My family and I didn't go to many lakes! Don't look at me like that.

It was definitely pure ignorance, though. I'm great at that. I had lots of friends that would go swimming at any number of beaches within driving distance for summer break. And I'm from the South, so I knew an unholy amount of »rednecks« from my high school who would go and get hammered on some river every weekend while claiming it was a »fishing trip.« That was just the norm. But it wasn't until I moved to Germany (particularly to Bavaria), that I began monitoring and observing the German behavior all around me. I could, without any espionage training whatsoever, notice their obsession with all the rivers and the lakes within cycling distance. It was after months upon months of reconnaissance (mostly under the influence of freshly grilled sausages and an insurmountable level of drunkenness), that I finally saw Germans for what they truly are … Germans are fish that simply evolved too far. **Hear me out.** I swear this will make sense in a second.

Fish have rules.
Fish have routines.
Fish are e-*fish*-ent … I apologize.
Fish do not say hello.
Fish stare at you.
Fish are always drinking.
And finally, fish are constantly »making Schport.«

Anyway, back to German water. Specifically, German *tap* water. Whenever I've said, »I'm going to talk about German tap water« on stage, there's always a mixed reaction from the audience. Maybe it's the Germs discussing amongst themselves if I'm going to be tough or kind about it. It's water! But I do love it. I really love it. The first time I took just the slightest sip of German tap water from my own sink … Oh dear God! I nearly fainted.

I had just come from New Orleans, where there are regular water boiling advisory warnings. Honestly! Sirens would go off, and news reports would burst on screen telling us that our *Leitungswasser* (tap water) had tested positive for **brain-eating amoebas**! They'd say that not only should we be boiling it before drinking it, but also before bathing. That was the norm! And in all honesty, as I write this, I'm not sure if the situation has gotten any better. I hope it hasn't gotten worse. If so, I'll bet that New Orleans will be ground zero for the zombie apocalypse. There's going to be one eventually, it might as well come from the most haunted city in the United States.

But back to that first sip. The German Water Phenomenon. Something changed in me once I drank it. I felt downright enlightened. I was ... awakened. Information came to me from some other world that had never crossed our mortal plane before. Information like, did you know that *pee doesn't have to be brown?* Did you know that *tap water doesn't either?* And I haven't even begun to talk about the water from deep down in southern Bavaria near the Alps. You turn on the faucet anywhere down there, and it's like you're sipping on some mystical ancient spring that trickles down like God's own personal nectar from the highest peaks all the way down to you personally, Ben. If your name is Ben.

I'm being serious, though, if you're trying to convince someone to move to Germany, and you are making some kind of list of all the positives, you HAVE to put tap water somewhere on that list! Okay sure, there's a better health insurance system than in the US, and, of course, there's great education! There are caveats of course.

In German restaurants, you have to *order* water, and you have to *pay* for the water, unless you have the balls to ask for a glass of *Leitungswasser*, that is. But let me ask you, what's better? A free glass of sludge from your local American Applebee's or crispy, clean, mountain spring water served with a side of unwavering German disdain? You turn to your imaginary German waiter who has just asked you with all the attitude on Earth what you'd like to drink and you ask, »Can I actually just get a glass of Leitungswasser?« You begin pouring sweat. The waiter immediately asks: »Echt?

Leitungswasser?« He then rolls his eyes (in German, mind you) just to say in the sassiest way possible, »Ich bringe Ihnen gern ein Glas *Tafelwasser* für zwei Euro fünfzig (2,50 EUR).« If they're being nice. There are cases where the waiter might say, »*Leitungswasser bestellt man nicht.*«

When that happens, my brain (along with my self-control) explodes. I feel like unloading on this guy with the deadly combo of minimal blackline tattoos, a moustache, and a black shirt/mini-beanie combo. Instinctively, I think to myself, »Oh ok! Do you want me to beg, Hans? Is that it?! I would rather *die*!«That's right. I would rather »let go and let God« right here in this Munich dive bar that's blasting indie rock that was popular eleven years ago! I would rather fade into ash right here next to the unnecessarily large mason jar covered from top to bottom in scotch tape residue that is acting as a tip jar. And here's my tip, pal: »We should make a complimentary glass of tap water the norm whenever you sit down at any place of business.« Full stop. The fact that this does not happen in Germany will forever confuse me!

This is not the only thing that confuses me on this topic. No, no, no, that would be too easy. It would be too simple! No, I am (singularly, it would appear) confused about the German water labels that we have here! Stay focused, I'm onto something: »medium water?« ... It's the same size as all the other bottles! For the record, I am kidding. I know what »medium water« is. Medium water is what happens when you buy a regular sparkling water bottle but then forget about it in the floorboard of your car for a few days, only to find it rolling around under your seat on the day that you finally chose to clean out the trash. But in Germany, apparently, people want to buy it that way because that's how it's sold in stores.

Draining the topic of water here (pun intended), it wouldn't be fair to only criticize *Germans* for their sparkling water obsession. Americans are weird about it, too. If someone from Texas, Georgia, Mississippi, Louisiana, Arkansas, Florida, or either of the Carolinas hears the words »sparkling water,« they think you've just ordered a glass of gold-crusted pearl-laced diamond water. You cannot order a bottle of sparkling water in the South without getting some looks from nearby customers.

It's wild. Imagine sitting down at some small-town diner and you have the gall to ask, »Pardon me, but do you have any Perrier?« Oh, it's over for you now. Southerners at neighboring booths will ask things like, »Ohhhh, look who won the lottery?!« or »Come on kids, come gather 'round, this fella here thinks he's better than the rest of us! Make way for Mister Money Bags!«

For now, let me speak right to the heart of the Germans who may be reading this: Your tap water here is *so* clean, and the taste is *so* good, where along the line of your people's history, did you get tricked into believing that *Sprudelwasser* is preferable? At this point on stage, I normally say a risky little joke: »Although it wouldn't be the *first time* that Germans were tricked into thinking something terrible was the right choice ...« This is almost always followed by groans and uncomfortable laughter, which I eat up like chocolate cake.

CHAPTER 11

PRINCE OF HORRORS

The modern German parent, at least through my own observations, does seem, from time to time, to give their children a hug. I hear some of these parents acknowledge their children with terms of endearment like »Schatz« or »Maus.« This gives me hope for the newer generations of Germs who will eventually roam the planet. Because let me tell you, when I learned of the jaw-droppingly horrific bedtime stories that a lot of German children listen to while drifting off to sleep, I didn't eat for a week.

I truly believe that back in the day, there were so many German kids straight up traumatized by their bedtime stories. But when asked about these stories, they often reflect on them with the glazed-over fondness of a bank heist hostage with Stockholm syndrome.

In one story, a kid gets his thumb sliced off. Clean off. Gone. In another story, a girl catches fire and dies, and local cats cry over her ashes. This is the kind of narrative we're whispering into our children's ears here in Germany before sleepy-time? Oh, oh, let me guess, »So our kids can learn an important lesson?« Get the fuck out of here.

I can get behind *some* of the stories that German kids love, like *The Gruffalo*! In that story, no one dies horribly! No one gets parts of their body chopped off. When you finish the last line, none of the cute, furry forest creatures have been mutilated or slaughtered and put on display in the town square as a warning to the outsiders. In *The Gruffalo*, a fearful mouse lies to the bullies of the forest in order to eat some nuts in peace. THAT is how you can tell the story doesn't originate from Germany. It's a British tale. Which, when you think about it, makes one curious that all the mouse wanted was some nuts and not some *»beans on toast, mate!«* ... (Jordan, relax, one culture at a time here).

Let's get into the main baddy of the bunch, *Der Struwwelpeter* (for the non-Germs out there, »der Stroo-vell-peh-ter«). Page **one** of this children's storybook opens to a horrifying image of a demon-child with frizzled, scraggly hair, all puffed out, fingernails that are half a meter long, and an expression that seems to scream out to the reader, »Kill me, please, I can't take this anymore.« Naturally, since this is a book for the children of Germany, it's a book of lessons to be learned. *Ze rules ah imbedded into ze Kultur from ze start!* The lesson here? Comb your hair and cut your nails ... You'll see this pattern a lot, here, where the imagery is on par with LiveLeak beheading videos, but the lesson is like, »Say please and thank you.«

I mean there are so many German bedtime stories that are so unspeakably horrific, that I simply don't believe any Germans who say, »Oh, we thought it was funny.« I just see them as victims. Then again, people thought Ted Bundy was handsome and found Charles Manson very charming, so ... who knows? Me. I know. This stuff is weird. I'll break it down.

There's one story of a little girl who played with matches. I'm sure you can already imagine where this is going. She has two cute little pet cats who, as they see her picking up and striking matches for funsies, start meowing in protest, waving their paws in the air, attempting to communicate that she's not supposed to be doing that. So far, hilarious. Does she accidentally burn a beautiful painting her mother warned her to be careful around? No. Does she burn some of her dress before the big formal event she's supposed to attend that evening? No. She, herself, catches fire. The girl. She burns ... to death. She dies! By fire!

I know I've said this many times so far, but just to hammer home my obsession with this book, this is for children! I'm just imagining the parents reading this at bedtime like, »Und zen she died and burned to ash and ze little kitties cried because she died and was now dead forever. Ze End. Goodnight now, little Hannes.« Do these parents just turn off the light and dip? If I was one of the kids who was read this at bedtime, I would not sleep. I would feel like one of the characters in the *Final Destination* franchise who narrowly avoided death and is now afraid that everything around is trying to kill them.

The last one that I want to touch on from this particular book is another absolute *masterpiece*. There is this little kid named Konrad, and apparently he's well past the age where a little kid should be sucking their thumbs. Every kid and parent go through that process, getting rid of pacifiers or other oral fixations. But little Konrad's mom handles her little boy's transition phase just a little differently. Before she leaves him for the day, she says something like, »Okay, Konrad, I'm leaving. Remember, don't suck your thumb while I'm gone because if you do, the Tall Tailor will come and *slice your thumbs off* … and you know, thumbs don't grow back … okay, bye!« I'm sorry, is this mom high? What a warning! »Hey I know you're having some issues with quitting that habit so … ya know, just stop or some man will come and cut off your thumbs!«

And well, that's exactly what happens. In this children's bedtime story. A story that is read to kids who most likely still suck their thumbs. A man, a tall tailor with a pair of scissors as large as the ones that mayors use to cut ribbons, bursts into this child's home and cuts off both of his thumbs. The boy (literally drawn this way) is just standing there with no thumbs and blood dripping onto the floor. The boy has no thumbs forever now. How will he ever grab anything ever?

Losing your thumbs means completely re-learning the machinery of how your everyday life will function. The tailor might as well have just taken his whole hand! Did the tailor keep the thumbs? Does he have jars and jars of severed thumbs in his workshop? **I have endless questions about this.** But we have to move on.

There's one more children's story I have to talk about before getting into the real cream of the crop, Krampus. It's a short, rhyming story of (you guessed it) lessons to be learned, called *Max und Moritz.* Now, simply put, Max and Moritz are a couple of real psychotic asshole kids. In the first paragraph of the story, these two brats literally murder four innocent chickens in such a gruesome way that the lady who owned them cries her eyes out. That's paragraph one.

The rhythm of the story goes like any other Dr. Seuss style rhyming narrative. The boys are pranking people and animals all over town. They're total dicks, no getting around that. But since this is a German tale, instead of the boys getting punished by, let's say, refunding all the things they stole and being forced to rebuild all the things they broke, they are murdered. No joke. A farmer throws these two kids into a bag, and his buddy tosses them into a MEAT GRINDER. The two adult men smile as they hear the machine creak and crack (love the added atmosphere), and then the boys are crushed to death and turned into duck food. The town celebrates and cheers.

So if you're not picking up on the rule of »thumb« in Germany's bedtime story world, let me spell it out for you: kids shouldn't do bad stuff or they will be murdered ... or perhaps tortured so badly they'll wish they had been murdered. Again, I'm just picturing the German parent closing this book and saying »Gute Nacht ... sleep well, or I will come in here and rip off your eye lids with rusty tweezers. Love you!« I mean, good Lord. It makes me wonder if Germans only have nightmares? Like, if dreams are just nightmares to them and, they don't know any difference? How could they have nice dreams after hearing stories like this before bed every evening?

Knowing these bedtime stories, which, I am very sure, were the inspiration for the *SAW* franchise, you'll understand that »horror«

is deeply, deeply rooted into the souls of not only Germans, but Austrians and those crazy Swiss. The mortifying bedtime stories go hand in hand with Germany's stick-swinging monster culture.

I think it's time to hit you with what I still (even after all that) consider to be the most insane and terrifying aspect of German culture: **Krampus.** It still blows me away to this day that people from certain regions of Germany are so comfortable with blackout drunk monsters jogging through their town squares and beating up people with thick, stinging sticks. In the American South, we call these sticks »switches.« I'm not sure why. I imagine it was because, when you got whipped on the ass with them enough times, you would »switch« up your attitude and start behaving like a good boy.

As a Southern kid, by the way, there was nothing worse than your aggravated parents stopping the car along the road just so they could go snap a »switch« off of a nearby tree to smack across your chunky booty with, as you plant your hands on the trunk. It sounds insane in hindsight, but it's like an episode of »COPS« and instead of a criminal who stole a car, you were a pre-teen who didn't want to share his neon-green Gameboy Color with his annoying brother, so you tossed it in the floorboard, causing a scene. The end result is the same: »Hands on the vehicle!« but instead of a taser ... it's a tiny, wind-resistant tree branch hitting your butt if you're lucky, and your upper thigh if you're unlucky.

Perhaps these experiences made me especially vulnerable for the Krampus experience. In fact, since this is a book after all, and we should be as accurate as possible, I *should* refer to them not as Krampus, but as »Klausen.« This is the word used when talking about the monsters in this specific small village where I was, for lack of better word, tortured. You would think moving to a new country for someone you're romantically involved with would guarantee that you'd be given a full breakdown of what to expect regarding this new culture. Did my German girlfriend sit me down and say »Heyyyy, sooo ... there's some weird demon shit happening when it snows that I gotta warn you about.« Hell, no! She certainly did not have a sit down with me. Did she warn me that everyone in her hometown takes such joy and pride in this »tradition« that it's not even remotely discussed as to how borderline cultish and bizarre it all is? No, I was not forewarned that blackout drunk 19-year-old boys with father issues would be let loose in the streets with sticks and whips, donning dead goat heads as masks … Relevant? Sure. Worth mentioning? You betcha.

No, she most definitely did not bring up that little gem. Ya know, you don't actively search for things to resent your partner for, but goddamn. My up-close and personal experience with these bloodthirsty demon people starts off simple enough, right? The family and the invited family friends all come together in this one house in the center of this village. There's Wurst und Käse und Glühwein und Bier. At some point, as darkness blankets the village, the townsfolk line the streets as you would in anticipation of a parade. Except in this case, instead of large balloon recreations of beloved cartoon characters, and local celebrities waving to everyone and tossing out miscellaneous candies and treats, it's Hell on Earth.

Imagine, if you will, the average »Klausen« is a 213 cm tall (6 feet, 9 inches) abomination dressed up as this bloody, goat-headed, Yeti-Sasquatch hybrid psycho with bull horns protruding out of their temples and, most importantly, they're hammered. At the moment when all the civilians have finished lining the streets, the »Klausen« run down the hill into the center of the village in this enormous hoard. The scariest part is you hear them long before you see them. Why? Oh, it's just the super cool fact that they wear these *huge* heavy-as-fuck steel cowbells that bang incessantly on their belts as they run and it … is … mortifying. In fact, I still get PTSD when I hear someone ring that tiny bell at a hotel reception. The sound lingers. It thrives on your fear.

Now, they've run through the town in a punishingly loud hoard, and in that very moment no one leans over to tell you, but somehow you feel it in the deepest corner of your stomach ... »it's begun.« From this second on, if you are in the streets (where German friends told you to come and watch), you are their prey. Tell me this isn't inspiration for the movie *The Purge*. Get out. Get out of here. A24, Neon, we're looking at you.

Anyway, suddenly you realize that being in the street is the **worst place** you could be, so you run inside the house you were invited to and feel safe. This is where you fuck up. No one is safe. Reader, look behind you. You're not safe ... Reader? Reader, look ... Oh my god he has a knife, look right now! See? Isn't that feeling awful?

We're inside the house where I stupidly felt safe. Everyone else is cool as a cucumber. We're drinking Glühwein, some are talking like they would at Christmas dinner, as we can't help but overhear the screams of strangers running by the window. How can it be that we are collectively pretending that THIS is normal? It was »normal,« that is, until, for some ungodly reason, the »Klausen« came loudly banging on the door of the house we were hiding in and someone (who, I hope, has been greatly punished by karma) let them in. I am about 3 seconds away from shitting my pants in terror.

They come in screaming, howling, growling, grunting! One of them has a real, severed chicken head (neck included) in his hand, blood and all. He stomps up to the table we were shivering at and plops it down in my friend Sarah's wine glass. With all the grit and might of a Viking with a smoking problem, he grunts, »DRRIIINK IIITT.« Now, Sarah is my American friend who was visiting at the time. Like »keeps a loaded pistol in her purse« American. But more importantly, she has much bigger balls than I do. Gun or no gun. So, she slid that glass of chicken guts back in the guy's face and said, »YOU drink it!« ... and he did.

Things calmed down for a bit after this. Believe it or not. Was there a severed chicken's head on the table? Sure. But the guys took off their monster helmets and they started drinking beer. They were eating food. The relief came in actually seeing the real young men's faces. In my mind, at least during this brief reprieve, all was safe once more. I naively thought that the danger was over until, around 30 mins later, these guys decided it's time to *get back to it* because, »those kids out there aren't going to torture themselves.« Then, once those helmets of theirs clicked back on ... they **immediately transformed** back into these cryptid serial killers ... grunting and gnarling and seemingly doubling in size as their anger grew. This time, however? They were taking prisoners.

They ripped me out of my seat by my shirt collar and dragged me across the entire room towards the front door as my feet helplessly kicked behind me in a full-blown panic. I reached my arm out to the table in anguish, hoping that someone ... anyone might be able to help me ... but all I hear in the chaotic moment is my friend Sarah's voice, as she waves her tiny little hand, and joyfully says, »Bye, Jordan!«

They tossed me out on the front lawn and forced me on my knees. One of the bull horns attached to one of my captor's masks scraped me along my forehead, so I had blood pouring down one side of my face and staining my now ripped and torn shirt, there in the cold darkness. They made a circle around me, all of them holding some form of whip or chain or stick as they breathe steam into the frozen air, and suddenly this deep voice screams in my face, »*SING!!!*« And the only thing that I could think of singing in that moment, amongst all that pressure, amongst all that stress was »Hit Me Baby One More Time.«

Thankfully, in that moment, a few courageous teenagers ran by taunting the »Klausen,« so they got distracted and chased after them, leaving me the opportunity to head back inside. However, once I closed the door behind me and re-entered the dining room full of my so-called friends, no one even looked up from their dinner. I looked like I had just gotten into a fist fight with a fucking crocodile.

I was shook but for the Germans of this region ... this was just another Wednesday.

CHAPTER 12

PRINCE OF OKTOBERFEST

Americans often do things that Germans could NEVER conceive of doing. For example, think about the average German who gets a pet dog vs. someone like my mom. You see, a Germ gets a dog so that they have *more* reasons to be outside – in the park, on the jogging trails and hiking paths. There's even *more* obligation to make that »Schport!« My mom, on the other hand? Her dogs don't get walks because of their allergies. Instead, she puts children's cartoons on the TV when she leaves the house to run errands so that her pups don't get lonely. No, your eyes are not deceiving you. It's as interesting as it is adorable. She also puts a *tiny* little drop of fabric softener in the doggo's bath water so it comes out extra soft and fluffy. And that's just my mom. She's not *that* absurd for doing this. But some other Americans do truly crazy things that people from other countries would **never** do.

This is one of those things:

Our next story of American absurdity takes place right here on German soil. In fact, it happened on the most quintessentially German soil of all: Oktoberfest. And there, an American truly did the unthinkable. Thank God that for once, it wasn't me.

Here's what happened: A few years ago, I was asked by a company if I could host three American businesspeople at the Oktoberfest for one evening. I was informed that we could order whatever we wanted, and that everything would be paid for by the company that hired me. For those who've never been, Oktoberfest (or »Wiesn« as it's called in Bavaria) is notoriously expensive. All I had to do was hang out with three Americans at one of the most fun places in Germany, and it would all be for *free*? My »yes« came out embarrassingly fast.

I went home, and I squeezed myself into my finest Lederhosen. I was not about to half-ass this job. I told the group where to meet up, and when we finally found each other, I was introduced to the American VIPs. It was a lovely couple in their mid-sixties named Tom and Angie who owned a business, and their assistant Samantha, who was a little closer to my age than she was to theirs.

At first, everything went off without a hitch. I was pulling out all the stops. I wanted to blow their minds with the classics: Obazda, pretzels bigger than your head, and whatever a Knödel is. I ordered a whole plate of them. And *of course*, we had to get what everyone really comes to Oktoberfest for: that crispy, oh-so-precious, overpriced beer.

Now, it's not like I was hosting a frat party or something. There was no intention of getting h*ammered* – at least on my end. Yet I couldn't help but notice that Samantha finished her Maß in record time. Being an eager employed servant with a goal to please, I ordered the lady another one, of course! This, dear reader, was a grave mistake.

Samantha proceeded to knock down another half-Maß before eventually asking where the nearest toilet was. I pointed out one of those white-walled, pay-a-lady-with-a-coin bathrooms. Samantha first attempted to go around a table occupied by some burly, large men, but she couldn't fit through there. So, with the confidence only German beer can provide, she stepped onto a rickety beer bench and started to tight-rope it (like those hippies at the riverside, ya know?). And then she ate shit – *hard.*

The poor woman face planted onto the pavement, shattering her glasses and her face. Everybody within a 20-meter radius saw it. I ran over, the security guard ran over, the toilet lady ran over. It was a *scene.* I rolled her over (like she'd been shot), and I saw that the shards of glass had cut her eye socket. She was bleeding down the side of her face.

Me and her elderly bosses peeled her off of the road and got her over to the emergency tent. When we got there, the officials took her in, and they said, »She has to come in alone.« We consented, assuming the night was over. I was thinking »Oh, should I tell them to go that way for the train? Or, maybe there's taxis over here ... blah blah« We were all sharing glances toward the exit.

That's when Samantha approached us.

She came out of that Urgent Care facility wearing an eyepatch (like a drugstore pirate), blood splotches and all. We checked on her, we asked her how she was, if she was okay, and she seemed fine. We started doing our farewell handshakes. We took a couple of deep sighs, nodded our heads, and just as I was about to point them home, Samantha piped up. She said, »Wait! Wait a second ... there's one more thing I have to do.«

I looked at her bosses' faces and realized pretty quickly that they had no idea what was about to come. Neither did I. But I was still on the clock. So, I said, »Oh, yeah ... of course! Did you want to get one of those large Oktoberfest cookie hearts? Or maybe one of those taxidermied turkey hats that clap on your head?« Samantha's reply took her from »that drunk lady that smashed her face at Oktoberfest« to the craziest person who has ever lived.

She said, »There's one more thing I have to do.« She reached into her purse and started to reveal what looked to be a large glass jar. »I promised my husband. God rest his soul«, she continued, »that I would *spread his ashes* at Oktoberfest.«

She proceeded to pull out a double XL dill pickle jar full of **human remains.** I observed her bosses' realization that Samantha had not only snuck the ashes through TSA, but also into the hotels, as well as into the taxi rides. Had she really thought, »This is going to be so lovely for me as well as everyone involved«?

The fact that she transported her husband's remains in a dill pickle jar just says so much about this woman, to me. Normally, human remains come in a sealed plastic bag, which is then placed in some kind of ceramic urn. Did she take out that bag and cut it open with scissors? Did she then pour the man she once loved into a jar that – hopefully – came fresh out of the dishwasher? How long had this plan been in motion? Did she just go to buy double XL pickles at Walmart one day and go, »Carl is gonna love this!«?

Obviously, our jaws were on the floor, but I tried to be professional about it. So, I said the only thing I could think of in the moment: »Should we ... find a spot?«

Cut to the four of us marching together through the streets of Oktoberfest. Me leading the pack on a mission that I *never signed up for*. We came to a slightly quieter part of the festival behind one of the main tents, and I eventually pointed out a slightly grassy area beyond the fencing. »Maybe here?«

Samantha had another idea: »No, how about this one over here? I want this spot under the streetlamp for the pictures.« The spot she requested was in the middle of the pavement. Rain-piss-cigarette-beer-splattered pavement. A few feet away, there was a man on all fours vomiting his soul to the devil. And I'm pretty sure there was a couple banging in the nearby bushes, because I saw ass cheeks popping in and out of view. My only thought was: *Carl is going to haunt this woman for what she was about to do.*

She handed me her phone (because it was I who had the honor of taking the photos), and the rest happened in slow motion in my memory. She unscrewed the tin lid from the glass jar, spread her arms out wide and asked, »Are you ready?«

Lady, I have never been less ready for anything in my entire life.

I was rapid-snapping photos as fast as I possibly could on her phone, as she took the jar and began to whip it all around her head, psychotically laugh-crying at full volume! Ashes were going everywhere! Into the rain puddles, into the vomit, and into a couple of open beers from some nearby Australian guys. It is a scene that has burned itself into my brain for all eternity. After the dust settled, Samantha put everything away, took a deep breath, and smiled. And then the three of them left.

And as far as I know, once the three of them took what I can only imagine to be the world's ***most uncomfortable*** trip back to the United States, she was let go from the company, but I don't really know why! She seemed pretty dedicated to me.

Every Oktoberfest since then, year after year, whenever I see one of those blackout drunk Bavarian guys with the Lederhosen around their ankles just peeing in circles on the pavement ... I always think, maybe, *just maybe,* they hit a little piece of Carl.

CHAPTER 13

PRINCE OF THE PARTY

Let me introduce you to Brett. Brett is my dad Joel's alter ego. We met for the first time at my wedding. But let me start from the beginning. My dad can be a complicated person. Hey, I can too, don't get me wrong. But I don't always understand why he makes certain decisions. For all my life until I graduated from college, I never saw him drink a *drop* of alcohol. But the night of my graduation, he ordered beer while offering us the wine menu. It doesn't make sense, even now. He acted very nonchalant about it, but before that very moment, it was unthinkable to me that we would *ever* share alcohol together. Like, **excuse me**, but suddenly we're supposed to just clink glasses and say »Cheers!« as if it's normal?

You don't understand how it was back in the day! I felt that my parents were incredibly strict with things like that. That was my perception at least. And because of that perception, I hid as much »bad« behaviour as I could from them. Dad caught on from time to time, though – not that I was clever or anything. Once, back in high school, I lied about how I got this huge scratch on my car, and he seemed to know *immediately* that I was lying. He slid his finger along the side of the car like a 1940s noir detective, simply looked at me and asked, »So, what *really* happened?«

Evi eventually came into my life and was the first person to inquire about this odd, militaristic secrecy I'd developed over my teen years, which became second nature to me when trying to stay out of trouble with my parents. She held up a mirror to my bizarre reactions, which was tough for me to face at first but healthy for me in the long run.

One time, I brought her to my parents' house in Slidell to hang out and watch a movie, order pizza, stuff like that, while they weren't there. I had a bottle of red wine for us, but that evening we ended up not drinking it. Instead, we decided to drive back to the city after hanging out in the house (aka me showing her my incredible DVD collection, as all the cool kids do), and as we stepped onto the sidewalk near the driveway, I dropped the red wine bottle on the sidewalk, causing the glass to explode and the wine to spill everywhere.

Let me remind you, at this point I am probably 22 years old and legally allowed to have wine, but I was **exploding** in fear. I panicked and hyperventilated and nearly fainted while I scrubbed, washed, sprayed, and begged to the good Lord Jesus that my parents wouldn't see the stains or find out ...

Let me reiterate here, I just spilled some wine. That's it. I didn't burn the neighborhood down. I felt like it, though. I acted like I'd just ran someone over in my car and was figuring out how to get away with it. I was acting completely ridiculous and over the top, because, for whatever reason, I was terrified. Why was I *that* scared? I wasn't beaten or abused or anything. My parents weren't going to cut me off or cut me out. I can only attribute how I behaved to the fact that, up until that point, I guess I felt that I'd made so many mistakes as a teenager that I couldn't *afford* to make any more, no matter how small the mistake was.

For Evi, this was shocking to say the least. I was suddenly sour with her, arguing intensely, completely overwhelmed, and frantic. She just didn't understand it. Who could have? I don't blame her for feeling that way at all. I was definitely acting crazy. Talking deeply about things like this, even in the toughest of times, is one of the reasons I knew I had to marry Evi. She always encourages looking inward and diving deep, no matter how difficult.

In 2018, many years after the wine incident, we finally got married. We invited all of our family, and tons of friends of ours from the US and the UK and all across Germany were in attendance. We planned it out for about a year, and eventually, the week of the big day had arrived. We planned out everything, so we thought. But there was one very special surprise at our wedding that we didn't see coming at all. Someone we know surprised us all in a way we could have never imagined.

You have to understand, mine and Evi's parents had **never met** before the week of our wedding. So as you can imagine, there was a ton of pressure for the families to get along! Not only did we have a language barrier issue (although this was the least of *my* concerns), but we were now also dealing with the concern that if the American president, healthcare, or gun control were brought up in any conversation for any reason, my conservative dad might pop off and not only sour the mood but embarrass me in front of my new German friends and future family-in-law. And don't get me wrong, none of it would have been aggressive or anything, but dad has his strong opinions and not everyone always agrees with them. I needed everything to go perfect, and I worried about any possible disagreements between my folks and Evi's.

I spent weeks before the wedding warning people to please not bring up politics, no matter what. I also told them that my parents aren't big drinkers, »Please do not try to force too much wine or beer on them unless they ask,« since I thought it would make them uncomfortable. Compare that to Evi's dad who will celebrate tying his shoes if it means he can crack open a nice bottle of red from his wine cellar. I was also worried that there was a chance my dad might say the wrong thing about my brother or his husband and I would overhear it, which would just devastate me. This all sounds serious, I know. And the concerns certainly were. But this is where things get very, very funny. I swear. When my family arrived in Germany, not only did my dad act on his very best behavior with every single person he met … he transformed. He *transcended.* He was no longer dad, he … was Brett.

The evening my family arrived, we had a calm dinner planned at a cozy restaurant just a couple of blocks from the main train station in Evi's mountainous hometown in the Allgäu. We drove with my parents from the airport in Munich down to this picturesque village and arrived at the restaurant as dusk began to set. Joining us were several friends of mine from New Orleans who were arriving group by group at the train station. Brett wasted no time getting acquainted with the beer the restaurant had on tap. He and my mother were in good spirits, chatting it up with Evi's Dad, who is a great entertainer (and easy to socialize with), which helped ease my nerves. More friends joined over time, and the table we had reserved grew larger and larger. What started as a calm and relaxing dinner with a few drinks slowly turned into the most unexpected **full-blown extravaganza**.

Brett was downing shots, singing out loud, telling raunchy jokes he'd probably heard on the golf course or at work, (Who was *this* guy?) and laughing hardily with the locals. I was as shocked by him as I was simply impressed and happy to see everyone smiling. And Brett was far from finished. I was now embarrassed not due to anything my father was doing, but because friends and Germans were coming to me saying things like, »You were worried for nothing! Your dad is ze BEST! He's taking shots wiz us and telling jokes! You got it all wrong! You're crazy, Chordan!«

Each evening leading up to the big wedding day was accompanied by a lot of alcohol, and it became clear that Brett did not get hangovers. In her own way, mom was also surprising me. She was taking long hikes and experimenting with tons of new foods. I was proud of the fact that she was interested in getting the full experience of this country she'd never been to before. Especially considering that this was the first time she'd ever left the States. And the first time she'd ever flown on a plane!

Soon, the big day rolled around, and boy, did Brett shine. We had a beautiful wedding, if I do say so myself. The sun was shining, the ceremony was emotional and very personal. Now, before I get too far ahead of myself, I have to explain what happened next because it's so deeply ingrained in German/Bavarian culture that it won't make any sense to any non-Germans. There is a tradition around that part of Germany where friends of the bride (at some point after the first dance), steal her. Yes. They commit a live, public kidnapping of the bride, and it's encouraged. Thankfully, it's such an old tradition that just about everyone (who is from or is living in Germany) understood what it was when it happened. So, it wasn't like I started scream-crying *WHERE IS SHE, YOU BASTARD?!*

No, once she was whisked away from me by a cousin of hers with a very facetious grin on his face, I knew, »Oh! Ok, yep. There she goes.« And the really good news about this is that nowadays, in modern weddings, you already know where she'll be taken to, which, in our case, was just back up the hill near the ceremony platform inside this gorgeous old relic of a castle-like structure. I'm not bragging, I'm just telling you what happened. It was pretty, okay?! We knew the people who owned the property. *Anyway* ...

My bride was stolen. The party shifted up the hill. Madness ensued. This all takes place in the middle of the afternoon, mind you. Brett was cutting loose. Evi's friend Lucy from London, was at one point pouring white wine into Dad's mouth straight from the bottle. It was like watching college kids on spring break. I was absorbing a lot of new things that day, trying to digest what I was witnessing, whilst also glugging down alcohol as if it were oxygen, and I was the last remaining diver of a wrecked ship trapped under my own permanent diving bell on the bottom of the sea.

The bride stealing party came to some kind of natural end at some point, and I was donned with a large necklace created from empty wine bottles and rope. Someone then placed a hat on my head that had beautiful flowers tucked all around it. The pictures from those moments are priceless. Brett had his arms slung around people whose names he didn't even know, tie-loosened and singing songs he didn't know the words to at full volume. It was great! And yet, somehow only an hour or so after we got all the drunk wedding guests back down to the barn and seated at their table for much needed coffee and cake, Brett became dad again and did something extraordinary.

We had our coffees and cakes (as the good Germans do), and then we were given some of the most incredible performances, speeches, jokes, videos that you could ever imagine from all of our family and friends. At one point, without any of us knowing or expecting that he would be doing this, dad got up in front of everyone with a microphone and gave an incredibly sincere, funny, and heartfelt speech that touched all our hearts. It was really beautiful, and it was impressive how calmly he could just improvise a speech from the hip in front of like 150 people without stuttering or breathing heavily. I would have sounded like I'd just taken a tumble down the hill from the castle area (which someone actually did, but that's beside the point).

He took everyone's breath away with his speech. Then, like a factory worker punching in, Brett was back and started to party like he had just graduated from a Florida party school. This guy was chatting up a storm with absolutely anyone within arm's reach, and dancing, dancing, dancing! Until that day, I had never seen my dad dance before. It was like watching an eclipse, or seeing one of those comets that only comes around once every 500 years. My mom said she didn't know this guy, but that she really liked him. Everyone did!

Brett partied harder and longer than a lot of the guests, no matter how young and German they were. We rolled out a little gin and tonic bar late in the night, after I had played some rock songs with my friends on the stage, and Brett was knocking them back like water. Even I needed a little break from booze now and then! Not

Brett. He was even making the British boozehound guests feel inadequate. During the last stretch of the evening while the DJ was blasting 90s bubblegum-pop, one of Evi's friends (who is a bit of a wild card in her own right) grabbed a hold of Brett on the dance floor, and they swung each other around like rag dolls.

Eventually, as the morning sun began to rise and the last of the shuttles took the final lingering guests back to their hotels, we closed up shop on not only the wedding, but on Brett. But damn, he had a good time, and he made some good memories.

We all did.

EPILOGUE

I have always thought of Germans as these steel-shelled breakfast eggs. Every new potential German friend or relationship is a HARD shell to crack, but when you finally do, more often than not, they're as ooey-gooey as everyone else, and they'll stick with you forever! They're just better at hiding it. They're tougher, and slower to open up than Americans are. But if you stick with it, chipping away at them over time, you'll get into that Kinder surprise egg. You see, the Germs and I have come to establish over the years what I would consider a rich, symbiotic relationship. I basically have made a career now out of talking about them and making jokes based on my experiences here. If not for Germany, who would I even be? Germany and I are pals, even if pals don't always see eye to eye on everything. We might as well have a secret handshake at this point. Germans don't have a great past when it comes to symbolic hand gestures, but that's where I come in, okay? Keep the palms facing up!

And also, I must say, I've been so pleasantly surprised over the years how well a lot of Germans can take a joke. I certainly didn't expect that when I first moved here. There are a lot of uptight Bavarians in Munich and my first impression of them was that they don't like to laugh much. But after some time, I started to understand them a bit better. Germans will definitely laugh ... because they never think the joke is **about them.** No, no, no, it's always about their *buddy* – *natürlich.*

The average German will watch one of my satirical videos about some stereotypical German behavior on their phones and then laugh as they turn their head to their co-worker to shout, »That is so YOU, Peter!«

I want to thank the Germans for being so open when it comes to making jokes about their culture and behaviors. We are quite different at times, the Germs and I, but there will always be one major thing that we have in common, which is the immense pleasure in knowing ... *at least we're not in Austria, right?*

(Side note: When I've done this joke live on stage, it always garners a *much* longer applause than I expect. Seems like I struck a nerve. But to make it clear, I am kidding, mostly.)

Before I wrap things up, I would like to share a very important list with you. I've compiled some special »requests« that *we* (speaking for a lot of the non-Germans living in Germany) would like to change about Germany if we had the power to do so.

Despite Having a general love for the Germs, here is a short list of things I would ask them all to do differently if I had the power to do so ...

1. Stop Staring

Look, I know the staring thing has been discussed to the ends of the universe and back, but it has to be mentioned. Germans simply stare at people for no apparent or understandable reason. It can feel like a horror movie when you glance up from your phone as you ride the train, just to see a seventy-year-old woman staring directly into your eyeballs. Honestly, I don't even think most Germans recognize that they do it. Germs are curious people. I'm simply asking that you be curious in a less weird way, ya weirdos.

2. Let us have grocery stores after 8 pm (20 Uhr), and also on Sundays

Please! Let's really dig in here everyone, let's ask the tough questions. Who is this helping? Sunday is by far the most convenient day for tons of people to go to the grocery store, but there was some German a long time ago who decided, »Ah ja, Jesus did not buy *Lebensmittel* on Sonntag, so you also cannot!«

3. Chill out with needing everything printed and sent by Post

Email is pretty cool. And fast ... Also, just talk. We all have phones. No need for passive-aggressive notes, either.

4. When clapping along to a song, DO NOT clap on the 1st and 3rd beats, DO clap on the 2nd and the 4th

For example, when listening to a standard 4/4 pop song, Germans always clap like this: **One**, two, **three**, four ... **one**, two, **three**, four ... when they should be going one, **two**, three, **four**! One, **two,** three, **four!** This unfortunate lack of rhythm gives you away in a crowd immediately. We hear one bar of the song and go, »There are Germans here.« It's the same thing as when you go to a café somewhere in the city and even though the shop is packed with people, and there's lots of clinking of cups and jangling of plates all around, you still hear one very loud person all the way across the room and you look to your friend and say, »Ah, there's an American here.« It's like that.

With these requests out of the way, now it's time for the »cheese,« and I don't mean the French kind. On second thought, maybe what I'm about to say does resemble French cheese more than German cheese, because German cheese is often hard as a rock ... Ew, wait ...

French cheese, however? Now that's more like me. Soft, gooey, and in a warm environment I'll melt before your very eyes ... ok that's enough about actual cheese. You've got places to be.

What I'm trying to say to those of you who stuck it out until now is that we've finally arrived at the end of this absolutely absurd journey together, and I can't thank you enough. I honestly can't believe I wrote a book. Don't get me wrong, I know I didn't write *To Kill a Mockingbird*, or something, but still.

It was an experience that challenged me to figure out how to express both my goofy and more serious thoughts in a way that felt true to the person I am while not going completely off the rails (although, we both know that happened a few times). It was also an opportunity for me to spend time reliving all these crazy and sometimes beautiful memories. I'm grateful for that most of all.

I was this chubby kid in rural Mississippi, and now I'm this chubby adult who wrote a book in Germany. How crazy is that? Ok, let's keep going before I start shedding tears onto my keyboard:

Thank you to my wife, Evi. You're the most wonderful partner I could have ever asked for, and Germany is home to me, because you are my home.

Thank you to my mom and dad. I know I ragged on you now and then, but I'm only here because of you. And I appreciate you more than you'll ever know.

Thank you to Bruce. I can't believe I'm so lucky to have a brother like you. I can't wait to see you again and drink WAY too many margaritas.

Thank you to my German family as well. Thank you for welcoming me with open arms, and for always filling me up with Bier und Leberwurst.

And finally – Thank you, reader.

Thanks for buying this book. Thank you for hopefully reading it all the way to here (even if you skimmed it now and then, I won't judge you) ... okay, I might a little, but I am so grateful to you.